GOLDMANN

JAMES M. CAIN

Zarte Hände hat der Tod

Kriminalroman

GOLDMANN VERLAG

Aus dem Amerikanischen übertragen von Friedrich A. Hofschuster
Titel der Originalausgabe: THE INSTITUTE

Der Goldmann Verlag
ist ein Unternehmen der Verlagsgruppe Bertelsmann

Made in Germany · 3/88 · 1. Auflage

Umschlaggestaltung: Design Team München
Umschlagillustration: Design Team München
Druck: Elsnerdruck, Berlin
Verlagsnummer: 6243
UW/AB · Herstellung: Klaus D. Voigt
ISBN 3-442-06243-8

Die Hauptpersonen

Dr. Lloyd Palmer	Universitätsdozent
Richard Barrett	Präsident des ARMALCO-Konzerns
Hortense Garrett	seine Frau
Sam Dent	Anwalt des ARMALCO-Konzerns
George Pickens	US-Senator von Georgia
Inga Bergson	Hausdame bei Garretts

Der Roman spielt in Wilmington, Delaware
und in Washington, D.C.

Kapitel 1

Ich lernte Hortense Garrett in einem Apartmenthaus in Wilmington im Staate Delaware kennen, an einem Vormittag im Frühling des vergangenen Jahres. Und ich wollte eigentlich nicht sie, sondern ihren Mann, den Finanzier Richard Garrett, besuchen, um einen Vorstoß zu unternehmen in einer finanziellen Angelegenheit — einer bedeutenden Angelegenheit: Für mich ging es dabei immerhin um zwanzig Millionen Dollar! Natürlich nicht für mich persönlich, sondern für ein Projekt, das ich ihm vorgeschlagen hatte, ein biographisches Institut, das, wie ich hoffte, mich mit dem Posten eines Leitenden Direktors betrauen würde.

Pünktlich um zehn, wie es in der Verabredung geheißen hatte, fuhr ich hinauf ins oberste Stockwerk des ›Newcastle Arms‹: erst mit dem Expreßlift in den fünfzehnten Stock, dann mit einem Privatlift in den zwanzigsten. Ich drückte auf die Klingel mit dem Schild GARRETT und wurde von dem schwedischen Dienstmädchen eingelassen, das zunächst durch eine Luke nach meinem Namen gefragt hatte. Nachdem sie mir Hut und Mantel abgenommen hatte, brachte sie mich in den Wohnraum — oder besser, in den Salon — einen großen, eleganten und, ja, kostbar eingerichteten Raum.

»Ich sage Mr. Garrett Sie hier sein«, erklärte sie und ging, während ich mich ein bißchen umsah. Und es gab einiges zu betrachten! Zunächst einen herrlichen Blick auf den Delaware River und das, was mir wie mindestens die Hälfte des Staates New Jersey vorkam — einen Blick, der einem den Atem stocken ließ. Dann war es das Mobiliar, das meine Aufmerksamkeit fesselte: reich gepolsterte Sessel und Sofas, alle in einem hellen Beige; Tische, Schränke und Kommoden in dunklem Mahagoni, und zwei Orientteppiche, die den hochpolierten Parkettboden zierten und dennoch das wunderschön eingelegte Holz nicht ganz verdeckten. An den Wänden hingen Gemälde, die offenbar alle von demselben Künstler angefertigt waren: Waldlandschaften mit Flüssen und sonnenhelle Alleen mit dunklen Bäumen.

Ein Raum, überwältigend und zugleich auch seltsam vertraut, vermutlich wegen der Gemälde, die in mir irgendwelche lang vergessenen Gefühle weckten. Während ich noch meine Umgebung inspizierte, kam ein junges Mädchen herein und blieb in der Mitte des Raumes stehen, streckte den Arm aus und reichte mir die Hand. Sie war Mitte Zwanzig, mittelgroß bis klein, mit hübschen, zierlichen Konturen. Ihr Gesicht war zwar rundlich, zeigte aber schöne Schatten an den hohen, edlen Backenknochen. Ihr Haar war aschblond, etwa von der Farbe ausgebleichter Getreidegarben, und sie schaute mich seltsam an mit ihren ungewöhnlichen Augen, hielt sie dabei halb geschlossen, wobei ihr Blick äußerst intensiv wirkte. Sie trug einen flaschengrünen Hosenanzug, der das Grün ihrer Augen noch verstärkte, und eine Bluse unter der Jacke, die sie vorn zugeknöpft hatte.

»Doktor Palmer«, sagte sie, »ich bin Mrs. Garrett. Mein Mann wird gleich hier sein. Er läßt sich entschuldigen, daß er Sie warten ließ, aber er erhielt eben einen wichtigen Anruf aus Paris, den er entgegennehmen mußte.«

Ich war überrascht. Im ›Who's Who‹ war sein Alter mit einundvierzig angegeben, und obwohl dort auch etwas von seiner Heirat stand, war ich nicht darauf vorbereitet, in Mrs. Garrett einem jungen Mädchen zu begegnen, das noch jünger aussah, als ich es war — nämlich achtundzwanzig.

Ich ergriff die mir entgegengestreckte Hand und sagte: »Mrs. Garrett, wenn das heißt, ich habe das Vergnügen, Ihre Gesellschaft genießen zu dürfen, dann kann ich nur hoffen, daß ich noch lange auf Ihren Mann warten muß.«

»Das haben Sie sehr hübsch gesagt.«

»Zu einer sehr hübschen Frau.«

Wir lachten beide, dann fragte sie mich, ob ich Senator Hood aus Nebraska näher kenne — der Mann, der mich telefonisch angekündigt und den Termin bei Mr. Garrett vereinbart hatte.

»Nicht sehr nahe«, sagte ich, »aber auch nicht gerade flüchtig. Ich hatte Gelegenheit, ihm ein wenig zu helfen, als sein Junge Schwierigkeiten mit der Polizei bekam, und das vergißt ein Senator nicht. Außerdem ist die Gattin eines Senators nicht gleichgültig gegenüber einem jungen Mann, der ein Dinnerjackett besitzt.«

»O mein Gott — das perfekte Geschenk für eine Gastgeberin!«

Um das Thema zu wechseln, fragte ich nach dem Namen des Künstlers, der die Bilder gemalt hatte.

»Wallace Nutting. Ein Freund meines Schwiegervaters. Es sind schöne Aquarelle, aber nichts Bedeutendes. Nutting war der großartigste Möbeltischler, den dieses Land je hervorgebracht hat — das jedenfalls ist die Meinung meines Mannes.« Sie machte eine Handbewegung auf die schönen Dinge aus Mahagoni, die auch in meinen Augen etwas ganz Besonderes zu sein schienen.

Mrs. Garrett führte mich zu einer Sitzgruppe vor dem offenen Kamin und bot mir einen Platz auf einem der Sofas an, während sie sich gegenüber in einem Sessel niederließ. Das Licht betonte ihre Jacke und das, was darunter war, so daß ich nur mit halbem Ohr zuhörte, wie sie weiter über Senator Hood sprach und darüber, wie eng ihr Mann mit ihm befreundet sei.

Und dann betrat Mr. Garrett den Raum, kam auf mich zu und entschuldigte sich noch einmal persönlich bei mir. Er war groß, fast so groß wie ich, also annähernd einsfünfundachtzig, grauhaarig und grobknochig. Er trug eine Sporthose und ein Sweatshirt. Seine Augen waren von einem wäßrigen Grau, seine Stimme ein eintöniges Dröhnen. Dennoch wirkte sein Verhalten ziemlich freundlich, jedenfalls freundlicher, als man es gegenüber einem jungen Universitätsdozenten erwarten konnte, der bei ihm durch einen Senator eingeführt worden war.

Mr. Garrett erklärte mir, daß er einen Anruf aus Paris habe entgegennehmen müssen; »— wegen der Zeitdifferenz bleiben die dort die halbe Nacht auf, um zu einer einigermaßen angebrachten Stunde hier anrufen zu können — also kann ich sie dann nicht auch noch abwehren.« Er schaute mich an und fragte dann: »Doktor Palmer — sind wir uns nicht schon einmal begegnet?«

»Ja, also . . . Ich weiß nicht, Mr. Garrett.« Ich hätte es nicht höflich genug gefunden, zu erwidern ›Nicht, daß ich wüßte‹, andererseits lag es mir nicht, so zu tun, als ob. Ich jedenfalls konnte mich nicht daran erinnern, ihn jemals irgendwo gesehen zu haben. Mr. Garrett warf mir wieder einen forschenden Blick zu. Monate später wurde mir klar, wann und wo wir einander schon einmal begegnet waren, und warum er sich sehr wohl daran erinnerte, während ich es vergessen hatte; aber vorläufig war das Thema erschöpft, und er ging auf den Anlaß meines Besuches ein. »Ein biographisches Institut, hat der Senator gesagt. Ich gebe zu, ich habe mich dafür interessiert, seit ich das erste Mal davon hörte. Also füttern Sie mich mit den Details.« Als er sich neben seine Frau gesetzt und ich meinen Platz wieder eingenommen hatte, fuhr er fort: »Ich habe meine Frau gebeten, dabeizusein, weil ich finde, in solchen Dingen sollte nicht ich allein die Entscheidung treffen. Wenn es Ihnen nicht gelingt, ihre Begeisterung zu wecken, werde ich in der Sache nichts unternehmen.«

»Ich hoffe sehr, daß es mir gelingt.«

Wir lachten alle drei, und er deutete mir an, daß ich beginnen sollte. Also fing ich an. Ich sprach über die hervorragende Stellung, die sich die amerikanische biographische Wissenschaft in der Welt gesichert habe, und ließ sozusagen die Fahnen wehen, als ich merkte, daß er dazu zufrieden nickte. Und ich sprach von der seltsamen Gleichgültigkeit, welche die Universitäten gerade gegenüber diesem Wissenschaftszweig an den Tag legten. »Meines Wissens gibt es keine einzige Vorlesung, geschweige einen Lehrstuhl darüber«, sagte ich. »Biographie gilt bedauerlicherweise eben noch immer nicht als ›ordentliche Disziplin‹.« Ich erwärmte mich immer mehr für mein Thema und schilderte die vielfältigen Möglichkeiten, die ein derartiges Institut einem Biographen bieten könne, »zum Beispiel eigens dafür eingerichtete Studienräume in den betreffenden Archiven und in der Kongreßbibliothek.«

»Das heißt also, die Basis des Instituts würde sich in Washington befinden?«

»Ja, das hatte ich gedacht.«

»Ich wollte mich nur versichern. Sprechen Sie weiter.«

»Wir könnten diese Studierräume selbst verwalten, ohne jedesmal die bürokratischen Zeremonien durchmachen zu müssen, eine jener ärgerlichen und zeitraubenden Prozeduren, mit denen sich Schriftsteller heutzutage noch abplagen.« Ich erwähnte den Mikrofilmraum, den wir haben würden, samt einer ausreichenden Zahl von Lesegeräten. Er schien sich auf diesem Gebiet auszukennen und nickte. »Außerdem«, fuhr ich fort, »und das erscheint mir besonders wichtig, bräuchten wir ein Tonstudio in der Größenordnung der Abteilung für Mündliche Überlieferungen, wie sie Allen Nevins an der Columbia-Universität gegründet hat. Und ich glaube, wir sollten auch genealogische Studien treiben, um den Biographen diese komplizierten und dennoch unumgänglichen Arbeiten abzunehmen und fachmännisch durchzuführen.«

»Was ist mit Dotierungen?«

»Oh, sicher, die wären natürlich nötig. Äußerst dringend sogar, möchte ich sagen. Man kann sich kaum vorstellen, wie kostspielig die wissenschaftliche Biographie sein kann.«

Er stand auf, fand ein Schreibbrett in seinem Sekretär, klemmte ein paar Blätter Papier hinein und machte sich dann Notizen mit seinem Kugelschreiber. Er betrachtete sie, während ich ihn von meinem Platz gegenüber beobachtete. Ich hatte das aufregende Gefühl, daß mein Vortrag von Erfolg gekrönt sein würde.

»Liebes?« wandte er sich an seine Frau. »Was hältst du davon? Interessiert es dich überhaupt?«

»O ja, zweifellos ... Ja — ich würde fast sagen, ich finde es über alle Maßen interessant und aufregend.«

Sie sagte es wortwörtlich so, aber es klang irgendwie unecht, und wenn es schon mir aufgefallen war, dann um so mehr ihrem Mann. Er betrachtete sie eine Sekunde lang und brummte dann: »Und was gefällt dir nicht daran?«

»Aber ich sage dir doch, daß es mir gefällt, Richard!« rief sie. »Ich finde, es ist eine wundervolle Sache. Und ich weiß schließlich aus eigener Erfahrung, daß es sich dabei um ein Gebiet handelt, das bisher sträflich vernachlässigt worden ist. Du vergißt, mein Lieber, ich war immerhin an der Universität von Delaware als Assistentin eines Professors mit der Abhaltung von Kursen beauftragt, und ich bin dabei auf manches — auf vieles sogar! — gestoßen, wovon die Leute keine Ahnung hatten.«

»Warum sagst du nicht, was du meinst?« fuhr er sie fast ein wenig scharf an. »Warum mußt du immer auf den Busch klopfen, statt deine Meinung zu sagen?«

Plötzlich wurde mir bewußt, daß ich den Mittelpunkt in einem Ehestreit bildete. Und darüber hinaus war mir klar, daß der Anlaß dazu, Richard Garrett, auf meiner Seite stand, während die gegnerische Partei, Hortense Garrett, meine Absichten blockierte, ganz im Gegensatz zu meiner ursprünglichen Vermutung. Mr. Garrett wußte zwar offenbar noch nicht, warum sie dem Projekt entgegenstand, doch er war entschlossen, es herauszufinden.

»Hortense, könntest du uns bitte sagen, worin deine Abneigung besteht? Ich gebe zu, diese Sache gefällt mir wesentlich besser als Krankenhäuser oder irgendeine neue Erziehungseinrichtung und die unzähligen anderen Unternehmungen, bei denen man mich um meine Unterstützung bittet — als Ventil für das Geld, das sich stapelt und —«

»Richard, es gefällt mir ebenfalls, genau wie ich sagte. Ich bin dafür, ja. Und ich werde mich freuen, Doktor Palmer in jeder nur erdenklichen Weise helfen zu können. Wenn du sein Institut stiften willst — ich bin damit einverstanden. Ich möchte nur nicht die Ehrenvorsitzende oder Schirmherrin werden oder etwas Ähnliches, während du zu denken scheinst, daß das meine Absicht ist.«

»Nun ja, jemand muß es ja sein.«

»Aber bitte nicht ich.«

»Das war mal der Text eines Schlagers.«

»Ich weiß.«

Richard Garrett saß da, schnippte mit den Fingern und ließ die Fingernägel gegen den Kugelschreiber klappern. Er war zweifellos verärgert, aber nicht mehr als ich selbst. So nahe am Ziel zu sein und es dann doch nicht zu erreichen, war etwas, das mich zutiefst deprimierte. Er fragte: »Schicken Sie mir eine Aktennotiz oder etwas, das ich als Unterlage benützen kann, falls einmal das Gespräch darauf kommt? Es hat keine Eile. Wenn Sie zurück sind in Nebraska — ich glaube, das reicht.«

»Maryland«, korrigierte ich ihn. »Der Senator ist aus Nebraska, aber ich arbeite an der Universität von Maryland, wo sein Sohn studierte. Der Junge ist in Schwierigkeiten gekommen, weil man ihn mit Marihuana erwischt hat, und es ist mir gelungen, ihn einigermaßen heil aus der Sache herauszupauken. Es war der Beginn einer wunderbaren Freundschaft, wie man so sagt.«

»Das will ich meinen.«

»Wo in Maryland leben Sie?« fragte mich Mrs. Garrett.

»In College Park. Das ist ein kleiner Ort in der Nähe von —«

»Oh, ich bin in College Park gewesen. Fahren Sie jetzt anschließend gleich dorthin?«

»Warum — ja, sicher.«

»Doktor Palmer bringt mich da auf einen Gedanken«, erklärte sie ihrem Mann.

»Ach«, sagte er vage. »Du meinst den Wagen?«

»Den du dortgelassen hast«, ergänzte sie, und es klang ein wenig bissig. »Ich wollte eigentlich heute abend mit Jasper hinfahren, um ihn zurückzuholen, aber —«

»Ich bin sicher, Doktor Palmer wäre eine angenehmere Gesellschaft, falls er bereit ist, dich dorthin zu bringen.« Dann wandte er sich an mich. »Könnten Sie auf der Fahrt meine Frau bis Washington mitnehmen?«

»Aber selbstverständlich. Es wäre mir ein Vergnügen.«

Einen Augenblick lang mußte ich etwas dümmlich dreingeschaut haben, denn die beiden begannen danach gleichzeitig zu reden und mir zu erzählen, daß er aus verschiedenen Gründen, die alle mit ARMALCO, dem Konzern, dessen Präsident er sei, zusammenhingen, ein Zweigbüro in Washington unterhalte und ein Apartment in Watergate. Dreimal wöchentlich fahre ein Kurier — besagter Jasper — über Nacht mit einer Mappe Korrespondenz, Akten, Notizen und Tonbändern dorthin und komme am nächsten Morgen mit einer Mappe ähnlichen Inhalts von Washington wieder hierher zurück. Mr. Garrett hatte seinen Cadillac vor ein paar Tagen in Washington bei seinem Watergate-Apartment stehengelassen, weil er mit einem Geschäftsfreund in dessen Privatflugzeug hierhergeflogen war. Und Mrs. Garrett habe vorgehabt, mit Jasper hinunterzufahren und den Wagen zurückzuholen — aber zum Glück sei ich hier und könne ihr eine angenehmere Gesellschaft bieten als der Kurier.

Einen Augenblick lang hatte ich also Einblick in die Welt der großen Finanzmagnaten, der Anwälte und Lobbyisten und in die Art, wie sie lebten — doch dann drohte mir Mrs. Garrett mit dem Finger und beugte sich nach vorn, so daß sich meine Gedanken auf ganz andere Accessoires reicher Männer richteten.

»Und schauen sie nicht so düster drein!« sagte sie. »Ich bin wirklich *für* Ihr Institut. Ich meine, ich werde Ihnen helfen, daß es entstehen kann, unter der Voraussetzung, daß Sie mich aus der Sache herauslassen. Abgesehen davon habe ich schon ein paar gute Gedanken, wie man Ihr Projekt in Kürze verwirklichen könnte.«

»Na also, Doktor Palmer«, sagte Mr. Garrett mit etwas grimmigem Blick. »Zumindest können Sie sich darauf freuen, meine Frau zwei Stunden lang als begeisterte Zuhörerin zu genießen.«

»Ganz im Gegenteil«, erwiderte sie. »Er wird zwei Stunden lang mir zuhören müssen.«

Offenbar war ihr Koffer für die Reise bereits gepackt, denn es dauerte kaum länger als eine Minute, bis das schwedische Mädchen ihn brachte, zusammen mit zwei Mänteln — einem leichten Frühlingscape und einem Pelzmantel von üblicher Art. Mr. Garrett nahm die beiden Mäntel und ich den Koffer, nachdem ich selbst meinen Mantel angezogen und meinen Hut aufgesetzt hatte; dann fuhren wir hinunter zum Parkplatz. Ich stellte den Koffer in den Kofferraum meines Wagens; die Mäntel legte ich auf den Rücksitz. Anschließend half ich Mrs. Garrett auf den Beifahrersitz.

Mr. Garrett streckte den Kopf durch das Seitenfenster herein und gab seiner Frau einen Kuß. Danach kam er auf meine Seite des Wagens, und wir schüttelten uns die Hände. Über das Projekt wurde kein Wort mehr verloren. Er trat zurück und winkte, während ich den Motor anließ und hinausfuhr auf die Straße.

Als wir an der ersten Verkehrsampel stehenbleiben mußten und ich die Klimaanlage einschaltete, nahm ich ihren Duft wahr. Es ärgerte mich, daß ich diese Frau begehrte. Ich war noch immer in trüben Gedanken versunken und hegte keineswegs besonders freundschaftliche Gefühle ihr gegenüber, doch zugleich merkte ich, wie mir das Blut in den Kopf schoß, genau wie zuvor, als sie in das Zimmer gekommen war. Ich versuchte, diese Reaktion zu bekämpfen, hatte aber wenig Erfolg damit.

»Es ist grün«, sagte sie leise, und ich faßte es einen verrückten Moment lang als persönliche Aufforderung auf.

»Oh — danke.« Meine Stimme klang, als säße ich im Inneren einer großen Trommel.

Kapitel 2

Wir sprachen nicht viel, bis wir Wilmington auf der Route Nummer 40 hinter uns gelassen hatten, als sie plötzlich erklärte: »Doktor Palmer, um das Rätsel aufzuklären, weshalb ich zwar an Ihrem Institut sehr interessiert bin, jedoch keinerlei persönliche Verbindung dazu wünsche, ich meine, was mich privat angeht . . . Das Interesse meines Mannes daran ist zweifellos echt. Er respektiert, ja, er bewundert jede Art von Fortschritt und Errungenschaften, gerade im Hinblick auf die Biographie, die ja immerhin die Personen würdigt, denen derartige Fortschritte gelungen sind — also ist das, was er Ihnen sagte, keineswegs nur leeres Gerede gewesen. Andererseits gibt es da noch ein wenig mehr als das Gesagte, und zwar auf seiner wie auf meiner Seite. Echtes Interesse oder nicht — er benützt diese Sache natürlich als eine Art Köder, den er mir sozusagen vor die Nase hält, damit wir unseren Hauptwohnsitz nach Washington verlegen — wobei wir natürlich Wilmington auch in Zukunft als unser eigentliches Heim betrachten werden. Er denkt, daß er mich, wenn er mir dieses Spielzeug schenkt, derart in Begeisterung versetzt, inklusive der sich daraus ergebenden Möglichkeiten, einen hochgestochenen Salon für die ganz Großen, die Beinahe-Großen und die Demnächst-Großen zu führen, die dann natürlich in den Biographien auftauchen wollen — kurz und gut, daß ich darüber in Verzückung gerate, mich fast überstürze, nach Washington zu ziehen und dort die neue Marjorie Merriweather Post, die Patronin der Künste,

Fördererin der Intelligentsia sowie Chefköchin und Geschirrwäscherin für alle Großen, Schönen und Berühmten werde. Und genau das will ich ganz und gar nicht. — Wie heißen Sie?«

»Palmer.«

»Ich meine Ihren Vornamen, Doktor Palmer.«

»Oh. Lloyd.«

»Ich heiße Hortense, wenn Sie mich so nennen wollen.«

»Es ist mir eine Ehre, Hortense.«

»Lloyd, der Grund ist also ganz einfach, und das heißt, daß ich mich von keinem überreden lassen werde — nicht einmal von Ihnen. In Wilmington bin ich ein großer, schöner Laubfrosch in dem größten Froschteich der Erde, und ich denke nicht daran, diesen Teich mit der winzigen Pfütze zu tauschen, die mich in Washington erwartet.«

»Sie meinen, Washington ist klein?«

»Im Vergleich zu Wilmington — ja.«

»Das ist mir neu.«

»Dann wissen Sie es jetzt.«

»Ich nehme an, es kommt darauf an, wie man Teiche vermißt. Wie vermessen Sie Teiche?«

»Mit Geld. Und Sie?«

»Nun, zum Beispiel mit Macht.«

»Geld ist Macht.«

»Das ist mal wieder eine von jenen typisch amerikanischen Behauptungen, die Meter für Meter stimmen — aber nicht Zentimeter für Zentimeter. Mit anderen Worten: So wahr, wie Sie es meinen — doch das gilt nicht für einen so schönen Laubfrosch. Und dieser Frosch ist schön, nicht nur nach Metern, sondern Zentimeter für Zentimeter — aber sagen Sie mir, was Sie damit eigentlich sagen wollten. Meinten Sie etwa die Du Ponts?«

»Warum? Haben Sie etwas gegen die Du Ponts?«

»Nicht, daß ich wüßte; nein.«

»Sie trompeten nicht im ganzen Land herum, das ist richtig. Es ist eine der charakteristischen Eigenschaften des ganz großen Geldes, daß es seinen Namen nicht gern in den Zeitungen sieht — wenn man mal von netten Fotos in den Gesellschaftsspalten absieht. Wir hübschen Frösche dagegen dürfen erscheinen, und ich muß gestehen, daß mir das unter anderem auch Spaß macht. Ich sehe mein Foto gern gedruckt, die Schatten ein bißchen mit Maskara aufgetupft. Mögen Sie meine Schatten?«

»Ich habe gedacht, sie sind natürlich.«

»Sind sie auch. Aber für die Kamera —«

»Okay. Ich verehre Ihre Schatten. Können wir fortfahren?«

»Wohin denn?«

»Hat Ihr Mann mit den Du Ponts zu tun?«

»Lloyd, ich weiß es nicht, aber ich bin mir auch nicht sicher. Das Ganze ist so kompliziert miteinander verflochten, daß man verrückt wird, wenn man versucht, es auch nur in Gedanken nachzuvollziehen. Es könnte sein, daß er mit ihnen zu tun hat — durch Aktien, die sie an seinen Unternehmen besitzen, über Strohmänner, deren Namen nur in den Büchern auftauchen, so daß er selbst es vermutlich nicht einmal weiß. Möglicherweise ist er mit ihnen verflochten, ja, aber er weiß es vermutlich nicht — das jedenfalls entnehme ich aus der Art, wie er darüber spricht. Abgesehen davon spricht er nur sehr selten über solche Dinge, und ich meine, dazu hat er seine Gründe. Auch ich habe meine Gründe, wenngleich die meinen einfacherer Art sind: Ich entnehme es ihrem Verhalten, wenn wir sie zum Dinner besuchen und wenn sie zu uns kommen. Sehen Sie, die Du Ponts verkaufen in erster Linie Chemie — das heißt, chemische Prozesse, Farben, deren Formel sie kennen und besitzen, Kunststoffe, die sie aus Öl gewinnen und zu Textilien verarbeiten. Richard dagegen verkauft Dinge. Er rühmt sich, ein Ding vom anderen unterscheiden zu können, Traktoren und Bulldozer und Wagen — und Boote vor allem, ja, Boote in allen Größen und Formen. Wenn Sie ihn in seinem Büro besucht hätten, wären Ihnen die Modelle aufgefallen — er hat Modelle von all den Dingen, die er produziert und verkauft. Aber natürlich brauchen diese Dinge genau wie diejenigen, die General Motors herstellt, Farbe, und sie brauchen noch viele von den anderen Produkten, die die Du Ponts herstellen. Also denkt Richard nicht daran, ihnen weh zu tun — im Gegenteil, er hilft ihnen.«

»Und was hat General Motors damit zu tun?«

»Nun ja, das ist eines der Dinge von Du Pont.«

»Sind Sie sicher?«

»Lloyd, in einer solchen Sache kann man nie sicher sein. Aber es war früher einmal der Fall und ist es, soviel ich weiß, noch heute, wenigstens zum größten Teil.«

Ich war so überrascht, daß mir eine Weile gar nichts einfiel.

Plötzlich fragte sie: »Na, wie sieht Wilmington jetzt aus?«

»Größer.«

»Sehen Sie, und es wird noch wachsen, je näher Sie es betrachten. Aber kommen wir auf Richard zurück. Es gibt noch einen Grund für seinen Respekt gegenüber den Du Ponts: Man kann sie ein wenig mit ihm selbst vergleichen. Sie kamen um das Jahr 1800 hierher, aus ihrer Heimat vertrieben durch die Französische Revolution, und hier warfen sie sich sofort auf die Herstellung von Pulver und Munition. Das war klug, denn gleich danach folgte Napoleon und der Krieg von 1812 und alles mögliche, wozu man Schwarzpulver brauchte. Eines kam zum anderen, und sie wurden größer. Richards Vorfahren freilich sind wesentlich länger hier. Sie kamen mit William Penn herüber und nahmen das Land zu beiden Seiten des Delaware-Flusses in Besitz. Nur um zu zeigen, wie stinkreich Richard ist, hat er einen Teil dieses Landes bis heute behalten, und das wiederum wird von den Du Ponts respektiert.«

»Na ja, ich würde —«

»Okay, würden Sie — aber es bringt Sie auf keinen Fall weiter, wenn Sie den Knickerigen spielen.«

»Wie meinen Sie?«

»Wenn ich mir ein Mädchen angeln würde, würde ich ihm auch etwas zu essen geben.«

»Oh! Ach so. Ja, natürlich.«

»Ich meinte, noch nicht gleich.«

Sie gab mir einen freundschaftlichen Klaps und hielt gleich danach die Hand hoch: Da war sie, die tiefe Schlucht des Susquehanna unter uns — eines der natürlichen Wunder unserer Erde. Sie schaute hinunter, dann flüsterte sie: »Es ist so wunderbar — ich möchte das immer ganz in mich aufnehmen.«

»Dann nehmen wir es doch in uns auf.«

Bald danach waren wir in Havre de Grace, und ich hielt bei einem Schnellimbiß an einer Ausfahrt des Highways. Wir gingen hinein, setzten uns an die Theke und aßen Hotdogs in Brötchen, tranken Buttermilch dazu, gönnten uns noch einen Apfelkuchen zum Nachtisch und tranken zuletzt Kaffee. Sie schlang alles hinunter, dann saß sie da, trank ihren Kaffee und atmete durch die Nase. Und dann waren wir wieder im Wagen.

»Sie sagten, junger Mann im Dinnerjackett. Was für eines?« fragte sie.

»Genau gesagt, habe ich sogar zwei: ein schwarzes und ein rotes, das heißt, es ist rostrot. Ich mochte es zuerst nicht; die Satinrevers waren zu glänzend für meinen Geschmack. Aber ich habe sie mit matter Seide überziehen lassen. Jetzt gefällt es mir besser.«

»Ich frage mich, ob es mir gefällt.«

»Nun ja — immerhin bin ich derjenige, der es tragen muß.«

»Nun ja — und immerhin bin ich diejenige, die es präsentieren wird, mit Ihnen darunter, bei Dinners, wenn ich Sie dem Geld vorstelle — und, mein Lieber, ich meine wirklich das Geld, Millionen und Milliarden davon! —, damit Sie Ihr Institut bekommen. Wenn Ihr rotes Dinnerjackett dagegen lächerlich aussieht, haben wir schon verloren, bevor es zum Kampf geht. Warum fahren wir nicht rasch bei Ihnen vorbei, damit ich es mir ansehen kann?«

»Hören Sie — ich mag das verdammte Jackett.«

»Warum denn gleich verdammt?«

»Ich — es paßt mir nicht, wenn jemand meine Kleidung inspiziert.«

Sie betrachtete mich einen Augenblick lang, dann fragte sie: »Und was ist mit der Wohnung, Lloyd?«

»Nichts — nicht, daß ich wüßte.«

»Es muß doch was damit sein, so, wie Sie sich sträuben.«

»Es ist eine nette, angenehme Eigentumswohnung. Meine Mutter hat sie mir vererbt. Wenn Sie nichts dagegen haben, möchte ich über etwas anderes sprechen.«

»Was würde ich denn dort finden? Vielleicht eine Frau, von der Sie nichts erzählt haben?«

»Ich bin nicht verheiratet.«

»Lloyd, wenn ich das Geld für Sie auftreibe, dann wird man alles über Sie wissen wollen — alles. Zum Beispiel über Ihren persönlichen Hintergrund, Ihre Herkunft, was man wissen und was man sein muß, um ein biographisches Institut zu gründen — oder irgendein Institut. Und warum sollten es die Geldleute nicht erfahren? Schließlich gehört Ihre Art, zu leben, ja in nicht unbeträchtlichem Ausmaß dazu. Immerhin sollen Sie an der Spitze des Ganzen stehen. Also sind Sie nicht uninteressant. Und Sie sind es auch sonst nicht, das wissen Sie ganz genau. Die anderen wären keine normalen Menschen, wenn sie nicht alles genau wissen wollten.«

Es schien mir so, als wollte sie eigentlich viel mehr sagen, aber ich konnte ihr offenbar nicht mit den richtigen Antworten aufwarten, denn plötzlich erklärte sie: »Unsere Apartmentwohnung ist in East Watergate. Die Adresse lautet Virginia Avenue Nummer zweitausendfünfhundert, falls Sie wissen, wo das ist.«

»Ich kenne East Watergate.«

»Wenn Sie mich dort hinbringen könnten . . .«

Es war eine hochmütige Art, zu sagen: Vergiß College Park und den Trottel, der dort eine Wohnung hat. Danach fuhren wir eine Weile schweigend dahin — bis Baltimore, dann durch den Tunnel und auf die Schnellstraße nach Washington. Doch als ich nach College Park abbog, sagte sie keinen Ton. Ich kam zum Accomac, wo ich wohnte, und bog in den Parkplatz ein, der zu dem Apartmenthaus gehörte, schaltete den Motor ab und sagte mein Sprüchlein ziemlich steif herunter.

»Okay — es ist etwas mit meinem Apartment. Es gehörte meiner Mutter, bevor sie starb. Sie hat dort gewohnt, und ihr Sohn war so eine Art Untermieter. Für eine Frau in mittleren Jahren ein wundervolles Heim. Aber für den Sohn — nun, es hat schon auf manchen Gesichtern ein Lächeln hervorgerufen, und die Besitzer dieser Gesichter wurden nicht wieder eingeladen. Wenn Sie also das Bedürfnis überkommt, zu lächeln —«

»Was gibt es denn, worüber man lächeln könnte, Lloyd?«

»Das Dekor — ja, so würden Sie es vermutlich nennen, besteht überwiegend aus den Meilensteinen der Karriere des Sonny Boys. Dutzende von Fotos — beginnend mit dem ersten Ritt auf einem Shetland Pony bis hin zur Doktorandenfeier. Für Mamas Apartment war das vermutlich genau richtig. Aber wenn nun Sonny Boy so etwas seine Wohnung nennt, dann ist das schon ein wenig sonderbar. Also schön — wenn Sie lachen wollen, genieren Sie sich nicht. Aber es wird das letzte Mal sein. Ich mag die Wohnung, genau wie ich mein rotes Dinnerjackett mag. Und wenn es Ihnen nicht gefällt —«

»So beruhigen Sie sich doch, Lloyd.«

»Okay, fahren wir hinauf.«

Wir stiegen aus dem Wagen, und ich sperrte ihn ab. Dann sagte ich: »Normalerweise nehme ich den Hintereingang durch den Keller zum Lastenaufzug. Aber heute und Ihnen zu Ehren können wir zum Vordereingang gehen und das Haus durch das Foyer betreten.«

»Ich glaube, wir sollten lieber den Hintereingang nehmen.«

Ich muß sie erstaunt angesehen haben, denn sie erklärte: »Wir können ja nicht wissen, wer zufällig im Foyer ist. Vielleicht erinnert sich jemand an den hübschen Frosch, den er schon mal in der Zeitung abgebildet sah.«

»Also dann — ab durch den Keller!«

Ich sperrte die Tür zum Tiefgeschoß auf und ging voraus zum Lastenaufzug, stand dann mit ihr drinnen in der großen Kabine und kam mir dabei ein bißchen komisch vor, während der Lift hinaufzitterte. Im siebten Stock stiegen wir aus, und ich sperrte die Tür von Apartment 7 A auf. Dann machte ich eine förmliche Verbeugung und bat sie hinein in meine Wohnung. Einen Augenblick lang blieb sie hinter mir, während ich meinen Mantel in den Gästeschrank in der Diele hängte. Als ich mich dann umdrehte, stand sie unter dem Bogengang zwischen der Diele und dem Wohnzimmer. Ihre Blicke erfaßten den Raum. Schließlich sagte sie, ohne mich anzusehen, in fast ehrfürchtigem Flüstern: »Aber Lloyd, wie kann ein Mensch da lachen? Wie hätten Sie auch nur annehmen können, ich würde lachen? Es ist schön — einfach wunderschön.«

Wären da nicht die Bilder und Fotos gewesen, ich wäre stolz gewesen. Der Raum war nicht so groß wie ihr Wohnraum, aber immerhin größer als die üblichen Wohnzimmer. An drei Seiten waren Bücherregale, die vom Boden bis zur Decke reichten — ohne Unterbrechungen auf der langen Wand, wo es keine Fenster gab, und unterbrochen an den Wänden mit dem Bogengang und dem offenen Kamin. Die vierte Seite des Raums bildete ein riesiges Panoramafenster, von dem aus man hinausschauen konnte auf das Universitätsgelände. Alles, was man sah, war grün und frisch: die gepflegten Rasenflächen und die ordentlich gestutzten Bäume.

Sie ging in die Mitte des Raums und drehte sich um die eigene Achse. »Es sind die Bücher, die mich veranlassen, die Stimme zu senken. Sie verleihen jedem Raum eine gedämpfte Atmosphäre. Wir haben auch einen Raum, den wir die ›Bibliothek‹ nennen. Er steht voll mit Nachschlagewerken. Wer war Moody?«

»John Moody? Ein Wirtschaftswissenschaftler, meines Wissens.«

»Ja. Der jährliche Verdienstbericht. Ich betrete unsere Bibliothek fast nie ... Was sind das für Bücher? Biographien?«

»Viele davon, ja.«

»Und Sie haben sie alle gelesen?«

»Ja nun, ich kaufe sie deshalb. Ich glaube, ich habe die meisten ganz gelesen. Aber einige darunter, wie Bancroft's ›Çronicles of the Builders‹ liest kein Mensch. Man benützt sie nur hin und wieder zum Nachschlagen. Trotzdem brauche ich sie. Wenn ich wissen will, wer Kit Carson war — da drin kann ich ihn finden.«

»Und wer war Kit Carson?«

»Ein Pfadfinder.«

»Nie gehört ... Ah, da ist eines, das habe ich gelesen: ›Robert E Lee‹.«

»Gute Arbeit von Freeman, ja.«

»Hab' ich mir als Mädchen gekauft. Mit meinem Taschengeld. Ich war ganz verrückt nach dem scharlachroten Einband. Ich liebe Scharlachrot. Und damit wären wir wieder bei Ihrem Jackett.« Sie ging auf die Tür zu, blieb aber am Cocktailtisch stehen und betrachtete eine Vergrößerung, die über dem Kamin hing. Sie fragte: »Ist das —«

»Meine Mutter, ja.«

»Sieht verdammt gut aus.«

»Ich würde sagen, sie war wunderschön.«

»Ich nicht. Wissen Sie — Schönheit ist etwas Dummes. Oder zumindest ein wenig dümmlich. Diese Frau dagegen — das ist ein kluges Gesicht. Ein Gesicht, das man nicht zum Narren halten kann.«

»Jedenfalls nicht, was das Geld betraf.«

»Das Haar grau, fast weiß, ist tatsächlich schön. Das gebe ich zu. Ja, auch das Gesicht: Die weichen, runden Züge, ein wenig an Sie erinnernd, sind auch schön. Aber die Augen sehen mehr als das, was normale Schönheiten sehen und sehen wollen. Sie sagen, sie war gut, was Geldangelegenheiten betrifft?«

»Jedenfalls besser als mein Vater.« Ich machte eine Handbewegung auf das Bild, das auf einem Regal stand. »Er war Politiker und außerdem Immobilienmakler. Im Prince George County ist das praktisch ein und dasselbe. Er war sehr stolz auf meine Mutter — aus den falschen Gründen. Er starb, als ich zehn war, und hatte nie herausgefunden, was er für eine kluge Frau hatte. Worauf er stolz war, das war ihre Familie, die mit der Arche gekommen ist.«

»Nun, sind wir das nicht alle?«

»Oh, nicht mit *der* Arche. Nicht mit Noah, wenn Sie das meinen. Nein, die andere, wichtigere — jedenfalls hier in Maryland. Die ersten Siedler kamen mit zwei Schiffen: Mit der ›Arche‹ und der ›Taube‹, und sie landeten im St. Marys County — das ist das nächste südlich von hier. Er sprach immer davon, wie hochgeboren sie sei.«

»Dann sind Sie also auch — hochgeboren?«

»Ich muß gestehen, ich kann nicht viel damit anfangen. Und sie konnte es auch nicht.«

»Warten Sie, bis Richard davon erfährt.«

»Aber als mein Vater starb, ist sie mit dem, was er ihr hinterlassen hat, in die Stadt gezogen, hat es verdoppelt und verdreifacht und vervierfacht und —«

»Verfünffacht, nehme ich an.«

»Mindestens. Aber sie war nicht geizig. Sie war bereit, jedermann zu helfen.«

»Das kommt bei reichen Leuten öfters vor. Wenn Sie sich erinnern an heute morgen . . .«

»Trotzdem: Wenn das Geld sah, wie meine Mutter zur Tür hereinkam, ließ es sich erst ein bißchen streicheln und kuschelte sich dann in ihre Handtasche.«

»Je mehr Sie von ihr sprechen, desto mehr mag ich sie.«

»Sie hat mir ein Vermögen hinterlassen. Ich bräuchte nicht zu arbeiten.«

»Das freut mich zu hören.«

Sie schloß die Augen bis auf schmale Schlitze, und ich kam mir plötzlich sehr töricht vor. Ich hatte einen Augenblick lang vergessen, wie reich sie war. Dann plötzlich sagte sie: »Und wo ist die Jacke?«

»Im Schlafzimmer. Darf ich vorausgehen?«

»Ich finde schon hin.«

Sie blieb ein paar Minuten weg. Ich hörte, wie sie Schubladen öffnete und schloß. Dann kam sie zurück und sagte: »Die Jacke ist in Ordnung, und die dunkelblaue Hose paßt genau dazu. Aber diese hellblauen Hemden mit den Verzierungen an der Brust sind eine echte Inspiration. Lloyd, man wird Sie lieben. Sie werden genau so aussehen wie das, was Sie sind: ein hochgeborener Gentleman aus Maryland, der sich zu seinen neureichen Freunden herabläßt. Ich werde stolz sein, Sie präsentieren zu dürfen. Ich kann es kaum erwarten.«

»Sie machen sich lustig über mich.«

»Nein, keineswegs. Haben Sie eine rote Krawatte?«

»Ja. Natürlich habe ich eine rote Krawatte.«

»Ich wollte es nur wissen. Habe vergessen, nachzusehen.«

Sie machte jetzt die Runde vor den Fotografien und blieb vor dem Bild eines kleinen Mädchens stehen, das neben zwei Ochsen steht, die einen Karren ziehen. »Wer ist das?«

»Meine Mutter als Kind. Damals hat man in St. Marys County noch Ochsen zum Ziehen benützt.«

»Wie gesagt, je mehr ich von ihr höre, desto mehr mag ich sie.«

Vor einem Foto von mir neben einem Pony stieß sie ein paar leise Schreie aus. »Oh! Oh! Oh! Ich habe mir immer so sehr ein Pony gewünscht und nie eines bekommen. Wie hat es geheißen?«

»Brownie.«

»Und schauen Sie seine Stirnlocke an!«

»Er mochte es nicht, wenn man ihn daran gezupft hat. Sobald man es versuchte, hat er gebissen, und zwar richtig.«

»Ich hätte ihm die Nase getätschelt.«

»Dagegen hatte er nichts.«

Sie zeigte auf einen Football, der auf einem Regal festgemacht war. »Was gibt es dazu zu sagen?«

»Ein Touchdown, den ich im Spiel gegen die Marine erzielte. Man hat mir den Ball zur Erinnerung gegeben.«

»Dann haben Sie also richtig gespielt?«

»Richtig. Ich war sogar Mannschaftskapitän, im Abschlußjahr.«

»Aber nicht als Profi?«

»So sehr hat es mich nicht interessiert. Und ich war realistisch genug, zu erkennen, daß ich mit meinen einsfünfundachtzig beim Profifootball eine Mücke gewesen wäre.«

»Ja natürlich — Sie sind wirklich ein Winzling.«

Sie fuhr fort, die Fotos zu betrachten, während ich dastand und ihr Hinterteil betrachtete, ohne es mir eingestehen zu wollen. Sie bewunderte die Fotos von mir, auf denen ich den B. A. verliehen bekam, dann den M. A. und schließlich den Doktortitel, wobei sie dieses Foto aus der Nähe betrachtete. »Ich wollte nur nachsehen, ob man Sie nicht mit dem Talar betrogen hat. Die Quaste soll nämlich wirklich aus Goldfaden sein.«

»Ja, man hat nichts ausgelassen.«

Sie wandte sich dem nächsten Bild zu, auf dem ich in einem Spiel einen Paß versuchte. Dann plötzlich setzte sie sich, als könnte sie nicht mehr auf den Beinen stehen, und starrte mich seltsam an.

»Mrs. Garrett — Hortense — ist etwas nicht in Ordnung?« Sie gab mir keine Antwort. »Ist Ihnen übel?« fragte ich und schüttelte sie.

Sie gab noch immer keine Antwort. Da, ganz überraschend, löste sich ein Gefühl der Geilheit in meinem Körper, bewegte sich von vorn nach hinten und mein Rückgrat hinauf: Ich legte einen Arm um sie, den anderen unter ihre Knie und hob sie hoch. »Nein, nein, nein!« stöhnte sie.

Ich ging mit ihr auf den Bogengang zu, und sie stieß mit

Armen und Beinen nach mir und wand und wehrte sich. Dabei befreite sie das eine Bein und ließ es danach lose herunterhängen. Ich hielt das andere um so fester und ging weiter durch den Bogen und die Diele zur Tür meines Schlafzimmers. Sie hatte sie geschlossen. Ich stieß sie auf und trug Hortense hinein. Legte sie auf das Bett und begann sie auszuziehen. Ihre Jacke, die Hose ihres Hosenanzugs, den Schlüpfer, den Büstenhalter, die Strümpfe und Schuhe. Als sie nackt war, hob ich ihre Kleidungsstücke auf und legte sie alle in einem Haufen auf einen Stuhl. Sie sprang hoch und schoß darauf zu. Ich packte sie, hielt sie fest und begann zugleich, mich selbst auszuziehen. Es war eine schwierige Sache, mit nur einer freien Hand, aber es dauerte trotzdem nicht lange. Als ich auch nackt war, schlug ich die Tagesdecke zurück. Dann nahm ich Hortense in die Arme, legte sie auf das Laken und mich daneben. Schließlich, als ich sie an mich preßte, fand ihr Mund den meinen, und von da an war es wie der Ausbruch eines Vulkans.

Kapitel 3

Danach lagen wir uns lange Zeit in den Armen, so nahe, daß sich unser Atem mischte. Manchmal küßte sie meinen Hals in einer seltsamen Weise, als wäre etwas ganz Besonderes dabei. Und inzwischen, ganz allmählich, löste sich mein Verstand aus dem Nebel. Die Gedanken begannen wieder hindurchzugehen. Ich erinnerte mich an meine Verstimmung, an meine Abneigung gegen sie, weil sie mich von ihrem Mann abblockte und von seiner Absicht, die Stiftung des Instituts zu unterstützen. Ich fragte mich, was jetzt wohl aus dem Projekt werden würde. Aber alles, was ich fühlte, war eine tiefe Verehrung dafür, daß sie mich auf diesen Trip mitgenommen hatte — so hoch, daß ich mich ganz oben in den Wolken fühlte. Ich versuchte, daran zu denken. Und ich atmete den Duft ihres Haars ein — warm, rein, köstlich.

Sie öffnete die Augen und flüsterte: »Warum hast du das getan?«

»Was denn?«

»Also, ich nenne das Vergewaltigung.«

»Wer bin ich, daß ich dir widersprechen könnte?«

»Ich habe mein Bestes getan, um dich aufzuhalten. Du kannst nicht sagen, daß ich dich gewähren ließ. Aber nein, du mußtest einfach weitermachen, mit Gewalt, jawohl, mit brutaler Gewalt. Du bist ein sehr starker Mann, weißt du.«

»Ja, das sagt man.«

»Also — ich hab' dich was gefragt.«

»Warum ich dich vergewaltigt —«

»Ich wollte, du würdest es mir sagen.«

»Meine erste Antwort lautet: Warum nicht? Warum hätte ich dich nicht vergewaltigen sollen? So, wie du den Hintern gedreht hast drüben im Wohnzimmer, als du meine Fotos betrachtet hast — einen Schritt nach links, einen nach rechts, und bei jedem Schritt einmal wackeln.«

»Vergewaltigst du jede Frau, die mit dem Hintern wakkelt?«

»Ich habe so etwas nie zuvor gesehen.«

»Das ist keine gute Antwort.«

»Willst du eine bessere?«

»Ich wollte, du würdest mir die wahre Antwort sagen.«

»Du wolltest es haben, deshalb habe ich es getan.«

Sie schloß die Augen. Nach langer Zeit flüsterte sie: »Ja — ja, ich wollte es. Ich kann es ruhig zugeben. Ich habe dich abgewehrt, ich habe alles getan, um dich abzuwehren. Und doch habe ich gebetet — nicht, daß es *nicht* dazu kommt, sondern *daß* es dazu kommt. Denk mal, Lloyd: Ich habe richtig gebetet! Ich habe versucht, Gott auf die Seite dieser ungeheuerlichen Tat zu ziehen! So etwas habe ich nie zuvor getan. Und mit keinem anderen Mann. Nur in der Ehe, wie es mein Eheschwur gestattet, meine ich. Verstehst du, was ich damit sage? Glaubst du mir?«

»Ich habe es gewußt, ohne daß du es mir zu sagen brauchtest.«

»Lloyd, es ist die Wahrheit.«

»Weil wir schon von Gott sprechen —«

»Du glaubst an ihn, nicht wahr?«

»Ja ... Weißt du, wer das erfunden hat, was wir getan haben?«

»Was meinst du mit *erfunden*?«

»*Er* hat es erfunden.«

»Ein seltsamer Gedanke.«

»Nun ja, wer denn sonst? Wer hätte das sonst erfinden können? Es ist immerhin die größte Erfindung in der Geschichte der Menschheit. Der Welt, um genau zu sein. Oder kennst du eine bessere?«

»Trotzdem war es unrecht.«

»Bist du dir da so sicher?«

»Es wurde erfunden, weil Er uns damit auf die Probe stellen wollte.«

»Woher willst du das wissen?«

»Das ist das Schrecklichste daran. Es kam mir so *richtig* vor.«

»Können wir nicht weitermachen, Hortense?«

»Weiter — womit?«

»Darüber zu reden.«

»Was willst du darüber reden?«

»Zum Beispiel, daß ich von einem Lastwagen überrollt worden bin. Wovon bist du überrollt worden?«

» ... Lastwagen.«

Daraufhin hörten wir auf zu reden. Wir hielten uns nur fest und schauten uns an. Nach einer Weile flüsterte sie: »Der größte Lastwagen auf der ganzen Welt, so groß, daß ich Angst habe davor. Denn weil er so groß war, müssen wir tun, was er uns zu tun befiehlt. Wir müssen die Wahrheit anerkennen, Lloyd. Wir müssen der Tatsache ins Auge sehen, daß es ein Lastwagen war und kein Motorrad.«

»Worauf willst du hinaus?«

»Es darf nie wieder geschehen.«

»Diese Logik begreife ich nicht.«

»Wenn es so groß war, dann hat das auch was zu bedeuten. Und wenn das der Fall war, dann dürfen wir es nicht beflekken. Wenn es nichts weiter als Begierde war, dann war es gemein und bedeutungslos. Aber du sagst, du bist von einem Lastwagen überrollt worden, und mir ist es bestimmt genauso gegangen. Also war es groß. Also hat es uns übermannt, ohne Warnung. Aber jetzt sind wir gewarnt. Jetzt wissen wir, was passieren kann. Jetzt kann man uns nicht mehr durch Überraschung besiegen. Also gut, was geschehen ist, ist geschehen — so ist das Leben nun einmal. Vielleicht wird Gott uns verzeihen. Aber es kann und darf nie wieder geschehen.«

Ich versuchte, mich zu erinnern, was sie noch sagte, aber es verwischt sich in meiner Erinnerung. Eines führt keineswegs zwingend zum anderen. Damals hatte ich keine Lust, mit ihr zu streiten. Ich sagte nur: »Wenn du es so haben willst . . .«

»Es muß einfach so sein.«

»Okay, dann soll es so sein. Küsse mich.«

Sie küßte mich in einer glücklichen, sorglosen Weise und flüsterte dann: »Da ist etwas an dir, Lloyd, das habe ich vom ersten Augenblick an gespürt. In der Sekunde, als ich dich das erste Mal gesehen habe. Du bist anständig.«

»Klettere drauf.«

»Drauf? Wo drauf denn?«

»Auf meinen Bauch.«

»Meinst du das, was ich glaube, daß du meinst?«

»Ich habe gewisse Impulse.«

»Aber du hast mir eben noch versprochen, daß es nicht wieder geschehen wird.«

»Ich habe dir versprochen, daß ich dich nicht mehr vergewaltige, und dabei bleibt es auch. Also gut, klettere mir auf den Bauch. Mädchen, die oben hocken, kann man nicht vergewaltigen. Wenn sie wollen, brauchen sie nur runterzurutschen.«

»Lieber Gott, bitte laß es nicht zu!«

»Angenommen, Er ist auf meiner Seite?«

»Lloyd, bitte, laß es nicht noch einmal dazu kommen.«

»Ich lade dich ja nur ein, das ist alles. Wenn du möchtest, kann ich es dir schriftlich geben, aber das dauert ein wenig, und ich —«

»Du führst mich in Versuchung.«

»Verdammt noch mal, setz dich schon drauf!«

»Oh! . . . Oh! . . . Ohhhh!«

Diesmal dauerte es länger, aber dann waren wir ruhig, und sie lag wieder in meinen Armen. Ich sagte: »Angenommen, ich gestände dir jetzt, daß ich dich liebe. Würdest du mich auslachen?«

»Ich würde dir eine kleben, wenn du es *nicht* sagen würdest.«

»Okay, damit wäre das geregelt.«

»Smek.«

»Kannst du das wiederholen?«

»S—M—E—K. Siegel mit einem Kuß. Du liebst mich, und das macht mich glücklich.«

»Okay, soviel zu mir. Und wie steht's bei dir?«

»Lloyd, zwing mich nicht dazu, es zu sagen.«

»Warum ich, und du nicht?«

»Ich bin verheiratet. Deshalb kann ich es nicht sagen.«

»Das möchte ich genauer wissen.«

»Bitte. Ich möchte nicht.«

»Wir müssen.«

»Also schön, meinetwegen. Aber es gibt nichts zu sagen. Ich bin verheiratet. Wenn ich so töricht war, so völlig ohne Verstand, es erst schon einmal und dann noch einmal zu vergessen — ich bin trotz alledem verheiratet. Das ist der Anfang und zugleich das Ende. Mehr kann ich dazu nicht sagen.« Es klang nicht sehr überzeugend.

»Wie eng?«

»Was meinst du mit ›wie eng‹?«

»Wie eng seid ihr — ich meine, macht er es mit dir oder nicht?«

Sie stöhnte und begann dann zu schluchzen. Ich gab ihr einen Klaps auf den Hintern und sagte: »Ja oder nein?«

Schließlich stöhnte sie: »Nein.«

»Na, endlich kommen wir weiter. Aber nun ist eine Erklärung fällig. Warum macht er es nicht? Hattet ihr Ärger? Gibt es eine andere Frau? Oder was?«

»Es gab keinen Ärger, und es gibt meines Wissens auch keine andere Frau. Wir passen in dem Punkt nicht zusammen, das ist alles. Es paßte schon nicht zu unserer pränuptialen Kameradschaft, wenn man so sagen kann. Wir lernten uns auf einer Party kennen, die mein Onkel gab — sein großes alljährliches Treffen, mit dem er sich für die Dinnereinladungen revanchierte, die er im Lauf des Jahres erhalten hatte. Er war der Bruder meines Vaters, und wir waren nicht reich, aber er war es. Und meine Mutter, die eine Chapman aus Chester ist, lernte in jungen Jahren auf Krankenschwester und heiratete, sobald sie das Häubchen hatte. Aber sie kümmerte sich auch um Onkel Allen, besonders bei seinen Partys, damit sein Blutdruck nicht hochschnellte. Doch bei der bewußten Party hatte sie Gürtelrose, also übernahm ich ihre Rolle und die Verantwortung. Ich erinnerte mich an die Namen, versuchte, die Leute richtig zusammenzubringen, und leitete das eine oder andere, so zum Beispiel beaufsichtigte ich die Arbeit des Partyservice, der ziemlich schlecht funktionierte. Richard war unter den Gästen und bewunderte mich — mein Computergedächtnis, wie er es nannte, das er einer gesellschaftlichen Praxis zuschrieb, die ich gar nicht besaß. Ich bin zwar mit allem Nötigen erzogen worden, aber dazu gehörte nicht, daß ich mir die wichtigsten Namen merkte — und gerade das war es, was Richard so imponiert hatte. In meinem letzten Jahr an der Universität von Delaware war ich, wie ich schon sagte, als Assistentin meines Professors mit der Abhaltung von Übungen beauftragt, und zu meinen Aufgaben zählte auch, die Studenten darüber zu informieren, welche Kurse und Übungen angebracht waren und welche Examina innerhalb welcher Zeit abzulegen waren. Auf diese Weise erreicht man eine ziemliche Fertigkeit in der Kunst, die richtigen Namen mit den richtigen Gesichtern in Verbindung zu bringen. Und was meine Leitung des Partyservice betraf — nun, ich hatte immerhin ein Jahr lang die Aufsicht über die Mensa unserer Fakultät, und da lernt man, wie man schwierige und unzufriedene Leute bedient, das kannst du mir glauben.«

»Und wozu führten die Namen und die Bedienung?«

»Nun, ich sagte es schon, Richard hielt es für gesellschaftliche Erfahrung. Er sah mich schon als seine Gastgeberin, in seiner Wohnung in Wilmington, direkt unter den Sternen.«

»Jetzt verstehe ich. Weiter.«

»Also war ich sehr aufgeregt. Wer wäre es nicht gewesen? Er war immerhin Richard Garrett. Er bekam seine Gastgeberin, und ich bekam einen großen Finanzmann. Aber er bekam keine Frau, und ich bekam keinen Mann. Eine Ehe wird meines Erachtens im Bett geschlossen, und das kann zugleich der Himmel sein, wenn zwei Menschen einander wirklich lieben; aber unser Betterlebnis war ein Flop. Ich kann nicht sagen, woran das gelegen hat. Er hat sich bemüht, und ich habe mich bemüht, und wir beide haben uns bemüht und bemüht — wir haben uns gesagt, wenn wir uns erst aneinander gewöhnt hätten, würde alles gut werden. Aber es wurde nie gut. Wir haben die Ehe praktisch gar nicht vollzogen. Die vielen Versuche hatten nicht geholfen. Ich bekam Alpträume — Träume, über die ich nicht sprechen möchte. Und als ich dann noch eine Fehlgeburt hatte, wußte ich, daß es so nicht weitergehen konnte. Als ich aus dem Krankenhaus zurück war, stellte ich fest, daß er zu der gleichen Entscheidung gekommen war. Von da an schliefen wir in getrennten Schlafzimmern. Und von da an waren wir glücklich. Es machte mir Spaß, seine Freunde und Bekannten zu bewirten und zu unterhalten, und, glaube mir, ich bin gut als Hostess. Er ist nett und zu meinen Freunden ein vollendeter Gentleman, also bin ich eigentlich ganz zufrieden, wenn man einmal davon absieht, daß er unbedingt meint, wir müßten nach Washington ziehen. Nun, ist das jetzt einigermaßen klar? Ich meine, begreifst du jetzt, warum ich nichts mit deinem Institut zu tun haben will?«

»Ja, natürlich. Jetzt sieht es schon ganz anders aus.« Aber dann fiel mir etwas ein. »Bis auf eines«, sagte ich. »Warum hast du es schließlich doch gemacht — mit mir, meine ich? Schön, wir stimmen darin überein, daß ich rundum ein unwiderstehlicher Mann bin. Aber ich hatte den Eindruck, daß du mir sehr wohl zu widerstehen vermochtest, bis du zu diesem Foto gekommen bist, das mich als Football-Spieler zeigt. Was hatte das damit zu tun?«

»Das ist eine lange Geschichte.«

»Wir haben den ganzen Tag dazu — und die ganze Nacht.«

Nach einer Weile sagte sie: »Es war ... Ich habe deinen Hals gesehen, deinen nackten Hals, den wunderbaren nackten Hals, auf diesem Foto ... Das hat mich ...«

»Ja? Was?«

»Es hat mich elektrisiert bis zu den Zehen.«

»Na los. Raus mit der Sprache.«

»Als ich auf der Highschool war, hat man mich mal zu einem Mädchen eingeladen, das in Maryland auf einer Farm lebte, im Greenspring Valley, wo ihr Vater Rennpferde züchtete. Und eines Morgens versteckten wir uns in der Remise neben den Stallungen, um zuzusehen, wie es ein Hengst mit einer Stute treibt. Es war furchtbar aufregend, viel aufregender, als ich es mir vorgestellt hatte. Der Hengst warb um die Stute wie ein Schuljunge, stolzierte vor ihr auf und ab, bis es schließlich zu dem kam, was er tun sollte. Einmal, ein paar Sekunden lang, war er nur ein paar Meter von uns weg, von dem Fenster, durch das wir die Szene beobachteten, und währenddessen reckte er seinen Hals. Wir hätten die Hand ausstrecken und den Hals berühren können. Wir sahen tatsächlich, wie in einer seiner Adern das Blut pochte. Lloyd, man hat richtig gesehen, wie es pochte! Und eines Tages in Newark, als Delaware gegen Maryland spielte, da war ein Junge aus Maryland, und als er einen Paß versuchte, da sah ich seinen nackten Hals. Und an diesem Hals pochte eine Ader, genau wie bei dem Hengst. Lloyd, und als ich das Foto vorhin sah, wo der nackte Hals zu sehen war, und als mir klarwurde, daß ich jetzt mit diesem Jungen allein in einer Wohnung war — in seiner Wohnung! —, da hat es mich umgehauen. Aber woher weißt du das überhaupt? Wieso hast du es gemerkt?«

Ich erzählte ihr von meiner Begierde, die wie eine Medusa gewesen war. »Seltsam«, flüsterte sie. »Du hast es gewußt, als du mich angeschaut hast?«

»Sagen wir, ich habe es gehofft. Vergiß nicht — ich wollte dich haben von dem Augenblick an, als ich dich zum ersten Mal sah.«

»Damals hat man mir gesagt, daß du Plummer heißt — Brisket Plummer. Ich hab' mir den Namen gemerkt.«

»Ja, dazu ist es folgendermaßen gekommen: Mein Footballtrikot hat gejuckt. Es war aus Wolle und fühlte sich an, als ob tausend Fliegen darunter gewesen wären. Also trug ich ein Baumwollhemd darunter, und das tat seine Dienste, nur nicht am Hals. Also hat meine Mutter das Trikot am Hals abgeschnitten und umgenäht. Auf diese Weise blieb mein Hals frei. Die Sportjournalisten meinten, ich hätte es getan, um gut auszusehen. Von da an nannten sie mich ›Brisket‹ — das ›Bruststück‹, wie beim Rindvieh. Der Name ist mir geblieben.«

»Es sah gut aus, und es sieht noch immer gut aus. So — so fest und rund.«

»Ein Zeichen physischer Kraft, über welche ich verfüge.«

»Weißt du, daß du ein Grübchen am Hals hast, ein kleines, doppeltes Grübchen neben dem Adamsapfel?«

»Natürlich — es macht mir jeden Morgen beim Rasieren

Ärger.«

Sie küßte die Stelle und fuhr dann fort: »Jetzt bin ich mal so richtig verdorben. Weißt du was? Wenn so was möglich wäre, ich meine, wenn es noch mal gehen würde, dann würde ich noch mal an Bord klettern, und ab ginge die Fahrt und —«

»Was soll denn daran nicht möglich sein?«

»Du meinst, es geht? Dreimal hintereinander an einem einzigen Nachmittag?«

»Für einen Zuchthengst und mit einer Stute, die so gut aussieht wie du, ist alles möglich. Also dann, rauf mit dir, schöne Stute, und ab geht's!«

»Lloyd, ich liebe dich, ich liebe dich, ich liebe dich.«

Es war der letzte sorgenfreie Augenblick, den wir für einige Zeit haben sollten.

Kapitel 4

Sie rollte neben mich, kuschelte sich dann an meine Seite und lag lange Zeit still, ohne zu sprechen. Dann: »Lloyd, ich habe nachgedacht. Ich könnte ein kleines Dinner geben und so ungefähr sechs Paare einladen, und du könntest deine Sache abziehen — ich meine, über Biographie reden, wobei deine breite Brust das hellblaue Hemd mit den Rüschen an der Vorderseite dehnt —, und wir könnten hoffen, daß mindestens einer von den Sechsen den Köder schluckt. Aber besser noch wäre ein ganz kleines Dinner, für nur sechs Personen. Du, irgendeine Tischdame für dich, damit die Runde nett aussieht, Richard, ich und ein Paar, das ich kenne, die Grangers, die zwar nicht mit den Du Ponts verwandt sind, aber unanständig reich und bis zu einem gewissen Grad sogar gebildet. Sie waren befreundet mit dem Paar von den Du Ponts, das mit den Menckens befreundet war — damit du dir ungefähr vorstellen kannst, wovon ich spreche. Ich könnte mir gut denken, daß es sie umhaut, die Vorstellung, meine ich, daß sie an einer wichtigen kulturellen und intellektuellen Angelegenheit beteiligt sind. Und ich kann mir nicht denken, daß Richard uns Schwierigkeiten machen wird. Er würde sehr klein aussehen, wenn er es versuchte.«

»Aber warum denn?«

»Ich habe es dir gesagt.«

Ich dachte darüber nach und fragte dann: »Glaubst du, daß er aus der Sache ausgestiegen ist? Es sei denn, du versuchst, seine Meinung zu ändern?«

»Ich kann seine Meinung nicht ändern.«

»Ich weiß — aber glaubst du, daß er ein für allemal ausgestiegen ist?«

»Warum fragst du?«

»Ach, ich weiß nicht. Vielleicht ist es Brisket Palmer, der nie aufgibt. Er ist mein Spatz in der Hand, weißt du. Bevor ich mich um die Tauben auf dem Dach bemühe, dachte ich, wir versuchen es noch mal mit ihm.«

Ich sagte wahrscheinlich noch mehr, aber dann wurde mir plötzlich klar, daß ich nur so dahinredete, ohne irgendeine Reaktion von ihrer Seite. Als ich sie wieder ansah, hatte sie den Kopf auf den Ellenbogen gestützt und starrte mich an. »Lloyd, du würdest doch daraus keinen Vorteil ziehen, oder?«

»Wie sollte ich einen Vorteil ziehen — und woraus?«

»Bei Richard. Wegen mir.«

Gott helfe mir, der einzige Vorteil, den ich im Sinn hatte, wenigstens bis dahin, bestand darin, mit ihren Hüftbewegungen in Einklang zu kommen, dezent ausgedrückt. Es war mir ebensowenig wie ihr klargeworden, daß ich sie — falls ich wirklich einen Vorteil aus der Situation ziehen wollte — praktisch in der Hand hatte. Einen Augenblick lang schauten wir uns an, und wir wußten, was sie mit ihrem letzten Satz gemeint hatte. Aber ich wollte noch nicht ganz mitkommen, und mein Mund übernahm die Verzögerungstaktik und redete heiße Luft. »Wie — bitte, das mußt du mir genauer erklären. Wie könnte ich daraus einen Vorteil ziehen?«

»Du könntest mich verraten, Lloyd.«

»Ich bitte dich, es mir zu erklären, und du —«

»Du könntest Richard darüber Bericht erstatten, über das, was heute in diesem Bett geschehen ist. Das würde alle seine Probleme lösen, ziemlich billig und gemein, wie er es bezeichnen würde, und es würde vermutlich auch alle deine Probleme lösen. Er wäre mich los, ohne auch nur einen Cent bezahlen zu müssen, und du hättest dein Institut, schlüsselfertig und so, wie du es dir gewünscht hast. Denn die Summe, die es ihn kosten würde — zwanzig Millionen hast du gesagt, nicht wahr? —, wäre nichts für ihn im Vergleich dazu, was er berappen müßte, wenn er sich von mir scheiden lassen würde ohne den Beweis meiner Schuld. Du weißt vermutlich, daß ehebrecherische Frauen leer ausgehen. Siehst du, und das ist der Punkt, wo du aus der Sache deinen Vorteil ziehen könntest. Für dich — und für dieses Institut.«

»Du glaubst, das würde ich tun — einfach so?«

»Es wäre möglich, ja.«

»An deiner Theorie ist einiges falsch, wie mir scheint.«

»Was denn?«

»Zum Beispiel, wie er darauf reagieren wird. Das heißt, wie er reagieren könnte. Während wir hier liegen, können wir uns natürlich nicht genau vorstellen, was er in diesem Fall tun würde. Höchstwahrscheinlich würde er mir, wenn ich mit der Geschichte zu ihm käme, einen Tritt in den Hintern versetzen. Dann würde er zu dir kommen, und du würdest ihm — was sagen?«

»Die Wahrheit, nehme ich an.«

»Bist du da so sicher?«

»Natürlich! Warum —« Sie muß danach an die zehn Minuten lang geredet und mir klarzumachen versucht haben, wie sicher sie war. Schließlich unterbrach ich die Suada. »Mit anderen Worten, du würdest lügen und könntest ja auch davon ausgehen, daß immerhin mein Wort gegen das deine steht. Er würde sich entschließen, deinem Wort mehr zu glauben, und damit wäre ich wiederum draußen — einfach so.«

Sie schloß die Augen und blieb lange Zeit liegen. »Aber er könnte auch deinem Wort glauben, Lloyd.«

»Okay, dann bin ich draußen, und du bist auch draußen. Also —«

»Also was?«

»Also sind wir beide draußen, das heißt drinnen — hier drinnen.«

»Du glaubst, nachdem du meine Ehe zum Scheitern gebracht hast, würde ich zu dir gekrochen kommen? Für wie dumm hältst du mich eigentlich?« Sie ließ eine Pause entstehen. »Ich sehe mich schon, wie ich es tue.«

»Und ich sehe es auch — von wegen! Der ganze Gedanke ist lächerlich, völlig lächerlich. Allein die Vorstellung, ich würde zu ihm gehen und —«

»Du bräuchtest nicht zu ihm zu gehen.«

»Du meinst, ich könnte es ihm über Funk und Fernsehen mitteilen?«

»Du könntest ihn anrufen und nicht sagen, wer du bist.«

»Und er würde meine Stimme nicht wiedererkennen? Oder sich nicht vorstellen können, wer da wohl weiß, was du in meinem Bett getan hast? Für wie dumm hältst du mich — oder wie dumm stellst du dich?«

»Du könntest ihm einen anonymen Brief schicken.«

»Der bei dem Geld, über das er verfügt, in zwei Tagen identifiziert wäre. Komm schon, werde endlich vernünftig.«

»Würdest du aus mir deinen Vorteil ziehen oder nicht?«

»Ich habe dir bereits gesagt, du sollst endlich vernünftig werden.«

»Ich will eine Antwort hören — ja oder nein?«

»Okay — also nein.«

Nach einer langen Pause sagte sie: »Ich glaube dir nicht.«

»Und warum nicht?«

»Weil du mich dabei nicht ansiehst.«

»Aber jetzt sehe ich dich an — ich schaue dir direkt in die Augen. Was sagen sie dir?«

»Lloyd, sie sagen mir, daß du lügst.«

»Ich wüßte nicht, wie ich noch aufrichtiger dreinschauen könnte.«

»Du schaust *zu* aufrichtig drein.«

»Anders kann ich leider nicht dreinschauen.«

»Das ist es ja, Lloyd. Du *würdest* deinen Vorteil daraus ziehen.«

Um das Thema zu wechseln, zog ich ihr die Decke weg, drehte sie auf den Rücken und bearbeitete ihr Hinterteil mit guten, festen Schlägen, eins-zwei-drei, daß es klang wie die Artillerie. Dann fragte ich: »He — warum schlägst du eigentlich nicht zurück?«

»Mir ist nicht danach.«

»Wonach ist dir dann?«

»Mir ist nicht freundlich.«

»Okay, mir schon, aber wenn dir nicht danach ist, bitte sehr, alles, wie die Lady es wünscht. Also schön, ruf an.«

»Was?«

»Geh zum Telefon — es steht am Nachttisch — und ruf an. Ruf deinen Mann an und sag ihm, daß du deine Meinung geändert hast. Wenn man mich schon als Ratte einstuft, möchte ich wenigstens meinen Vorteil davon haben.«

»Du würdest ihn nutzen, das ist es ja, was ich sage.«

»Ich habe es gesagt — also los, ruf an.«

»Es hat keinen Sinn. Er wollte heute nachmittag in Philadelphia sein und kommt erst abends zurück.«

»Dann ruf ihn heute abend an.«

»Gut.«

Plötzlich begann sie zu weinen. Ich nahm sie in die Arme und flüsterte ihr zu, daß ich sie liebte. »Los, steig auf«, sagte ich dann.

»O nein. Das ist vorbei — ein für allemal.«

»Nur noch einmal, um dir zu beweisen, daß ich dich liebe

— und daß du mich liebst.«

»Ich könnte keine Ratte lieben.«

»Aber die Ratte liebt dich trotzdem.«

»Mein Gott, nicht!«

»Hortense, hast du mich nicht gehört?«

Es zeigte sich, daß sie mich sehr wohl gehört hatte.

Endlich, gegen Abend, standen wir auf. Sie machte, noch immer nackt, das Bett, während ich dasaß und sie dabei betrachtete. Sie bewunderte das Bett. Als ich erklärte, meine Mutter habe es etwas kleiner machen lassen als die üblichen Betten in den Möbelgeschäften, betrachtete sie es noch einmal und berührte es mit den Fingern. »Es ist so einfach«, sagte sie. »Nur die vier gedrechselten Pfosten und ein gedrechseltes Stück dazwischen, am Kopfende. Und die beiden Seitenbretter in der Mitte ausgeschnitten. So einfach. Ahornholz, nicht Nußbaum, und nicht von Wallace Nutting. Ich habe ihn ein wenig satt, weißt du.«

»Mach weiter. Ich höre deinen freundlichen Worten gern zu.«

»Aber sie gelten *ihr*! Deiner Mutter!«

»Du vergißt dich selbst, oder?«

»Ich vergesse gar nichts. Niemals vergesse ich etwas.«

Dann badeten wir, sie in der Wanne, ich in der Duschkabine. Als wir uns abtrockneten und uns dabei gegenüberstanden, bewegten sich ihre Brüste in atemberaubender Weise. Sie sagte: »Weiß der Himmel, was jetzt geschieht. Es ist meine unfruchtbare Zeit des Monats — angeblich! Weiß der Himmel, was jetzt geschieht.«

Nachdem wir uns angezogen hatten, fuhren wir mit dem Lastenaufzug hinunter und gingen durch den Hinterausgang zum Wagen. Ich brachte sie ins Royal Arms, das sich auf Roastbeef spezialisiert hatte, und wir futterten jeder eine ganze Portion. Sogar während dem Essen befragte sie mich über Biographien und Biographen. »Namentlich, was mich betrifft, oder betreffen könnte — falls du auf dem Anruf bestehst.« Ihre Fragen waren präzise und treffend, so treffend, daß sie mich überraschten, und ich versuchte, ihr ebenso treffend zu antworten, legte ihr alles so klar wie möglich dar, während sie sich auf der Rückseite der Speisekarte Notizen machte. Sie war nicht von ihrer Idee abzubringen und behauptete: »Wenn ich diese Show für Richard abziehen soll, muß ich mir erst über einiges klarwerden, damit die Sache auch Hand und Fuß hat und er mir glaubt, daß ich aus diesen und jenen Gründen meine Meinung geändert habe. Ich behaupte immer noch, es wäre viel, viel besser, wenn du mich nicht dazu zwingen würdest, Lloyd, und wenn wir die Sache einfach vergessen könnten.«

»Ich zwinge dich zu nichts, Hortense.«

»Aber natürlich tust du das.«

»Du rufst doch nur an, damit du ruhig schlafen kannst.«

»Damit ich — was?«

»Nicht ich war es, der sich diesen Floh ins Ohr gesetzt hat. Das warst du, du ganz allein. Du hast dich mir in die Hand gegeben — das wissen wir beide —, aber ich weiß ebenso, daß ich diesen Vorteil niemals ausnützen würde. Du dagegen weißt es nicht, und du kannst es auch nie mit Sicherheit wissen. Aus diesem Grund — einfach aus reiner Angst und aus Mißtrauen mir gegenüber hast du die Absicht, deinen Mann anzurufen. Um sicher zu sein vor mir — wie du glaubst.«

»Wenn ich meine Opposition zurückziehe, bin ich sicher vor dir.«

»Okay, wenn du meinst.«

»Oder vielleicht nicht? Glaubst du — ich wäre dann auch nicht sicher?«

»Du bist es, und du weißt es jetzt. Aber du glaubst mir nicht.«

»Wir reden immer wieder um die gleiche Sache herum.«

Der Watergate-Komplex liegt an der Virginia Avenue; auf Hortenses Rat parkte ich den Wagen in der New Hampshire Avenue, direkt hinter der Kreuzung der beiden Straßen. Ich nahm ihre Tasche heraus, während sie den leichten Mantel vom Rücksitz holte. Den Pelz hatte sie angezogen. Wir gingen herum zum Vordereingang, und der Portier kam auf uns zugerannt, um mir die Tasche abzunehmen. Als er durch die Tür verschwunden war, wandte sie sich wieder an mich. »Lloyd, möchtest du noch immer, daß ich — daß ich es bis zum bitteren Ende durchführe?«

»Hortense — nicht ich will es, sondern du!«

»Okay, dann werde ich es also tun.«

»Soll ich dich jetzt verprügeln, oder was?«

»Ich komme morgen früh bei dir vorbei, Punkt zehn. Bitte warte draußen auf mich, damit ich nicht ins Foyer gehen muß.«

»Ich bin da.«

»Sobald ich oben bin, rufe ich Richard an. Und auf dem Weg nach Wilmington, morgen vormittag, kann ich dir berichten, was er gesagt hat.«

»Dann sind wir gemeinsam am Ball.«

»Gute Nacht.«

Und sie ging durch die Glastüren, ohne sich noch einmal umzuschauen.

Kapitel 5

Ich verbrachte eine scheußliche Nacht, obwohl sie anfangs ganz angenehm war, als ich im Dunkeln dalag und darüber nachdachte, wie gut sich der Tag angelassen hatte. Ich mußte sogar ein wenig kichern, wenn ich daran dachte, wie ihr Gewissen arbeitete und wie sie, um die Gefahr zu neutralisieren, das einzige tat, was sie tun konnte, und dann mir die Schuld daran zuschob. Eine Weile kam es mir amüsant und komisch vor. Aber dann drehte sich mir plötzlich irgendwie der Magen um. Ich fragte mich, ob die Dinge denn nun wirklich so lagen, oder ob da nicht ein bißchen mehr daran war. Und nach einiger Zeit schälte sich die Frage heraus: Wie bin ich da eigentlich hineingeraten? Wie? Zuerst schien es tatsächlich ihre Idee gewesen zu sein — der Gedanke, Richard mitzuteilen, daß sie ihre Meinung geändert habe. Aber dann zwang ich mich, der Wahrheit entgegenzusehen, die da lautete, daß doch noch etwas mehr daran war und daß meine Augen ihr vielleicht Dinge verraten hatten, die ich selbst noch gar nicht wußte. Mit anderen Worten: Tief in meinem Inneren begann ich zu vermuten, daß ich doch bereit wäre, meinen Vorteil ihr gegenüber auszunützen, und daß ich mir insgeheim schon die Möglichkeiten dazu darzulegen versuchte; wenn das der Fall war, handelte sie tatsächlich völlig vernünftig. Sobald man sich über etwas klar wird, erkennt man es meist auf einen Schlag, und danach ist nichts mehr so, wie es vorher gewesen ist. Jetzt war es plötzlich gar nicht mehr amüsant oder komisch, wie sie sich verhielt. Und dann schoß aus dem Dunkeln ein heißer Blitz auf mich zu. Er verriet mir, daß wir mit dem Feuer spielten: Wie sich die Dinge auch entwickeln mochten, es konnte nicht gutgehen. Nach einer Serie ähnlicher Blitze lag ich dann da und fragte mich: Sollte ich noch einmal zurückfahren nach Wilmington — mit ihr? *Sieh zu, daß du da rauskommst,* sagten die Blitze, *sieh zu, daß du dich aus dem Staub machst, solange es noch geht, sonst explodiert dir das Ding vor der Nase, und zwar so, daß du es nie wieder vergißt.* Ich bin schließlich auch nur ein Mensch, und das alles erschütterte mich nicht wenig. Dann dachte ich: Wer nichts riskiert, der nichts gewinnt. In jedem Pokerspiel kam einmal der Augenblick, wo man entweder bluffen oder sich bescheiden zurückziehen mußte. Und das hier war ziemlich wie Poker. Oder vielleicht nicht?

Danach schlief ich ein. Ich wußte, was ich tun würde.

Am Morgen brauchte ich fünf Minuten, um Zweitschlüssel zu finden, die ich ihr geben konnte; ich befestigte sie an einem Schlüsselring: die Schlüssel für den Hintereingang und für die Wohnung. Dann ging ich hinunter, stand unter der Markise und kam mir dämlich vor, hier auf sie zu warten in der Gewißheit, daß sie nicht kommen würde.

Ein hellgrüner Cadillac bog um die Ecke und hielt neben mir; dann beugte sie sich zum Beifahrersitz hinüber und entriegelte die Tür, so daß ich einsteigen konnte. Sie spielte normal, sagte »Guten Morgen« und »Schöner Tag heute«. Ich spielte mit, machte eine Bemerkung über den Wagen, und wie schön er aussehe. Sie sagte: »Es ist nur ein Wagen — und mein Mann fährt damit herum.« Damit schien das Thema vorerst erschöpft zu sein.

Wir waren schon unter dem Hafentunnel von Baltimore durch, ehe sie von dem Anruf zu sprechen begann, und als sie es dann tat, versuchte sie, das Thema rasch hinter sich zu bringen. Sie sagte: »Ich habe es einfach nicht fertiggebracht, ihm zu erklären, daß ich meine Meinung geändert habe. Es hätte so furchtbar falsch geklungen. Ich sagte statt dessen, daß du eine Idee gehabt hättest — eine Inspiration, so hättest du es bezeichnet, die du ihm mitteilen wolltest, ihm und mir, und daß ich daraufhin möglicherweise meine Meinung ändern würde — wie du hofftest. Dann habe ich die halbe Nacht wachgelegen und nachgedacht, was das für eine Idee sein könnte. Na ja. Und vorhin habe ich ihn zu Hause angerufen und ihm gesagt, daß die Neugier die Katze umbringt und daß ich beschlossen habe, mit dir zurückzufahren, damit du es uns persönlich mitteilen könntest. Was ich jetzt von dir brauche, ist eine Idee. Aber wenn dir nichts einfällt — auch gut. Du kannst immer aussteigen, per Anhalter zurückfahren und die ganze Angelegenheit vergessen.«

»Ich fürchte, das könnte ich nicht.«

»Übrigens ist mir selbst tatsächlich etwas eingefallen.«

»Ich halte den Atem an.«

»Du könntest das Institut nach mir benennen.«

»Aber natürlich — eine fabelhafte Idee!«

»Dann könnte es sein, daß mich das zu einem ziemlich großen Fisch in einem nicht gerade kleinen Teich machen würde — ja, und das wär's auch schon.«

»Ich würde sagen, das ist es: das Ei des Kolumbus.«

»Hör auf, mir nach dem Munde zu reden.«

»Ich wüßte noch was Hübscheres für einen so hübschen Mund.«

Sie trat auf die Bremse, brachte den Wagen auf der Seitenspur zum Stehen und gab mir eine Ohrfeige, die zehn Minuten lang auf meiner Wange brannte. Dann startete sie den Motor wieder. »Hoffentlich reicht das«, sagte sie. »Übrigens — die Frage ist nicht, was es für eine Idee ist, sondern ob er sie dir abkauft.«

Wir fuhren weiter, zwei Menschen, die meilenweit voneinander entfernt waren. Am Fluß angekommen, starrte sie auf das Asphaltband und achtete gar nicht auf den Canyon. Als wir die Staatsgrenze von Delaware überquert hatten, bog sie wieder aus und blieb stehen. »Wir sind in zwanzig Minuten in Wilmington«, begann sie in steifem, allzu selbstbewußtem Ton. »Und ich halte hier an, um Sie anzuflehen, Ihr Vorhaben aufzugeben — das heißt, daß ich meinem Mann vorschlagen soll, er möge das von Ihnen unterbreitete Projekt akzeptieren und ein entsprechendes Institut mit Ihnen als Leiter stiften, Doktor Palmer. Ich versichere Ihnen, wenn Sie mich dazu zwingen, führt uns das nur ins Verderben. Was meinen Sie dazu?«

»Gib mir eine Minute Zeit zum Nachdenken.«

»Lassen Sie sich soviel Zeit, wie Sie wollen, Doktor Palmer.«

Also dachte ich nach, oder vielmehr, ich glaubte es, aber soweit ich mich erinnere, waren es ganz andere Gedanken, die mir durch den Kopf gingen — wenig brauchbare, wie mir scheint. Zuletzt sagte ich: »Es ist nicht meine Idee, sondern deine.«

»Da täuschen Sie sich. Es ist die Ihre.«

»Wie du meinst. Ich will nicht mit dir streiten. Aber schließlich bist du diejenige, die Angst hat — vergiß das nicht. Und du bist diejenige, die diese Angst zu kappen versucht, indem du mich neutralisierst. Was immer ich jetzt zu dir sage, was ich dir auch verspreche — du wirst diese Angst nicht mehr loswerden. Nämlich, daß es mir nur auf mein Projekt ankommt und daß ich notfalls über Leichen gehen werde, um es zu bekommen. Na schön — also verhalte ich mich so, wie du es von mir erwartest. Fahr zu.«

»Ratte wäre noch geschmeichelt.«

»Aber Selbstbetrug ist noch schlimmer.«

Sie wollte mich in sein Büro bringen, also fuhren wir zu einem Geschäftshaus im Zentrum von Wilmington, auf dessen Eingang die Buchstaben ARMALCO prangten. Sie war kaum stehengeblieben, als ihr ein Portier in einer braunen Uniform die Tür aufriß. Er verbeugte sich, lächelte und begrüßte sie mit ihrem Namen. Ich stieg aus, aber als ich um den Wagen herumgekommen war, hatte der Portier ihr bereits aus dem Wagen geholfen, und sie erklärte, er solle ihn absperren, da sich ihre Tasche und der Pelzmantel im Wagen befänden. Ich folgte ihr in die Lobby, in einen großen Lift und in einen Empfangsraum, wo das Mädchen am Schreibtisch bei ihrem Anblick hochschoß und ein wenig atemlos sagte: »Mrs. Garrett, Mr. Garrett erwartet Sie bereits.« Mit einem Seitenblick auf mich fügte sie hinzu: »Und Doktor Palmer.«

Hortense antwortete ihr sehr freundlich. Dann kam eine Sekretärin heraus und sprach ein paar Worte mit ihr, ehe sie uns in ein Büro brachte. Es war ein Büro, wie ich es noch nie zuvor gesehen hatte: groß, mit einem schönen Schreibtisch am einen Ende und einem offenen Kamin am anderen, mit Couchtischchen, Orientteppichen, kupfernen Aschenbechern und riesigen, ledergepolsterten Sofas und Sesseln, in mehreren Sitzgruppen geordnet. Aber das Bemerkenswerteste war nicht das, was im Raum stand, sondern was darum herum angebracht war: Regale aus Redwood, deren einzelne Fächer indirekt beleuchtet wurden und in denen die maßstabgetreuen Modelle sämtlicher Produkte der ARMALCO zur Schau standen. Es gab Motorräder, Lastwagen, Traktoren, Anhänger, Rasenmäher aller Arten und Größen, Radios, Fernseher und Boote! Boote über Boote! Die meisten — Schaluppen, Segeljachten und Ruderboote — waren nicht länger als zwanzig Zentimeter, aber drei waren mindestens einsachtzig lang, minutiös genaue Darstellungen größerer Motorjachten, vielleicht sogar kleinerer Motorschiffe. Ich betrachtete die Ausstellung, riß dabei erstaunt den Mund auf, und Hortense ließ sich auf einem der Sofas nieder und wartete darauf, daß ich etwas sagte.

Schließlich erklärte sie: »Mein Mann hat eine Leidenschaft für ›Dinge‹, wie er es nennt. Die Nutting-Möbel und Bilder in unserer Wohnung sind nur die Spitze des Eisbergs. Er sagt, das sei es, was ihn reich gemacht habe. Und er hält sich für einen Hellseher.«

»Das sind auch einige meiner besten Freunde.«

»Wissen Sie überhaupt, was Hellsehen bedeutet?«

»Ja? Was denn?«

»Es bedeutet, daß man die Wahrheit kennt, ohne zu wissen, woher. Es ist noch Zeit, sich von diesem Rubicon zurückzuziehen, ehe er den Raum betritt.«

»Ich kann mich nicht von Cäsar beschämen lassen.«

Und dazu machte ich eine Pose: Zwei Finger unter das Revers meines Sakkos. Sie zuckte zusammen.

»Ach, du meine Güte, das ist Napoleon, Lloyd, nicht Cäsar.«

»Von dem lass' ich mich erst recht nicht beschämen.«

Erst nach einer Weile wurde mir klar, daß sie mich zum ersten Mal an diesem Tag mit meinem Vornamen angesprochen hatte. Plötzlich hatte ich die Schlüssel in meiner Hand, die ich für sie bereithielt. Ich nahm sie aus der Hosentasche und reichte sie ihr.

»Was ist das?«

»Es sind Schlüssel. Einer für den Hintereingang meines Hauses, der andere für meine Wohnung. Wenn du also das nächste Mal kommst —«

»Wenn *ich das nächste Mal komme*! Du bist so komisch — du solltest wirklich zum Fernsehen gehen. Glaubst du im Ernst, es gibt ein nächstes Mal, nachdem du mich in dieser Weise —«

»Wir haben gesagt, daß wir von einem Lastwagen überrollt wurden, und der Lastwagen, der mich überrollt hat, besitzt keinen Rückwärtsgang. Ich weiß nur, daß ich mich nach einem nächsten Mal sehne, so wahr mir Gott helfe. Und vielleicht —«

Ich streckte den Arm aus und ließ die Schlüssel in den Ausschnitt ihrer Bluse fallen. Sie schlug die Hand dagegen, damit sie nicht nach unten rutschten, konnte sie aber nicht mehr aufhalten. Dann hörte sie auf, danach zu fummeln, und starrte mich unverwandt an.

»Lloyd«, flüsterte sie nach einer Weile, »als du das eben gesagt hast, das mit dem Lastwagen ohne Rückwärtsgang, da haben deine Augen nicht gelogen.«

»Das will ich hoffen.«

»Und das bringt mich auf einen Gedanken.«

»Ich bitte dich, Hortense — doch nicht hier!«

»Warum nicht?«

»Weil — wenn es sich um den Gedanken handelt, den ich im Sinn habe —«

»Mein Lieber, es gibt nur einen Gedanken — einen, der wirklich zählt.« Sie lächelte. »Und es kommt nur auf die Art und Weise an, wie man ihn in die Tat umsetzt.« Ihre Augen verengten sich zu Schlitzen und glänzten gelb und schwarz wie Hornissen.

Kapitel 6

Was diese Hornissen bedeuteten, sollte ich bald genug erfahren. Ein paar Minuten später kam Mr. Garrett herein, diesmal in einer sportlichen Hose und einer bequemen Jacke. Er nickte mir freundlich zu und verbeugte sich respektvoll gegenüber Hortense.

»Hallo«, erwiderte sie mit tiefer Stimme und gab ihm einen Wink, näher zu kommen. Er ging zu ihr hin und setzte sich, nachdem sie zur Seite gerückt war, um ihm Platz zu machen, küßte sie schließlich, nachdem sie ihn zu sich heruntergezogen hatte.

». . . und hallo«, brummte er und war offensichtlich irgendwie erschüttert.

Plötzlich wußte ich, wie man sich fühlte, wenn man litt.

»Ich bin in einer Minute bei Ihnen«, sagte er über die Schulter hinweg zu mir und beugte sich dann wieder zu seiner Frau hinunter. Ich trat ans Fenster und starrte hinaus auf Wilmington, das mich wenig beeindruckte, unter diesen Umständen.

»So, jetzt«, sagte er. Als ich mich umdrehte, saß er neben ihr, hielt ihre Hand und tätschelte sie. »Meine Frau sagt«, erklärte er, »daß Sie eine Idee haben, etwas, das ihre Ansicht über das Projekt ändern könnte. Ich höre.«

»Nun gut«, antwortete ich und versuchte, meinen Verstand zurückzukommandieren, »ich hatte zuvor — als ich gestern hier war, meine ich — keine Ahnung, warum sie etwas gegen meinen Vorschlag hatte —«

»Habe«, verbesserte sie mich. »Es muß heißen, warum ich etwas dagegen *habe.*«

»— aber auf der Fahrt nach Washington machte sie eine Bemerkung, die mich veranlaßte, die Sache zu überdenken, und zwar so, daß das Projekt Ihrer Frau nicht nur gefallen, sondern daß sie vermutlich davon begeistert sein wird, wie ich hoffe —«

»Ich bin sehr neugierig.«

»Mr. Garrett, sie sagte mir, sie fühle sich wie ein Frosch —«

Er winkte ab. »Das kenne ich. Aber ein großer und ein wunderschöner —«

»Ja, Sir, und im größten Teich, den man sich denken kann.«

»Mein lieber, junger Freund, Wilmington ist tatsächlich groß — das sieht man schon an mir, zum Beispiel. An jedem anderen Ort wäre ich ein bedeutender Mann — der bedeutendste vielleicht. Hier dagegen bin ich nur einer unter vielen.«

»Dokter Palmer, Sie brauchen das natürlich nicht zu glauben.«

»Ich weiß, Mrs. Garrett.«

»Richard, wir waren übereingekommen, daß er mich Hortense nennt. Er ist wirklich ein schamloser Bursche.«

»Ich mag schamlose Burschen. Die verstehen es wenigstens, sich und ihr Produkt — Ihr Projekt in diesem Fall — zu verkaufen.«

Er deutete an, ich solle fortfahren. Es half mir nicht gerade, daß Hortense sich an ihn kuschelte und seine Liebkosungen erwiderte. Aber ich biß die Zähne zusammen und sagte rein mechanisch: »Schön und gut — aber so groß Wilmington auch sein mag, es ist nicht die Welt, und das eben ist die Seite des Teichs, die ich ihr bieten kann — Ihnen und ihr, aber in erster Linie ihr.«

»Die Welt? Was meinen Sie damit?«

»Biographie ist eine internationale Disziplin. Die Themen, um die es geht, sind nicht auf die Vereinigten Staaten beschränkt, weiß Gott nicht. Der eine schreibt über Cäsar, der andere wählt sich Napoleon, ein dritter Wellesley, den Herzog von Wellington. Gestern, als ich die amerikanische Vorherrschaft auf diesem Gebiet erwähnte, habe ich damit vielleicht den Eindruck vermittelt, es handle sich eher um eine nationale Angelegenheit. Aber das ist falsch. Sie ist so international, wie es die Schriftsteller sind. Mit anderen Worten: Wenn Mrs. Garrett sich dieses Projekts annehmen würde, wäre sie vielleicht kein schönerer Frosch — um, verzeihen Sie, bei ihrem eigenen Bild zu bleiben —, das wäre wohl auch gar nicht denkbar, aber ein wesentlich größerer, bedeutenderer Frosch — unter einer Voraussetzung. Der Voraussetzung, daß das Institut nach ihr benannt wird.«

»Aber genau das war meine Absicht — von Anfang an!«

Er schaute hinunter zu ihr und fragte: »Nun, Liebes? Gefällt dir Doktor Palmers Vorschlag?«

»*Dein* Vorschlag, wie sich zeigt. Und er gefällt mir.«

»Es war wirklich meine Absicht, Hortense.«

»Dann muß ich gestehen, ich bin zutiefst erschüttert und beschämt, Richard. Ja, es gefällt mir, daß du mir diesen Lorbeerkranz zu Füßen legen willst.« Sie wartete einen Augenblick, während auch er auf etwas zu warten schien, in dem Gefühl, daß noch einiges kommen würde. »Richard, dann komme ich ins ›Who's Who‹.«

»Du stehst bereits im ›Who's Who‹.«

»Ja, aber dann stehe ich dort mit eigener Berechtigung, nicht nur als deine Frau.«

»Sie werden im ›Who's Who‹ der Welt stehen«, sagte ich.

»Was ist das — das ›Who's Who‹ der Welt? Davon habe ich noch nie gehört.«

»Jetzt haben Sie davon gehört.«

Sie hatte noch immer nicht ja gesagt, schien aber dabei zu sein, als sie plötzlich wieder Argwohn zeigte, und sei es, um mich zu quälen. »Ach, ich weiß nicht«, sagte sie. »Wird das nicht ein bißchen komisch aussehen? Ich meine, ist es nicht mehr als seltsam, daß eine Frau die Schirmherrschaft eines solchen Projekts übernehmen sollte? Immerhin —«

»Warum denn nicht?« fragte ich in erregtem, zugleich belehrendem Ton. »Es sind gerade die Frauen, die auf dem Gebiet der Biographie größte Erfolge errungen haben. Denken Sie nur an Fawn Brodie und ihre sensationelle Biographie über Jefferson. Denken Sie an Anita Leslie und die neuen Erkenntnisse, die sie über die Persönlichkeiten der Edwardianischen Periode zutage förderte. Oder an Barbara Tuchman mit ihrem Buch über China, das eigentlich eine Biographie von Stillwell darstellt.«

»Wie war der Name?« fragte Mr. Garrett.

»Tuchman — Barbara Tuchman.«

»Bleibt mal einen Augenblick.« Er stand auf, ging hinaus und ließ uns ein paar Minuten allein.

»Lloyd«, sagte sie freundlich, »ich kann dir nicht genug danken für die großartige Idee, die du mir eingeflößt hast. Es wird hervorragend klappen, wenn auch nicht für dich. Ich werde das bekommen, was ich haben will — ich werde trotz allem ein größerer Frosch sein als zuvor, ich werde in dem Teich schwimmen, den du für mich gefunden hast — und wenn es soweit ist, werfe ich dich raus.«

»Bist du sicher?«

»Wie meinst du das?«

»Du Luder — wenn ich will, hab' ich dich noch immer in der Hand.«

»Das glaubst du wohl, du Trottel.«

»Ich wußte, daß ich den Namen schon mal wo gehört habe«, sagte Mr. Garrett, als er wieder hereinkam und sich hinsetzte, eine Ausgabe des ›Who's Who in America‹ im Schoß. »Barbara Tuchman. Hast du gewußt, meine Liebe, daß sie Maurice Wertheims Tochter war?«

»Wer ist Maurice Wertheim?«

»Ein Bankier — ein bedeutender Mann. Und der Mäzen der ›New York Theatre Guild‹. Ich kannte ihn — na ja, wie ein Junge einen erwachsenen Mann kennt, aber doch immerhin recht gut. Er war mit meinem Vater befreundet, und ich empfand großen Respekt für ihn. Er war freundlich, nachdenklich, vielleicht ein bißchen hochtrabend, aber im Grunde ein anständiger Kerl. Und zu denken, daß seine Tochter —«

»Sie ist eine hervorragende Persönlichkeit auf diesem Gebiet«, warf ich ein.

»Das sehe ich. Sie steht immerhin hier drin.«

Von da an waren wir alle drei der Meinung, daß eine Frau als Schirmherrin der Sache eher dienlich als hinderlich sein könnte, und Mr. Garrett fragte: »Nun, meine Liebe? Ist die Sache damit erledigt?«

»Richard«, flüsterte sie wie auf der Bühne, »weißt du, was wir tun könnten, wenn Doktor Palmer nicht hier wäre?«

»Ich schätze, das gilt mir«, sagte ich.

»Das schätze ich auch«, sagte er, ohne aufzublicken. »Ich muß nächste Woche nach London, aber Sie hören von mir, sobald ich zurück bin.«

Die schrecklichen Stiche der Eifersucht, die mich plagten, sagten mir unter anderem, daß sie anscheinend vorhatte, mich zu foltern, und daß es bei mir erstaunlich gut ankam. Ich war noch immer am Zittern, als ich die Straße erreicht hatte, in der Sonne dahinspazierte und mich fragte, wo ich eigentlich war. Es dauerte einige Minuten, bis ich es begriff: Ich war unterwegs zur Busstation, um zurückzufahren nach Baltimore und von dort in den Bus nach College Park umzusteigen. Ich stampfte so vor mich hin, als ich Schritte hinter mir hörte, die sich rasch näherten, und merkte, daß mir jemand etwas zurief. Ich drehte mich um, und da war Mr. Garretts Sekretärin, Miss Immelmann — sie stellte sich erst jetzt vor. »Ich hab' Ihnen nachgerufen, aber Sie waren schon aus der Tür«, keuchte sie atemlos. »Und als ich nach unten ins Foyer kam, waren Sie weg. Ich sollte Ihnen die Nummer des Apartments geben, damit sie ihn dort erreichen könnten, im Falle eines Falles. Mr. Garrett hat es mir gesagt, als er herauskam, um das Buch zu holen.«

Sie reichte mir eine Visitenkarte, auf die die Hand einer Frau eine Telefonnummer geschrieben hatte, mit der Vorwahlnummer 302. »Er wußte nicht sicher, ob Sie sie haben«, sagte sie, noch immer atemlos.

»Vielen Dank. Ich hatte sie nicht.«

»Der Senator hat sie allerdings, aber —«

»Ich bin nicht der Senator, das ist richtig.«

Kapitel 7

Die nächsten drei Tage waren schlimm — schlimmer als befürchtet. Ich hatte bekommen, was ich wollte. Ich hatte Hortense benützt, um ans Ziel zu kommen, und ich war ans Ziel gekommen. Trotz dieser Sachlage schien es nicht unausweichlich, daß ich daran leiden würde, nach dem einzigen Tag, den ich mit ihr verbracht hatte. Dennoch: allein die Vorstellung, daß sie wieder mit *ihm* ins Bett gehen würde, war für mich ein Gang durch die Hölle. Ich mußte an ihre Augen denken, an ihre Brüste, wie sie sich bewegte, wie sie den aufreizenden Hintern schwenkte. Hundertmal kam ich zu dem Ergebnis, daß es nicht nur ein netter Nachmittag gewesen war, den ich vergessen, nach dem ich weiterleben konnte wie bisher. Für mich war es wirklich eine so große Sache gewesen, wie ich es ihr geschildert hatte. Und das Schlimmste war, daß ich meines Erfolges nicht froh werden konnte, denn ich mußte immer wieder an die Bemerkung denken, die sie gemacht hatte: daß sie, sobald sie ein großer Frosch in einem größeren Teich geworden war, mich aus diesem Teich hinausstoßen würde. Ich redete mir ein, daß ich wenigstens in diesem Punkt sicher sei, daß sie mich nicht hinausstoßen konnte, ohne meine Rache fürchten zu müssen, die ich immerhin leicht ausüben konnte, indem ich die Nummer von Mr. Garrett wählte. Die Nummer, die mir Miss Immelmann nachgetragen hatte. Ich dachte: Das hält sie wenigstens davon ab, daß sie darüber redet. Aber wenn er ihr das vorwarf, was ich ihm über sie berichtet hatte, brauchte sie nur zu erklären, ich hätte sie vergewaltigt, und sie hätte eigentlich vorgehabt, ihm die bittere Wahrheit zu ersparen — aber da ich gesonnen sei, ein schmutziges Spiel zu treiben, bleibe ihr keine andere Möglichkeit als die Wahrheit, und so weiter ... Als ich in meinen Gedanken so weit gekommen war, tat es erst richtig weh.

In der dritten Nacht wandte ich mich dem Begleiter der Elenden zu, einem Blatt Spielkarten, und legte sie auf dem Cocktailtisch zu einer Patience aus. Ich hatte mich schon eine Weile damit beschäftigt, als ich den Lastenaufzug hörte. Ich fragte mich, wer ihn wohl mitten in der Nacht benützen mochte. Der Aufzug hielt im siebten Stock. Dann hörte ich Schritte in der Nähe meiner Tür. Einen Schlüssel, der ins Schloß gesteckt wurde. Fast blieb mir das Herz stehen. Die einzigen Menschen, die außer mir Schlüssel zu der Wohnung besaßen, waren meine Mutter vor ihrem Tod, Eliza, die Reinmachefrau — und Hortense. Aus mir unerklärlichen Gründen erwartete ich fast, meine Mutter zu sehen, als sich die Tür langsam öffnete.

Es war Hortense. Sie schloß die Tür von innen, stand in der Diele und schaute mich an.

»Was ist?« fragte sie. »Du hast mir schließlich die Schlüssel gegeben, oder?«

Ich stolperte, als ich auf sie zuging, nahm sie in die Arme und küßte sie — nur einmal. Dann trat ich zurück und sagte: »Okay, es freut mich. Ich kann es nicht verhehlen. Und jetzt mach, daß du rauskommst.«

»Ich soll —«

»Du hast mich verstanden. Du sollst machen, daß du rauskommst.«

»Gibt es dafür — einen bestimmten Grund?«

»Du weißt genau, warum: Es geht nicht, daß du mal zwei Tage mit ihm schläfst und dann wieder mit mir. Also raus. Hau ab!«

»Einfach so?«

»Einfach so.«

»Und wenn ich nicht will?«

»Dann werf' ich dich raus.«

»Das glaube ich nicht. Wetten?«

»Okay«, sagte ich und packte sie. »Du haust ab — und zwar sofort!«

»Und das, obwohl ich das Institut mitnehme?«

Ich war so wütend, daß ich das Institut vergessen hatte. Plötzlich spürte ich einen Kloß in der Kehle, und mein Herz setzte einen Schlag lang aus. Sie kam näher und fletschte die Zähne in einem nicht sehr sympathischen Lächeln.

»Doktor Palmer!« rief sie, als sei sie um mein geistiges Wohl zutiefst besorgt. »Ich hoffe, es geht Ihnen gut. Mein Gott, Sie sind ja auf einmal kalkweiß geworden. Soll ich einen Arzt rufen? Oder vielleicht versuche ich es mit Mund-zu-Mund-Beatmung. Was ist Ihnen lieber?«

»Also gut — bleib.«

»Bleib — einfach so? Wenn ich —«

»Bitte bleib.«

»Das ist schon besser. Und — können wir uns setzen?«

Sie ging voraus ins Wohnzimmer, wo sie mich in einen Sessel drückte — mit mehr Kraft, als ich ihr zugetraut hätte.

»So«, sagte sie fröhlich und strahlend, »und wenn ich jetzt deine Aufmerksamkeit in Anspruch nehmen darf — ich möchte dir meine Schadenfreude zeigen. Ich möchte meinen Hintern drehen und dich glotzen und zappeln lassen.« Sie ging ein paar Schritte weg und wackelte herausfordernd mit dem Hintern, kam dann zurück und wackelte noch herausfordernder mit allem, was sie an ›Anhängseln‹ besaß. »Na, gefällt dir das? Bringt das deine Phantasie in Schwung? Erinnert es dich an vorletzte Nacht, als du hier warst, im Bett, allein — das hoffe ich wenigstens —, und ich war ... Aber müssen wir ins Detail gehen? Hast du dir meine Situation vorgestellt, nach dem Überraschungscoup, den du arrangiert hattest, der Sache mit dem größeren Teich und der Notierung im ›Who's Who‹ für die ganze Welt? Hoffentlich hast du keine Schmerzen seelischer Art empfunden bei der Vorstellung, wie armselig ich dort aussehen mochte, in meinem Bett, wartend und widerliche Dinge durch die Tür flüsternd ...«

»Verflucht noch mal, hör auf damit!«

»Keine ordinären Redensarten, wenn ich bitten darf!«

»Würdest du um Himmels willen endlich aufhören mit diesem Theater!«

»Schöner Glotzer, ich liebe dich.«

Aber plötzlich traf es mich, als hätte ich einen Krampf, und ich kippte zusammen in meinem Sessel. Sie kippte ebenfalls zusammen und fiel mit dem Gesicht nach unten auf eines der Sofas. Ich ließ sie eine Weile liegen. Dann ging ich zu ihr hin, um festzustellen, ob etwas nicht in Ordnung sei. Ich konnte zwar nichts entdecken, beugte mich aber weiter über sie, als sie zu murmeln begann, leise und stoßweise, ein oder zwei Wörter hintereinander. »Ich dachte«, sagte sie, oder das war es jedenfalls, was ich verstand, »— es würde mir Spaß machen — daß es mir Freude macht — dich hinzuhalten. Aber es — es hat mir gar keine Freude gemacht.« Und dann, nach einer Weile, platzte es aus ihr heraus: »Es muß wirklich sein, wirklich und echt! Und gerade das ist es nicht. Er ist nicht zu mir gekommen. Er hat mir nur einen Kuß gegeben und mir gute Nacht gewünscht! Er war wundervoll mit Ausnahme dieser einen Sache — er schickte mir Blumen, drei wundervolle Orchideen, er hat mich zum Essen ausgeführt und mir lauter reizende Dinge gesagt. Aber er hat das nicht getan, was ich mir erhoffte — und daher kann ich dich auch nicht hinhalten, nicht richtig, meine ich. Wenn ich es könnte, wenn es wirklich so gewesen wäre, dann könnte ich dich jetzt foltern. Du hättest es verdient. Wirklich, aber —«

»Halt den Mund.«

»Okay, jetzt weißt du es.«

»Wo ist er jetzt?«

»›Oben über der Welt, so hoch wie ein Teetablett im Himmelblau.‹ Woraus ist das?«

»Alice im Wunderland.«

»Ja, er fliegt nach London, aber was gibt es dort? Was könnte London zum Wunderland machen?«

»Weißt du, wozu ich gute Lust hätte? Dir den Hintern zu versohlen, bis er Blasen zeigt und wie zwei gebratene Eidotter aussieht.«

»Okay, bediene dich.«

Sie drehte sich wieder um, zog ihren Rock hoch und zerrte den Schlüpfer hinunter bis zu den Knien, um mir vollen Einblick zu gewähren, woraufhin wir genau dort, auf dem Sofa im Wohnzimmer, noch halb angezogen, unsere Liebesaffäre fortsetzten, mit allem Drum und Dran wie Beißen, Flüstern und kleinen bis mittleren Hieben. Als wir danach nebeneinanderlagen und uns festhielten, sagte sie: »Ich war Gott nahe. Wem warst du nahe?«

»Gott.«

»Ich habe Hunger.«

Ich küßte sie, zog mich an und ging hinüber in die Küche, um uns einen Imbiß zu bereiten. Ich hatte gerade Eier, Champignons, Schinken, Saft, Brot und Kaffee herausgeräumt, als sie zu mir kam, in einem Pyjama von mir, wobei sie die Hosenbeine und die Ärmel aufgekrempelt hatte; dazu trug sie ihre Schuhe ohne Strümpfe.

»Ich hab' das in deiner Kommodenschublade gefunden«, sagte sie. »Darf ich es anlassen?«

»Natürlich. Alles, was du willst.«

»Was machst du mir denn?«

»Tomatensaft, ein Omelette, Schinken, Toast und Kaffee. Um diese Nachtstunde, glaube ich, ist es besser, ich nehme koffeinfreien Kaffee. Vielleicht sollte ich hinzufügen, daß vor dir der Champion der Drei-Eier-mit-Pilzfüllung-Omelettmacher des Prince George Countys im Staate Maryland steht. Ich habe da einen ganz speziellen, raffinierten Trick, wie ich —«

»Ich will aber kein Omelette.«

»Dann sag mir bitte, was du willst.«

»Ich will zwei Spiegeleier, damit ich sehe, wie mein Hintern aussehen würde, wenn ich das bekommen hätte, was ich deiner Meinung nach verdient habe — sozusagen Spiegeleier anstelle eines Spiegels.«

»Also dann — Spiegeleier.«

Sie kippte das Glas Tomatensaft hinunter, dann briet ich ihr die Eier. Sie aß sie brav und sagte: »Ich weiß, daß man eigentlich die Dotter mit der Gabel zerhackt, aber ich stecke sie am liebsten ganz in den Mund und zerdrücke sie erst dann mit der Zunge. Die sind fein, wirklich.« Vom Toast tropfte etwas Butter auf ihr Kinn, und sie hielt es mir hin. Ich sagte: »Los, mach schnell — ich hab' schon wieder gewisse Gedanken.«

»Sag mal — denkst du eigentlich nur *daran*?«

»Weißt du etwas Besseres, woran man denken könnte?«

»Nein, natürlich nicht — aber bitte, laß dir Zeit. Reden wir nett und höflich miteinander, machen wir Konversation, bis meine Eier verdaut sind und ich auch gewisse Gedanken bekomme.«

»Okay — dann ernenne ich dich zum Diskussionsleiter.«

Aber dazu gingen wir ins Wohnzimmer. Sie streckte sich auf dem Sofa aus, gähnte und sagte: »Ich komme mir vor wie eine Katze, die gerade die Sahne geschleckt hat.«

»Konversation, wenn ich bitten darf.«

»Lloyd, warum lernen wir uns eigentlich nicht kennen?«

»Ich dachte, wir sind dabei?«

»In gewisser Weise ja — in einer ganz gewissen Weise sogar bestimmt. Aber in anderer Hinsicht kennen wir einander so gut wie gar nicht. Also gut, ich fange mit mir an. Ich bin in Chester geboren, komme aus einer Familie von Schiffsbauern, die verhältnismäßig vermögend war. Grundschule, dann Highschool, Universität von Delaware und schließlich Richard, Heirat mit neunzehn. Dann Gastgeberin, Gastgeberin, Gastgeberin für Richards unzählige Freunde, die meisten davon wichtige, das heißt reiche Leute. Ich wurde von Ihnen akzeptiert, teils wegen meiner Fähigkeiten als Gastgeberin, teils natürlich auch wegen Richards Geld. In der Schule haben die Jungen sich an mich rangemacht. Auf dem College haben sie es auch versucht, und ich weiß nicht, ob ich bereit gewesen wäre oder nicht — aber die Annäherungsversuche waren nicht plump, sie waren halbherzig. Deshalb habe ich nicht nachgegeben. Dein Annäherungsversuch war alles andere als halbherzig. Es war genau das, was ich sagte: eine Vergewaltigung.«

»Und genau das, was du wolltest.«

»Da hast du verdammt recht: Jawohl, genau das wollte ich.«

»Eine Schiffsbauerfamilie, sagst du. Wieviele?«

»Schiffe? Ach, Dutzende und aber Dutzende.«

»Ich meine, wie groß war die Familie?«

»Na ja, Vater, Mutter — mein Vater ist tot. Meine Mutter hat sich zur Krankenschwester ausbilden lassen und sieht noch immer so aus.«

»Brüder oder Schwestern?«

»Ein Bruder; er ist gestorben. Und jetzt zu dir.«

»Über mich gibt es nicht viel zu sagen. Ich bin eben ein Junge, der im Prince George County geboren ist.«

»Dein Vater — wann ist er gestorben?«

»Als ich zehn war.«

»Und wer war *sie*? Ich meine, deine Mutter?«

»Ein Mädchen aus dem St. Mary's County. Ihr Vater war Kassierer bei einer Bank in St. Mary's City. Mütterlicherseits reichte ihre Linie bis zur ›Arche‹ zurück. Ich glaube, das hab' ich dir schon erzählt.«

»Deshalb also ihr sogenannter Adel.«

»Nehme ich an.«

»Hältst du dich auch für hochgeboren?«

»Ich mach' mir nicht viel daraus.«

»Und sie?«

»Auch nicht — aber es bedeutete ihr trotzdem etwas.«

Hortense starrte auf das Bild, ehe sie fortfuhr: »Okay, du bist also genau hier aufgewachsen, wo wir jetzt sind, in College Park — ist das richtig?«

»Nein, in Marlboro, der Hauptstadt des County.«

»Aha, dann seid ihr —«

»— hierhergezogen nach College Park, in diese Wohnung, als ich auf die Universität kam. Es folgte der Football, das Studium, schließlich der Doktortitel für mich und alle Arten von Investments für sie. Sie war nicht geizig oder gierig, jedenfalls nicht, soweit ich das beurteilen kann, aber das Geld kam zu ihr, und sie scheuchte es nicht davon. Sie machte mehr Geld, als mein Vater je gesehen hatte, und er war auch nicht gerade ein armer Schlucker. Sie hinterließ mir ein Vermögen, von dem ich gut leben könnte, ohne zu arbeiten. Ihr Tod war der größte Schlag, der mir in meinem Leben versetzt wurde.«

»Wann ist sie gestorben?«

»Vor etwas mehr als einem Jahr.«

»Hast du sie geliebt?«

»Natürlich — oder wie meinst du es?«

»Ich meine, hast du sie gern geküßt?«

»Na ja — sie war schließlich meine Mutter.«

»War es ihre Idee gewesen, den Kragen deines Trikots abzuschneiden?«

»Worauf willst du hinaus?«

Sie antwortete nicht gleich, sondern starrte ein paar Sekunden auf das Bild. Dann fragte sie: »Wieviele Mädchen hast du gehabt?«

»Warum — ein paar, natürlich.«

»Und warst du erfolgreich mit ihnen?«

»Hör zu, wenn sie wollen, dann wollen sie, und wenn das der Fall ist, dann tun sie es auch. Denk doch an dich.«

»Wieviele?«

»Kein normaler Kerl hat vor der derzeitigen eine andere gehabt. Sie ist immer die erste und einzige.«

»Das ist sehr nett, wie du das sagst. Wieviele?«

»Drei.«

»Und wer waren sie? Wer war die erste?«

»Eine kleine Kellnerin in Ocean City, als ich im Sommer am Strand als Lebensretter gejobt habe.«

»Wo hast du es mit ihr gemacht?«

»Auf einer Sanddüne am Strand.«

»Und die zweite?«

»Eine Studentin, als ich im vierten Semester war.«

»Wo hast du es mit ihr getrieben?«

»Ihre Familie hatte ein Strandhaus an der Bay unterhalb von Annapolis. Wir sind nachts dorthin gefahren.«

»Was hat deine Mutter dazu gesagt?«

»Ich glaube nicht, daß sie es wußte — jedenfalls nicht von mir. Ich habe nicht mit ihr darüber gesprochen.«

»Du mußt ziemlich spät draufgekommen sein.«

»Ich wohnte im Verbindungsheim.«

»Wer war Nummer drei?«

»Eine Frau, die wesentlich älter war als ich — damals, als ich mich auf mein Doktorat vorbereitete. Sie war auch Studentin, im Abschlußsemester. Wir haben sogar von Heirat gesprochen, aber dann ist sie mir auf die Nerven gefallen. Nachdem sie ihr Studium beendet hatte, ging sie zurück nach Chicago, wo sie herkam, und heiratete dort einen Mann, der meines Wissens Leiter eines wissenschaftlichen Forschungsbüros ist.«

»Sie ist dir auf die Nerven gefallen? Wodurch?«

»Ist das so wichtig?«

»Wenn ich weiß, wie sie dir auf die Nerven gefallen ist, könnte ich das ja vermeiden.«

»Es ging um meine Dissertation. Sie war gegen meine Vorstellungen.«

»Und worum ging es — ich meine — was war das Thema?«

»Shakespeares Sonette.«

»Was wollte sie dabei nicht anerkennen? Wir haben die Sonette an der Uni studiert. Ich fand, sie sind wundervoll.«

»Als ich eine Weile daran gearbeitet hatte, bekam ich plötzlich ein ungutes, ja, unheimliches Gefühl, als wären die Worte nicht Worte sondern nur Staffage, und jemand im Hintergrund sagte das, was er wirklich meinte, aber nur ich könnte ihn hören und obendrein nicht verstehen. Und plötzlich wußte ich, wer es war: ein Junge, ein brillanter, begabter Junge hatte diese Verse geschrieben — natürlich nicht alle, aber die hundertvierundfünfzig in der Thorpe-Sammlung. Als ich soweit gekommen war, begannen sich die Geheimnisse zu lüften. Sie wollte es nicht glauben und bestand darauf, daß ein Junge so etwas nie und nimmer geschrieben haben könne. Sie erklärte dauernd, ich würde mich mit meiner Theorie zum Narren machen. Und so lief die Sache dann allgemein schief.«

»Wenn du das sagst, wird mir auch ganz unheimlich.«

Ich scheuchte ein paar Dinge fort, die mit diesem Gedanken in Zusammenhang standen, und plötzlich fragte sie: »Was für Geheimnisse eigentlich?«

»Nun, da ist zum Beispiel das Geheimnis um die Identität des Mr. W. H., dem Thorpe, der Verleger, die Sammlung widmet als ›dem einzigen Empfänger dieser Sonette‹. Die meisten Wissenschaftler gehen davon aus, daß es sich dabei um einen Gönner handelt, einer der edlen Lords, der Shakespeare kannte, und daß es da vermutlich eine homosexuelle Beziehung gegeben hat. Aber wenn Shakespeare damit sich selbst meinte, ein Junge, der in seine eigene Schönheit verliebt ist, wenn das also ein keineswegs unüblicher Fall von jugendlichem Narzißmus war, dann konnte die Widmung für ›Mr. W. H.‹ ebensogut ›Will Himself‹ bedeuten.«

»Das wäre denkbar. Und — was für Geheimnisse noch?«

»Vor allem eines: die Identität der ›Dunklen Frau‹.«

»Ach, richtig, die.«

»Wenn die Sonette die Arbeiten eines Jungen waren, der, sagen wir, mit fünfzehn damit begonnen hat, und wenn drei Jahre vergangen sind seit ›erst dein Auge ich beäugt‹, wie es im Sonett hundertvier heißt, dann ist er inzwischen fast achtzehn und steht kurz vor einem großen Ereignis in seinem Leben.«

»Was denn für ein großes Ereignis?«

»Du weißt es. Natürlich weißt du es.«

»Seine Heirat, meinst du?«

»Seine erzwungene Heirat mit Ann Hathaway.«

»Ja, richtig. Sie bekam ein Kind.«

»Es ist vielleicht nur ein komischer Zufall, aber im Sonett hundertsiebenundzwanzig tritt die ›Dunkle Frau‹ auf den

Plan: ›In the old age black was counted fair —‹«

»›— Or if it were, it bore not beauty's name‹ — Ich wer' verrückt! So stimmt ja alles auf einmal!«

»Hortense, heißt das, daß du an meine Theorie glaubst?«

»Warum schreibst du das nicht?«

»Ich habe es geschrieben. Meine Dissertation handelt davon.«

»Ich meine richtig, als Buch.«

»Daran habe ich noch gar nicht gedacht.«

Ich brachte sie ins Bett, und sie lag danach lange Zeit in meinen Armen. Als ich mich schließlich bewegte, flüsterte sie: »Entschuldige, ich bin eingeschlafen.«

»Es macht mich glücklich, daß du in meinen Armen schlafen kannst.«

»Dann sei doch mal richtig glücklich.«

»Es gibt schließlich gewisse —«

»Jetzt bin ich übrigens soweit.«

Kapitel 8

Vier Tage später rief mich Wilmington an. Richard Garrett, der mir mitteilte, daß er zurück sei aus London, und mich fragte, ob ich am folgenden Vormittag um zehn in seinem Büro aufkreuzen könne. Ich sagte zu, da ich mir bereits einige freie Zeit geschaffen und die Spanne seit meinem letzten Besuch gut genützt hatte. Mein akademisches Jahr war praktisch abgeschlossen, das letzte Treffen mit meinen Assistenten lag hinter mir; alle restlichen Verpflichtungen hatte ich Dr. Shadwell, dem Leiter meiner Abteilung, übertragen. Danach hatte ich meine letzte Vorlesung gehalten. Die Studenten wußten nicht, daß ich weggehen würde, aber ich wußte es natürlich, und es erschütterte mich ein wenig. Sie formten eine Schlange, um sich nacheinander zum Semesterende von mir zu verabschieden, wobei mir die Jungen die Hände schüttelten und die Mädchen mir Küßchen gaben. Eine von ihnen hatte sich das ganze Jahr über bemüht, mir von der ersten Reihe aus ihre Beine zu zeigen, und auch sie gab mir einen Kuß. Ich war versucht, sie nach ihrem Namen und ihrer Adresse zu fragen, aber ich tat es dann doch nicht. Ich sollte sie in Kürze wiedersehen, wie sich herausstellte.

Zudem hatte ich mich ein bißchen auf die Gründung des Instituts vorbereitet, mit Telefonaten bei staatlichen Behörden wegen der zu beachtenden Bestimmungen und Vorschriften, und war somit recht gut gerüstet, als ich Mr. Garrett erneut entgegentrat. Die Nächte verbrachte ich mit Hortense. Sie kam jeden Abend mit Hilfe der Schlüssel, die ich ihr gegeben hatte, und wir lagen im Dunkeln und flüsterten uns alles mögliche zu.

So war es auch, als er bei mir anrief. »Ich hasse es«, gestand ich ihr danach. »Ich hasse die Begegnung mit ihm mehr als alles, was ich mir denken könnte. Weißt du, was ich daran am meisten hasse?«

»Daß ich nicht dabei bin?«

»Nein — aber daß ich ihm die Hand schütteln muß, sozusagen als Abschluß unseres Paktes. Ich komme mir vor wie der Kerl in der Geschichte von O'Henry, der nicht mit dem Mann trinken konnte, welchen er —«

»Was?«

»Den er ausnützte.«

»So, wie du mich ausgenützt hast?«

»Okay, wenn du meinst.«

»Die Geschichte heißt ›Kohlköpfe und Könige‹, und der Mann konnte nicht mit demjenigen trinken, den er erpreßte. Wie du mich erpreßt.«

»Lady, du hast dich selbst erpreßt, wenn überhaupt.«

»Du brauchst ja nicht hinzugehen, Lloyd.«

»Natürlich muß ich hingehen, wenn —«

»Ja — wenn was?«

»Hör zu, wir haben eine Entscheidung getroffen, und —«

So redeten wir, und es klang ziemlich bitter, vorausgesetzt, wir meinten es auch so. Aber zehn Minuten später lagen wir uns dann wieder in den Armen, und am nächsten Morgen fuhr ich nach Wilmington. Miss Immelmann empfing mich wie gewohnt, bat mich wieder in das Büro und sagte, daß Mr. Garrett mich erwarte. Ich ging auf und ab und war so nervös, daß meine sämtlichen Muskeln zu zucken schienen; dabei mußte ich ständig an den Händedruck denken. Aber als er hereinkam, deutete er mit seiner Hand — seiner bandagierten Hand! — auf einen Sessel, zeigte mit der Linken auf die Rechte und sagte: »Gestern abend — es ist passiert, als ich einem Freund einen Drink machte; dabei ist mir der Eisdorn abgerutscht. Ich hasse Eiswürfel, daher lasse ich das Wasser in größeren Gefäßen frieren und zerhacke es dann. Manchmal hacke ich freilich daneben — wie gestern abend.«

Aber im tiefsten meiner Seele wußte ich, daß ich nicht der einzige war, der Angst hatte vor diesem Händedruck, und ich wußte, daß weder Hortense noch ich Richard Garrett hinters Licht führen konnte.

Der Platz, den er mir anbot, war neben dem Schreibtisch. Er setzte sich in den Drehsessel, der dahinter stand, sprach über seine Reise und darüber, wie froh er sei, zurückzusein. Aber er schaute mich dabei nicht an oder nur gelegentlich, wenn er sich dazu zwang. Nach kurzem Geplänkel erklärte er: »Also schön, fangen wir an. Ich würde sagen, das erste ist, daß wir die Gesellschaft gründen — ich meine für das Institut, das wir errichten wollen. Zum Glück ist das eine Spezialität des Staates Delaware, so daß es da keine größeren Probleme geben dürfte. Ich dachte, die Jungs könnten morgen schon nach Dover fahren und die Sache erledigen. Es wäre mir lieb, wenn Sie mitfahren würden, damit Sie sich mit den Details vertraut machen und meinen Stab kennenlernen. Wenn wir das Problem der Gesellschaftsgründung hinter uns haben, können wir die entsprechenden Sicherheiten festlegen

— von der ARMALCO zum Hortense-Garrett-Institut. Malcolm McDavitt ist der Leiter der Effektenabteilung für die ARMALCO, und für das Institut habe ich Sam Dent ausersehen. Er ist der Leiter meiner juristischen Abteilung, aber seine Basis ist in Washington.« Ich erklärte, daß ich zu seiner Verfügung stehe, sei es für die Fahrt nach Dover oder wohin sonst.

Er trommelte mit den Fingern auf die Schreibtischplatte und fuhr dann fort: »Ich finde, Sie sollten McDavitt kennenlernen, aber ich muß Ihnen erst ein wenig über ihn erzählen, damit Sie nicht denken, ich bin verrückt, einen Mann wie ihn zu beschäftigen. Er ist für unsere sämtlichen Investitionen verantwortlich. Auf seinem Schreibtisch türmen sich die Berichte. Aber er muß sich doch irgendwie damit beschäftigen, denn er weiß immer, was darinsteht. Dabei habe ich ihn noch nie lesen gesehen. Er sitzt an seinem Schreibtisch, hat die Füße oben und betrachtet seinen Nabel, genau wie sein Vater es getan hat. Er war der Leiter der Investitionsabteilung *meines* Vaters. Und so lautet die Geschichte: Sein Vater hat irgendwann zur Zeit des Ersten Weltkriegs seine Nabelschau betrieben und plötzlich erklärt: ›Sie betonieren es.‹

›Was betonieren sie?‹ hat mein Vater gefragt.

›Das ganze Mississippi-Tal. Sie sind ganz verrückt wegen der Überschwemmungen. Also kaufen wir Portland-Zement-Aktien.‹

Und so hat mein Vater Portland-Zement-Aktien gekauft — nicht nur die Aktien, sondern gleich die ganzen Betriebe — Fabriken in Kalifornien, Indiana und Illinois, und sie haben ihn reich gemacht. Sie machen mich noch immer reich. Malcolm erschreckt mich ein bißchen. Er sagt, er setzt auf meine Gefühle, meine Ahnungen, und daß ich ein Ding von einem anderen unterscheiden kann. Na schön« — er streckte den Arm aus in einer Geste, die die Regale und die darauf ausgestellten ›Dinge‹ einschloß —, »bisher hat es geklappt. Aber angenommen, ich stoße mal auf einen Versager, was durchaus der Fall sein kann, Doktor Palmer, so leicht sogar, daß ich eine Riesenangst davor habe . . .«

»Ich würde sagen, man soll sich keine Sorgen machen um nicht gehabten Ärger.«

»Ja, mehr kann man dazu wohl auch gar nicht sagen. Gehen wir hinein und besichtigen wir Malcolm.«

Also gingen wir in sein Büro. Garrett klopfte an die Tür, auf der kein Name stand, und dahinter saß tatsächlich ein zerknitterter Mann mit dickem Wanst an einem Schreibtisch, die Füße auf die Schreibtischplatte gelegt, die Finger über dem Bauch verschränkt und die Augen auf den Nabel gerichtet. Er schaute nicht einmal auf, als wir hereinkamen. Aber offensichtlich hatte er auch auf den Seiten des Kopfes Wahrnehmungsorgane, denn er sagte zu Garrett: »Nicht auf den Namen der ARMALCO. Sie müssen das Zeugs erst transferieren.«

»Was denn für Zeugs?« fragte Mr. Garrett.

»Die Sicherheiten, die Sie dafür lockermachen wollen. Es ist ja kein Unternehmen des Konzerns, sondern Ihr persönliches, privates Projekt, und das müssen Sie aus Ihrem Privatfonds stiften.«

»Ja, sicher — äh — das hatte ich mir eigentlich auch so gedacht.«

»Sie sagten, es laufe über die ARMALCO.«

»Okay, dann läuft es eben über mich.«

Mr. McDavitt nahm endlich die Füße vom Schreibtisch und schob ein Blatt Papier über den Tischplatte. »Das sind die Sicherheiten — meines Erachtens dürften sie ausreichen. Sie geben der Sache, was sie auch sein mag, ein gut sortiertes Portefeuille mit Wachstumstendenz und läßt das Ihre noch immer sehr breit gefächert. Ich meine, Sie schießen da zwar einiges rein, aber das, was Ihnen bleibt, kommt nicht aus dem Gleichgewicht. Natürlich hat die Sache steuerlich einen Haken, den wir betrachten müssen. Darüber habe ich Ihnen eine Notiz schreiben lassen.«

Garrett nahm die Papiere, faltete sie zusammen und steckte sie in seine Brusttasche. »Das ist Doktor Palmer«, sagte er, »der von nun an für die Leitung des Instituts verantwortlich sein wird.«

Malcolm achtete kaum auf mich. Er schaute mich nicht einmal an. »Okay«, sagte Mr. Garrett nach einer Weile, »ist das alles?«

Malcolm gab keine Antwort, sondern legte seine Füße wieder auf den Schreibtisch und fuhr fort in seiner Nabelschau. Mr. Garrett ging mit mir hinaus. »In fünf Minuten«, flüsterte er mir auf dem Korridor zu, »wird er mich anrufen und mir sagen, was er von Ihnen hält, und ich bin gut beraten, wenn ich ihm zuhöre, glauben Sie mir. Er hat Sie nicht einmal angeschaut, meinen Sie? Von wegen. Er hat Sie so genau betrachtet, wie ein Mensch einen anderen nur betrachten kann.«

Zurück in seinem Büro setzten wir uns und warteten. Das Telefon auf seinem Schreibtisch gab einen leisen Summton von sich, und Mr. Garrett nahm den Hörer ab. »Danke, Mal«, sagte er nach einer Weile. »Genau das war es, was ich hören wollte.«

»Er sagt, Sie sind okay«, murmelte er, nachdem er den Hörer aufgelegt hatte.

Danach vergingen wieder ein paar Minuten, und ich dachte darüber nach, daß Mals Bericht und Mals Notizen und Ratschläge von Garrett sehr ernst genommen wurden.

»Okay, Doktor Palmer, also fangen wir an. Wie stellen Sie es sich vor?«

Ich sagte, der nächste Schritt sei meines Erachtens, sobald wir die Gesellschaft angemeldet hatten, die Anmeldung bei der Steuerbehörde, um als steuerfreie gemeinnützige Gesellschaft anerkannt zu werden. »Das ist eine Sache für die Anwälte«, erklärte ich. Aber dennoch müsse ich dabei anwesend sein, da zumindest der Kern der Einrichtung erklärt werden müsse, ein Umriß der Ziele des Instituts in Form einer gebundenen, maschinengeschriebenen Broschüre, in der diese vermerkt seien. »Wenn also Mr. Dent der Mann ist, der der juristischen Abteilung vorsteht, sollten Sie ihn nicht nur dahingehend instruieren, daß er mit mir zusammenarbeiten muß, sondern ihm auch meine Schrift überreichen, damit er sie prüft, ehe sie weitergegeben wird.«

Mr. Garrett machte sich Notizen. »Ich verstehe«, sagte er. »Und was kommt nach der juristischen Eröffnung des Instituts? Und wie lange dürfte sich das hinziehen? Wissen Sie das?«

»Ich würde sagen, höchstens eine oder zwei Wochen.«

»Und dann?«

»Dann ist es die Frage, wo wir das Institut errichten werden. Ich habe mir da bereits einige Gedanken gemacht, wenn ich sie kurz vortragen darf.«

»Ich höre.«

Daraufhin erklärte ich, daß der Sitz des Instituts praktischerweise in Washington sein sollte, wenn auch nicht unbedingt in der City. »Ich würde vorschlagen, draußen in den Vorstädten, sagen wir, im Prince George County, was der Gesellschaft eine Menge Ausgaben sparen würde. Wenn man das Gebäude zum Beispiel in der Art eines kolonialen Herrenhauses gestaltet, nicht über zwei Stockwerke hoch, kann man das Geld für die Aufzüge sparen und hat dennoch genug Platz für Bücher, Karteien, Büros und so weiter. Wenn wir uns bemühen, die Architektur der jeweiligen Umgebung anzupassen —«

»Vielleicht mit einem Park?«

»Warum nicht? Mit Wild — die kleinen, indianischen Varianten kosten wenig und sind auch in der Hege billig, andererseits durchaus sehenswert, namentlich für die Kinder.«

»Ein See mit Schwänen?«

»In Europa hat man das.«

»Buchsbaumhecken?«

»Die riechen gut.«

»Also schön, Sie bekommen Ihren Wildpark und den Schwanensee und die Buchsbaumhecken und tun damit, was Sie wollen. Aber laden Sie mich nicht dorthin ein. Ich hasse sogenannte Herrenhäuser und alles, was damit zusammenhängt. Doktor Palmer, ich bin der Ansicht, daß es angenehmer, sicherer und gesünder ist, in einem modernen Apartmenthaus zu wohnen als in dem herrlichsten Herrenhaus, das man sich denken kann. Ich hasse vor allem Seen mit Schwänen. Sie sind im Grunde nichts als Froschtümpel und spiegeln das Mondlicht. Armer, alter John Charles Thomas. Ich hab' ihn mal in so einen Teich geworfen, bevor er starb, im Apple Valley in Kalifornien, wo er die letzten Jahre seines Lebens residierte. Und er erzählte mir von der Hollywood Bowl und wie ein Genie die fabelhafte Idee hatte, zwischen den Sitzen und der Muschel einen Fischteich zu installieren. ›Vielleicht waren sogar Fische drin‹, sagte John Charles, ›aber gehört hat man nur Frösche. Ich mag dir gar nicht sagen, was die mir eines Nachts angetan haben. Ist doch reizend, oder nicht? Man spielt eine Trompete, hält den letzten Ton aus, und schon geht es los. Wenn man fertig ist, und es ist einem gelungen, das Publikum zu erschüttern, entsteht für gewöhnlich die berühmte kurze Stille vor dem Applaus. Und in dieser Stille ging es los mit dem verdammten Gequake!‹«

»Also gut — das Herrenhaus ist gestrichen.«

»Warum nicht ein paar Stockwerke im Garrett-Building? Ich meine das in Washington an der Massachusetts-Avenue, das ich bereits besitze?«

»Ein bißchen langsam, wenn ich bitten darf; Sie sind mir einen ganzen Sprung voraus.«

»Ich muß diese Zweigniederlassung in Washington haben wegen der Dinge, die ich verkaufe, oder besser, die meine Firmen verkaufen. Sie alle beruhen auf Patenten, und Patente sind verschiedensten Anfechtungen und Prozessen ausgesetzt. Außerdem geht es bei solchen Unternehmen stets um Gesetzgebung, um Tarife, Genehmigungen dieser und jener Art und so weiter. Also um Anwälte, Lobbyisten, Agenten, Detektive und Gott-weiß-was-noch. Alle diese Leute brauchen Büros mit Telefonen, Sekretärinnen und Boten. Also habe ich das Bürohaus gekauft, habe zwei Stockwerke für mich reserviert und den Rest vermietet — zehn Stockwerke, genau gesagt. Ich frage mich, warum Sie nicht auch zwei davon übernehmen können. Oder wieviele brauchen Sie? Wissen Sie was? Ich überschreibe das Building Ihrem Institut. Dann können Sie die anderen Stockwerke vermieten, und die Miete macht sich gut in Ihrem Budget. Ist das ein Vorschlag oder nicht?«

»Es tut mir leid, aber ich muß nein sagen.«

Er schaute sehr erschreckt drein und starrte mich danach eine Weile an. Ein paar Sekunden später, und nachdem er gesagt hatte: »Sie überraschen mich« und auf andere Weise kundgetan hatte, daß er es nicht liebte, in dieser Weise frustriert zu werden, fragte er: »Und warum sagen Sie nein?«

»Weil es gegen das Gesetz ist, Mr. Garrett.«

»Es ist — was?«

»Sie können nicht eine Stiftung machen und dieser Stiftung dann Ihre Büroräume vermieten. Das ging noch bis vor kurzem, aber man hat herausgefunden, daß das ein häufig benützter Trick war, um Steuern zu sparen. Also hat der Kongreß ein Gesetz dagegen verabschiedet.«

»Tatsächlich? Dann danke ich Ihnen, daß Sie mich davor gewarnt haben.« Er lehnte sich zurück, starrte auf seinen Schreibtisch und drückte schließlich einen Knopf. Als Miss Immelmann hereinkam, sagte er: »Bemühen Sie sich mal um meinen Sessel. Er quietscht. Vielleicht lassen sie ihn ölen oder was weiß ich.«

»Jawohl, Mr. Garrett, ich werde es veranlassen.«

Dann wandte er sich wieder an mich. »Und was wäre Ihr Vorschlag?«

»Ich — ja, also, einen präzisen Vorschlag kann ich noch nicht machen. Geben Sie mir noch ein bißchen Zeit.«

»Warum machen wir nicht eine Pause — es ist ohnehin Zeit zum Lunch. Ich würde Sie gern in mein Apartment einladen — aber ich erwarte dort jemanden. Sie werden feststellen, daß das Hotel sehr gut ist — das Du Pont, meine ich. Verdammt gut sogar.«

»Das Du Pont? Fein.«

Nach dem Lunch sagte ich: »Wenn Sie auf dem Zentrum von Washington bestehen — und obwohl es mich zunächst überrascht hat, muß ich eingestehen, daß es mir jetzt durchaus sinnvoll erscheint —, dann würde ich vorschlagen, Sie kaufen ein Gebäude, lassen uns zwei Stockwerke davon übernehmen und vermieten den Rest. Ich glaube, ein solches Haus dürfte sich finden lassen.«

»Okay — sind Sie bereit, die Suche zu übernehmen?«

»Ich werde mein Bestes tun und Sie jeweils informieren.«

Ich war mir nicht ganz sicher, was er damit bezweckte, denn wenn es ihm tatsächlich darauf ankam, daß ich ihm ein geeignetes Gebäude vorschlug, dann wußte er jedenfalls nicht, daß ich mich in diesen Dingen so gut wie gar nicht auskannte. Aber er schien dabei bleiben zu wollen, und ich fügte hinzu: »Ich schlage vor, ich gebe Ihnen einen wöchentlichen Bericht über meine Fortschritte, mit Diskussionen dazwischen — deren Wie, Wann, Was und Wo jeweils von Ihnen bestimmt werden.«

»Woher haben Sie den Ausdruck — ›Wie, wann, was und wo‹?«

»Meine Mutter hat ihn gern benützt. Warum?«

»Es ist ein typischer Ausdruck, wie ihn die Bankiers benützen.«

»Sie war tatsächlich so etwas wie ein Bankier. Ich würde nicht sagen, daß sie das Geld liebte — im Gegenteil: Sie wurde vom Geld geliebt.«

»Das Geld ist nicht dumm.«

Er schaute mich scharf an, und von diesem Augenblick an änderte sich seine Haltung mir gegenüber grundlegend.

Am folgenden Tag versammelten wir uns für die Fahrt nach Dover: Ned Bramwell, Mr. Garretts Spitzenanwalt aus Delaware, vier oder fünf Leute aus seinem Büro, die als Gesellschaftsmitglieder unterschreiben mußten, und Sam Dent, der leitende Anwalt des Konzerns, der von Washington hergekommen war. Er war die angenehmste Entdeckung der

Reise. Älter als ich, Mitte Vierzig, groß, gut gekleidet und mit hervorragenden Manieren — genau der Typ, wie ich ihn bevorzugte. Wir mochten uns auf den ersten Blick, aber nach seinem Gesichtsausdruck zu schließen, als das Institut erwähnt wurde, wußte ich, daß er sehr wohl die Beziehung zwischen der Schirmherrin und dem Leiter ahnte.

Wir fuhren mit zwei Wagen nach Dover, ich auf dem Beifahrersitz neben Dent in dessen Wagen, die beiden jüngsten Leute aus dem Büro im Fond, die übrigen in Bramwells Wagen. Der ganze Prozeß dauerte nicht länger als eine Stunde, in der wir von Büro zu Büro wanderten und Papiere unterzeichneten. Einmal mußte ich einen Annex unterschreiben. Nach dem Papierkrieg gingen wir zum Lunch. Bramwell fuhr gleich anschließend mit seinen Leuten zurück, während ich mit Dent noch sitzen blieb, wobei wir uns bei einem Long Drink unterhielten. Es stellte sich heraus, daß er mich als Football-Spieler kannte. Wir fuhren danach nach Wilmington zurück, und er setzte mich im Du Pont ab. Ich rief danach Mr. Garrett an und fragte, ob er mich zu sprechen wünschte, doch er meinte, wir seien vorerst fertig. »Aber bleiben Sie in Verbindung«, sagte er, »wie, wann, was und wo. Sehen sie zu, daß Sie bald ein geeignetes Gebäude finden.«

»Wird gemacht, Sir.«

Und mein Herz hüpfte bereits vor Freude, Hortense wiederzusehen.

Kapitel 9

Sobald ich die Tür aufsperrte, drang der köstliche Geruch von Roastbeef in meine Nase. Drinnen brannte kein Licht, aber hinter einem der Sofas hob sich ein Arm, und eine rauchige Stimme sagte: »Hallo, hallo — hier.«

Ich war hungrig — nach ihr. Meine Arme verlangten, sie zu umschlingen, und die ihren umschlangen mich, sobald ich vor ihr kniete, um sie fest an mich zu drücken, als ich ihren Duft einatmete, sie streichelte und schließlich küßte. Sie flüsterte: »Wir essen heute abend zu Hause — Roastbeef —, aber das ist vermutlich keine große Überraschung — man riecht es in der ganzen Wohnung. Trotzdem wird es noch ein paar Überraschungen geben, das verspreche ich dir. Alles, was dazu paßt.«

Ich konnte nichts sagen und drückte sie nur um so fester an mich. Sie rutschte ein Stück zur Seite, so daß ich mich neben sie setzen konnte, und erst jetzt bemerkte ich die Schürze, die sie über ihrem Hosenanzug trug. Ich lachte, und sie fragte: »Was ist dabei denn so komisch? Ich liebe dich, das ist alles.«

»Und du siehst prima aus darin.«

»Quatsch — es weckt in mir nur das Bedürfnis, zu kuscheln.«

»Okay, dann kuschle.«

Also kuschelte sie sich an mich, und die Zeit verstrich. Schließlich holte sie tief Luft und sagte, jetzt sei die Zeit zum Reden. »Ich bin so stolz auf dich«, sagte sie.

»Was habe ich denn getan, daß du stolz bist?«

»Der Eindruck, den du bei *ihm* hinterlassen hast. Er hat angerufen, um es mir zu sagen.«

»Was denn für einen Eindruck?«

»Also, erstens hast du nein zu ihm gesagt. Er ist es so sehr gewöhnt, daß jeder zu allem ja sagt, und wollte zunächst seinen Ohren kaum trauen. Er war noch ganz verblüfft, als er mich anrief. Er sagte, du hättest ihm mit Gefängnis gedroht.«

»Davon war nicht die Rede, und das kann er auch gar nicht gesagt haben.«

»Na ja, so ähnlich.«

»Ich habe ihn nur davon in Kenntnis gesetzt, daß einer seiner Vorschläge gesetzwidrig war.«

»Ja, *das* war es.«

»Aber von Gefängnis war nicht die Rede.«

»Ich nehme an, das war ein kleiner Scherz von ihm. Er hat einen etwas merkwürdigen Sinn für Humor. Doch das war noch längst nicht alles. Lloyd, du hast ihn unendlich beeindruckt. Er erzählte mir, wie du deine Hausarbeiten gemacht hast — so nannte er es. Du hattest alles auf Abruf bereit. Außerdem meint er, daß du ehrlich bist. Wie seid ihr auf deine Mutter gekommen?«

»Ich erwähnte, daß Sie vom Geld geliebt wurde.«

»Und das hat ihn für sie eingenommen.«

»Genau gesagt: Ich habe eine ihrer Redensarten verwendet, und die ist ihm aufgefallen.«

»Was für eine Redensart?«

»Wie, wann, was und wo.«

»Warum ist ihm das aufgefallen?«

»Es ist ein Ausdruck, den Bankleute häufig benutzen.«

»Oh ... Jetzt verstehe ich. Natürlich, so etwas muß ihm auffallen. Aber da ist noch mehr.«

»Sprich weiter, liebliches Geschöpf.«

»Zuvor war er dir gegenüber etwas argwöhnisch — sagen wir, er mochte dich halb, und halb dachte er, daß du viel zu dreist seist, um wirklich Köpfchen zu haben. Doch die Tatsache, daß du es gewagt hast, ihm ein Nein ins Gesicht zu schleudern, hat seine Aufmerksamkeit erregt, und nun ist er dir plötzlich mit Haut und Haaren verfallen, nicht nur deiner Idee, nein, sondern auch der Person, die dafür steht. Ist das nicht wundervoll?«

»Ich dachte mir, daß ich eine Veränderung in seiner Haltung mir gegenüber bemerkt hätte.«

Aber ich muß versonnen oder zögernd oder zumindest nicht fröhlich genug gewirkt haben, denn plötzlich trennte sie sich von mir, verschwand fast im Dunkel und fragte: »Also, zum Kuckuck, was ist nun wieder los?«

»Es — es paßt irgendwie nicht zusammen.«

»Was denn?«

»Also, erstens weiß er Bescheid.«

»Lloyd, wie wäre das möglich?«

»Wieso wäre es denn so unmöglich?«

»Schön — okay, er weiß es. Aber wenn er die Sache gefressen hat, wenn er von uns weiß, dann hast du erst recht keinen Grund, ein langes Gesicht zu ziehen.«

»Ich hab' es gesagt: Es paßt irgendwie nicht zusammen.« Ich erzählte ihr von seiner rechten Hand, die er angeblich verletzt hatte, und sie sprang aufgeregt hoch.

»Aber er hackt wirklich die großen Eisstücke! Er benützt niemals Würfel!«

»Okay, aber dann hat er seine Haltung plötzlich geändert.«

»Das sage ich doch. Er hat es mir ausführlich erklärt.«

»Schön, aber nur im Hinblick darauf, daß du es mir —«

»Ach, es ist doch so einfach — vergiß nicht, daß er mich liebt, das heißt, auf jede mögliche Weise, nur eben nicht so ... Wenn er also zunächst gedacht hat, daß du ein Angeber bist und ein Blender und kein guter Umgang für mich, dann könnte das seine frühere Haltung erklären, einschließlich der angeblich verletzten Hand, wenn das wirklich stimmen sollte, obwohl er mir gesagt hat, daß er sich mit dem Eisdorn verletzt hat, ich meine ... Es war also nicht etwas, das er sich nur ausgedacht hat. Schön, also war er zunächst wütend, meinetwegen, doch dann war er es plötzlich nicht mehr. Könnte es nicht so einfach gewesen sein?«

»Moment mal — vielleicht ergibt das wirklich einen Sinn.«

Ich wußte nicht, ob es so war oder nicht, aber zuletzt gab ich mich damit zufrieden, daß es ja immerhin so sein *konnte*, und ich blieb dabei, um ihr Freude zu machen nach dem wundervollen, romantischen Empfang, den sie mir bereitet hatte. Ich küßte sie, und bald danach erwiderte sie meinen Kuß. »Ich glaube, das Roastbeef ist fertig«, sagte sie nach einer Weile.«

Gibt es eine größere Intimität als einen Mann, der seiner Geliebten Eier brät, oder eine Frau, die ihrem Geliebten ein Roastbeef zubereitet? Wieder einmal saßen wir also am Küchentisch; sie ließ mich das Fleisch schneiden und vorlegen, dann servierte sie die Gemüse, die neuen Kartoffeln in der Petersilienbutter und die frischen Erbsen auf kleinen Glastellern. Wir verschlangen unser Dinner mit großem Appetit, unterbrachen nur hier und da, wenn wir uns die Hände drückten oder die Wangen streichelten, und ich sagte ihr, wie glücklich ich sei. Aber in der Stille der Nacht flüsterte sie mir dann zu: »Ich habe ganz vergessen — er hat Inga zurückgeholt, und das ist in gewisser Weise das Beste von allem.«

»Wer ist Inga?«

»Ich sagte es dir doch, oder? Die schwedische Haushälterin, die wir früher hatten und die per Telegramm zurückgerufen wurde nach Stockholm, als ich die Fehlgeburt hatte. Er mußte sie damals abschieben, aber jetzt hat er sie zurückgeholt.«

»Und warum ist das gut für uns?«

»Es bedeutet, daß er sich daran gewöhnt, allein zu leben.«

»Du meinst, daß er uns grünes Licht gibt?«

Sie legte ihren Kopf auf meine Brust, und eine Zeitlang sprach sie gar nicht. Aber ich wußte, daß sie nicht eingeschlafen war.

»Lloyd, da ist nur eines.«

»Was denn, Hortense?«

»Hör zu: Ist es wahr oder ist es nicht wahr?«

»Was denn?«

»Daß du mich liebst.«

»Du weißt, daß ich dich liebe.«

Plötzlich riß ich die Bettdecke zurück, drehte Hortense auf den Bauch und bearbeitete ihr Hinterteil mit der flachen Hand, daß es wie Pistolenschüsse klang in der Stille der Nacht. Dann schlang sie ihre Arme um meinen Hals.

»Ich bin völlig pervers«, sagte sie. »Ich liebe es, wenn du mir den Hintern versohlst.«

Kapitel 10

Mein Erfolg bei der Suche nach einem geeigneten Gebäude war reiner Zufall, und man zollte mir danach Kredit für Gespür und Geist, die ich gar nicht eingesetzt hatte. Ich wachte eines Morgens auf mit einem äußerst flauen Gefühl im Magen, verursacht durch die Tatsache, daß ich einen Auftrag zu erledigen hatte und keine Ahnung, wie. Hortense machte mir das Frühstück und versprach mir zwischen Küssen, daß in Kürze etwas Wundervolles passieren würde. Ich nannte sie Miranda, die Wahrsagerin. Sie sagte: »Statt zu brüten und dir selber leid zu tun, könntest du den Tag nützen und vielleicht einen Höflichkeitsanruf bei Ralph machen — ich meine Ralph Hood, den Senator. Abgesehen davon, daß du ihm ein paar Zeilen geschrieben hast, was ja wirklich das mindeste war, hast du praktisch gar nichts getan. Warum gehst du nicht mit ihm zum Lunch? Ich meine, du könntest ja wenigstens versuchen, ihn einzuladen.«

Also rief ich in seinem Büro an und kam zu meiner nicht geringen Überraschung direkt zu ihm durch. Er sagte, er müsse erst seine Terminkalender überprüfen, um festzustellen, wann er frei sei — er würde dann zurückrufen. Das tat er, und er war an diesem Mittag frei. Ich sagte, ich würde ihn mit meinem Wagen abholen, da das einzige Lokal, in dem man mich kannte, das ›Harvey's‹ war und zum Gehen zu weit von seinem Büro entfernt lag. Er sagte, ich sollte meinen Wagen auf einem Parkplatz stehenlassen, er selbst würde mich hinfahren.

Um zwölf war ich in seinem Büro und mußte zwanzig Minuten lang Hände schütteln und mich unterhalten mit dem administrativen Assistenten, dem Assistenten des Assistenten und den Sekretären und -innen — alle in den vorderen Büroräumen. Dann wurde ich für zehn Minuten in sein Privatbüro eingelassen, wo die Wände gepflastert waren mit gerahmten Fotos, auf denen der Senator Hände schüttelte: mit den Präsidenten Kennedy und Johnson, mit der Königin von England und mit Smokey, dem Bären in Disneyland. Schließlich fuhren wir hinunter. Der Wachmann an der Tür sagte: »Ihr Wagen steht bereit, Senator«, und da parkte er auch schon am Randstein: ein Chrysler mit einem Chauffeur in Livree. Wir unterhielten uns während der Fahrt; ich berichtete ihm, daß das Institut so gut wie beschlossene Sache sei, und »das alles nur Ihretwegen, Senator. Ich kann Ihnen nicht genug danken.«

Er hielt eine Hand hoch. »Ich habe nichts dagegen, wenn man mir dankt, aber in diesem Fall war es wirklich Ihr Verdienst, nicht das meine. Ich habe kaum etwas dazu getan. Richard Garrett hat mich angerufen, und Hortense auch. Sie haben die beiden sehr beeindruckt — Hortense sogar noch mehr, wie ich annehme, Lloyd, und das wundert mich kein bißchen. Sie haben auch mich beeindruckt, damals vor Gericht. Und, was in dem Fall noch wichtiger war: Es ist Ihnen gelungen, den Richter zu beeindrucken. Ich würde sogar so weit gehen und behaupten, sie haben ihn *eingeschüchtert.*«

Das verblüffte mich nun doch einigermaßen — ich meine, daß Mr. Garretts Reaktion auf mich, die er seiner Frau telefonisch übermittelt hatte, nun schon sozusagen offiziell bekanntgemacht wurde. Aber ich begann zu begreifen, daß es die einzige Reaktion war, die man in seiner Situation verfechten und verteidigen konnte. Wenn ich ein Mann gewesen wäre, dessen Frau demnächst mit der Schirmherrschaft eines

Instituts geehrt werden würde — einem Institut, das von seinem Geld gegründet und gestützt wurde, dann hätte auch ich keinen anderen Weg gewußt als die Flucht in die Wahrheit — die halbe Wahrheit! — und die öffentliche Ankündigung, daß dieser Freund seiner Frau tatsächlich ein Genie sei und man diesem Dr. Palmer aus diesem und keinem anderen Grund die Leitung des Instituts übertragen habe. Doch darüber sagte ich natürlich dem Senator kein Wort.

Als wir bei ›Harvey's‹ ankamen, einem Restaurant im Parterre mit einer unterirdischen Parkmöglichkeit für die Wagen, gab ich dem Chauffeur zehn Dollar, damit auch er zum Mittagessen gehen konnte. Dann ging ich voraus zu meinem Tisch, den ich telefonisch hatte reservieren lassen und den die junge Dame, eine recht gutaussehende weibliche Version des Maitre d', bereits für uns hatte vorbereiten lassen. Wir gaben unsere Bestellungen auf, und da der Senator zuvor einen Martini haben wollte, ließ auch ich mir einen kommen. Danach nahm er die Diskussion über das Institut wieder auf, sprach auch von der Zukunft, auf die ich mich freuen könne, nun, da die Garretts beide in mich vernarrt seien. Aber ich muß einen Augenblick lang gedankenabwesend sein, denn plötzlich hielt er mitten im Satz inne und fragte: »Was ist denn, Lloyd! Was habe ich gesagt?«

»Ich dachte jetzt eben nicht an Sie, Senator, sondern an ihn. An Mr. Garrett.«

»Lloyd; er ist wirklich einer von den ganz Großen.«

»Sobald ich seine Frau auf meiner Seite hatte, war er zu allem bereit, aber jetzt pumpt er mich auf und macht mich größer, als ich bin. Das ist mir verdammt unangenehm. Ein Mann kennt schließlich seine Grenzen.«

»Vielleicht ist es gar nicht so, vielleicht pumpt er Sie nicht auf, Lloyd. Sie haben mich seinerzeit mindestens ebenso beeindruckt wie ihn heute. Ich erinnere mich noch genau an diesen scheußlichen Tag vor Gericht, als Sie ruhig in den Zeugenstand traten und zu Protokoll gaben, daß das Marihuana, das man in Jacks Wagen gefunden hatte, entweder von der Polizei dort untergebracht worden sein müsse, was Sie für höchst unwahrscheinlich hielten, oder von jemand anders, dem das Zeug auf den Nägeln brannte und der es loswerden wollte, dies vor allem, weil Sie sicher seien, daß es sich nicht im Handschuhfach befunden hatte, als Sie und die Jungs den Wagen verließen, um zu dem Basketballspiel zu gehen. Es war eine überlegene, kühle Vorstellung, so gut, daß der Richter gespannt zuhörte und Ihnen auch glaubte, weil es Ihnen gelungen war, so überzeugend aufzutreten. Es war ein Tag, den ich niemals vergessen werde. Also bin ich gar nicht so sicher, daß Richard Garrett Sie überbewertet. Vielleicht kennen Sie nur noch nicht Ihre eigene Kraft, Ihr Charisma.«

Obwohl es keineswegs meine Absicht gewesen war, mußte ich unsicher gewirkt haben, daher begann ich mit der Kellnerin zu scherzen, um auf diese Weise Abstand zu gewinnen und das Gesicht zu wahren. Als sie gegangen war, fragte der Senator: »Lloyd, ich fühle es ganz deutlich, daß Ihnen was über die Leber gelaufen ist. Raus mit der Sprache — was ist es? Wenn Sie sich aussprechen wollen — das wäre jetzt *die* Gelegenheit.«

Ich wollte es zwar nicht, hatte aber kaum eine andere Wahl. Und so platzte ich denn heraus damit: mit Garretts Überlegungen, ein geeignetes Gebäude zu finden, dem Gesetz, das es Garrett verbot, sich selbst Büroräume zu vermieten — ein Gesetz, für das, wie sich zeigte, der Senator seinerzeit leidenschaftlich eingetreten war —, und mit Garretts Auftrag an mich, nun ein geeignetes Gebäude zu finden, und zwar schnell. Senator Hood begann zu lachen.

»Das ist ungefähr so, wie wenn man Ihnen ein Tauchgerät und einen Gummianzug gegeben hätte samt dem Auftrag, Atlantis zu entdecken«, sagte er. »Und es ist natürlich ganz typisch für Richard Garrett, der es gewohnt ist, Befehle zu erteilen in der Erwartung, daß sie auch ausgeführt werden, und zwar *presto* und ohne lange Überlegungen.«

Plötzlich verschwand das Lächeln aus seinem Gesicht, als ob Marcel Marceau es sich weggewischt hätte, und er schnippte mit den Fingern nach der Bedienung. »Miss«, sagte er, als sie herüberkam, »ich bin Senator Hood von Nebraska, und wir müssen einen Sprung weg. Es wird ungefähr eine halbe Stunde dauern. Wenn wir zurückkommen, möchten wir unseren Lunch bereit haben, genau, wie wir ihn bestellten. Und halten Sie uns diesen Tisch frei, wenn ich bitten darf.«

»Jawohl, Sir«, sagte sie, während er ihr einen Geldschein in die Hand drückte.

»Was ist, Senator?« fragte ich und war mir nicht ganz im klaren, ob ihm unwohl geworden war, oder was er vorhatte.

»Sie werden schon sehen. Kommen Sie, Lloyd.«

Wir gingen hinaus auf die Straße. Ein Taxi hielt an, sobald der Senator auch nur die Hand ausgestreckt hatte. Er nannte eine Adresse in der K-Street, und als wir dort ankamen, befahl er dem Fahrer, zu parken: » —hier am Randstein; wir bleiben einen Augenblick stehen und fahren dann dorthin zurück, wo wir hergekommen sind.« Durch das Fenster zeigte er danach auf ein Gebäude gegenüber der Straße. Es war noch im Bau: ein Gerüst versperrte fast den ganzen Gehsteig. Ein schöner, moderner Sandsteinbau, keineswegs eines von jenen Häusern, die wie Kühlschränke aussehen, welchen man auf den Seiten Fenster verpaßt hat. Sicher, auch dieses Haus hatte Fenster, doch sie waren großzügig gestaltet, und das Ganze wirkte recht elegant. Ich zählte zehn Stockwerke. Die beiden obersten waren zurückgesetzt, im Mansardenstil, ein bißchen wie das Lincoln Memorial. Und der Eingang war ebenfalls sehr gut gestaltet, ohne Säulen und sonstigen Kitsch, nichts weiter als zwei schöne, große Bronzetüren. Der Senator schaute eine Weile darauf, dann fragte er: »Na, wie wäre das für Ihr Institut?«

»Perfekt! Wunderbar!«

»Dann fahren Sie uns zurück zu ›Harvey's‹.«

Während der Fahrt unterhielten wir uns.

»Haben Sie schon mal von Bagastex gehört?«

»Ich kenne den Begriff Bagasse.«

»Das ist richtig; Bagastex wird aus Bagasse hergestellt — das ist das, was man übrigbehält, wenn man den Zucker aus dem Zuckerrohr gewonnen hat. Es ist ein Bodenbelag, der von der Tombigvannah Corporation in Georgia entwickelt worden ist. Sie haben Millionen darauf verwendet und das Haus hochgezogen, das Sie eben besichtigt haben. Sie dachten, damit hätten sie's geschafft. Aber am Ende des letzten Jahres mußten sie mit den Großen in Konkurrenz treten. Und der Boom ließ nach. Bagastex war kein Erfolg. Jetzt stehen sie da und haben in Georgia bereits die Steuerbehörde am Hals. Sie wußten, daß sie mit ihren Manipulationen großen Ärger bekommen konnten, aber sie hatten damit gerechnet, daß sie mit der Gesellschaft sehr viel Geld machen, dann die hinterzogenen Steuern entrichten und somit ungeschoren davonkommen konnten. Leider war das nicht der Fall. Jetzt können sie natürlich auch die letzte Rate für den Bauunternehmer nicht bezahlen, und daher findet morgen eine Verhandlung statt, bei der der Bauunternehmer verlangen wird, die Firma für bankrott zu erklären, damit das restliche Firmeneigentum beschlagnahmt und daraus die Gläubiger bezahlt werden können — vielleicht. Woher ich das alles weiß? Ein gewisser Senator war bei mir und bat mich darum, ihm zu helfen und die Verhandlungen zu vertagen. Aber ich kann da gar nichts machen. Und es gibt Gründe, weshalb ich es auch gar nicht wagen würde. Aber Sie können etwas machen. Rufen Sie Richard Garrett an und empfehlen Sie ihm, das ganze Haus zu kaufen, und zwar schnell. Es ist eine Chance, wie es sie nur einmal gibt: Sie bekommen den Bau spottbillig und schnell obendrein. Also los — aber denken Sie daran: Ich will nichts damit zu tun haben.«

»Verstehe vollkommen, Senator. Okay.«

Als wir wieder bei ›Harvey's‹ angelangt waren, zahlte er den Taxifahrer. Wir gingen zurück zu unserem Tisch, wo die hübsche Empfangsdame wartete und jetzt einen Blick auf ihre Armbanduhr warf. »Sie waren nur fünfundzwanzig Minuten weg«, sagte sie zum Senator. »Ich sage es der Lehrerin, daß Sie Ihnen einen Apfel gibt für Pünktlichkeit.«

»Honey, Sie sind wunderbar«, sagte ich ihr.

Der Senator ließ sich ein Telefon und ein Telefonbuch bringen, und wir schlugen die Nummern nach, vor allem die des Anwalts der Tombigvannah, einem Mann namens Downing, dessen Kanzlei sich im Pell Building in der 14. Straße befand. Ich notierte mir alles auf die Karteikarten, von denen ein Forscher stets einen Stapel bei sich hat, und telefonierte zuletzt mit Wilmington. Miss Immelmann stellte in Mr. Garretts Büro durch. Er war sehr freundlich und zeigte sich interessiert über den Grund meines Anrufs. »Es ist ideal geeignet und obendrein noch sehr schön«, versicherte ich ihm, nachdem ich ihm das Gebäude geschildert hatte. »Es ist wirklich etwas Besonderes. Wieviel Räume ich davon brauche, kann ich jetzt noch nicht sagen — zwei Stockwerke, vielleicht auch drei. Und die übrigen können Sie vermieten.« Doch als ich versuchte, ihm das Drum und Dran zu erklären und die Firma Tombigvannah erwähnte, unterbrach er mich sofort ziemlich hart.

»Das ist mir alles bestens bekannt. Man hat mir schon vor über einem Jahr Vorschläge gemacht, was dieses Produkt, das Bagastex, betrifft, und natürlich habe ich mich umgesehen. Die nächste Frage betrifft Sie: Wie kommt es, daß Sie davon wissen — ich meine, stehen Sie damit in Verbindung?«

»Gar nicht.«

»Und woher haben Sie Ihre Informationen?«

»Das darf ich Ihnen leider nicht verraten, Mr. Garrett.«

»Doktor Palmer, ich muß es aber wissen.«

»Warum denn?«

»Erstens sollte es zwischen uns keine Geheimnisse geben — nicht auf dieser Ebene jedenfalls. Und zweitens muß ich sichergehen, daß man mich nicht die Kastanien aus dem Feuer holen läßt.«

»Wie meinen Sie das?«

»Ich will nicht als Mittel zum Zweck mißbraucht werden.«

»Sie denken, man könnte mir diesen Tip als Köder gegeben haben, damit ich ihn an Sie weitergebe, und —«

»Genau.«

»Ich versichere Ihnen, davon kann nicht die Rede sein.«

»Sie *glauben*, daß davon nicht die Rede ist.«

Als ich auflegte, schüttelte der Senator, der zugehört hatte, den Kopf und schaute düster drein. »Tut mir leid, Lloyd«, sagte er, »aber ich muß mich da raushalten. Ich kann nicht anders. Das sind Dinge, in die ich mich nicht hineinziehen lassen darf. Es könnte meinen Sitz kosten . . . Danke, daß Sie dichtgehalten haben. Ich hätte nichts anderes von Ihnen erwartet. Mehr kann ich dazu leider nicht sagen.«

Das Essen kam, und ich bestellte ein Flasche Chablis, aber er sagte: »Die teilen wir.« Als die Kellnerin die Flasche brachte, hatte sie auch das Telefon wieder bei sich und sagte: »Ferngespräch, Doktor Palmer. Bei Ihnen ist heute ja einiges los.«

Es war wieder Mr. Garrett. Als ich meine Überraschung darüber äußerte, daß er wußte, wo er mich finden konnte, erklärte er: »Ich habe mit Hortense gesprochen, um herauszufinden, was sie darüber wußte, und sie wußte gar nichts, ausgenommen wo Sie sich aufhalten und in wessen Gesellschaft — was die ganze Angelegenheit natürlich in völlig anderem Licht erscheinen läßt. Während ich noch mit ihr telefonierte, brachte meine tüchtige Miss Immelmann die Akte über Bagastex, und jetzt habe ich eine Aktennotiz vor mir, die mir bis dahin neu war und die die Sache — nun, eben ganz anders aussehen läßt. Ich würde sagen, Lloyd, Sie haben wieder einmal ins Schwarze getroffen. Und jetzt geben Sie mir den Senator.«

Ich zögerte einen Augenblick und sagte: »Ich werde sehen, ob er noch hier ist.«

Dann legte ich die Hand auf die Sprechmuschel und sagte zu Senator Hood: »Wollen Sie mit ihm reden? Er weiß von

Hortense, daß ich mit Ihnen beim Mittagessen bin.«

»Okay, der Schlaukopf«, sagte der Senator und nahm den Hörer. »Richard, ich helfe Ihnen, so gut ich kann. Aber zitieren Sie mich bloß nicht, und nehmen Sie dieses Gespräch nicht auf Tonband auf, klar? Ist die Abhöranlage ausgeschaltet? ... Gut — was wollen Sie wissen, Richard?«

Er beantwortete die Fragen in rascher Weise, ohne lange nachdenken zu müssen, und mir wurde ein wenig klarer, wieviel ein großer Mann wissen mußte, um ein großer Mann sein zu können. Ich kam auch dahinter — wenigstens ein bißchen —, wie bestechlich und verderbt und raffiniert man sein mußte, und erhielt ein Privatissimum über eine der faulsten geschäftlichen Transaktionen, die man sich denken konnte, einen betrügerischen Plan, bei dem die Investoren ebenso betrogen wurden wie die Lieferanten, die Kreditgeber, die Baufirma, die Maschinenbauer und nicht zuletzt der Staat. Ich kapierte, warum der Senator daran nicht beteiligt sein durfte. Schließlich war er fertig und reichte den Hörer wieder mir.

»Lloyd«, sagte Mr. Garrett in sehr freundlichem Ton, »Sie haben genau das Richtige getan. Sie haben den Senator so lange geschützt, bis er es vorzog, sein Schweigen zu brechen. Also machen Sie sich deshalb keine Gedanken. Ich bin in ein paar Stunden dort, um das Gebäude zu besichtigen, und wenn es mir gefällt, werde ich mich einschalten — oder es wenigstens versuchen. Könnten Sie also bis dahin zu Hause erreichbar sein, für den Fall, daß ich Sie brauche? Und sagen Sie Hortense, daß ich schon unterwegs bin.«

»Soll ich diesen Anwalt auch bestellen?«

»Das wird Miss Immelmann für mich erledigen.«

Ich kam um drei nach Hause und rief gleich Hortense an. Ich berichtete ihr, daß Garrett unterwegs war nach Washington, und das hatte natürlich zur Folge, daß wir beide völlig in der Luft hingen. Wir mußten da bleiben, wo wir waren, ohne die leiseste Ahnung, wann wir einander sehen konnten und *ob* wir uns in der nächsten Zeit überhaupt sehen konnten. Dabei hatten wir inzwischen einen Punkt erreicht, wo es uns nach ›unseren‹ Nächten verlangte, wo wir diese Stunden des Beisammenseins brauchten, und ich sagte ihr: »Ich komm' mir ganz komisch vor — als ob ich mitten in einem Vakuum sitze.«

»Du sagst immer genau das, was ich fühle. Trotzdem: Es würde ziemlich seltsam aussehen, wenn er ankäme, und ich wäre nicht hier.«

»Natürlich mußt du zu Hause sein und ihn erwarten.«

Also blieb uns nichts übrig, als uns zu gedulden. Gegen fünf rief mich Mr. Garrett an und teilte mir mit, daß er im Garrett-Building angekommen sei und sich mit mir in Downings Büro treffen wolle. Ich fuhr in die Stadt. Das Pell Building befindet sich in der Vierzehnten Straße unterhalb der H-Street; ich stellte den Wagen auf einem Parkplatz in der New York Avenue ab und ging zu Fuß zurück. Wen traf ich dabei, der ebenfalls zu Fuß auf das Building zustrebte: Niemand anders als Mr. Garrett! Er winkte mir und ging dann neben mir her — doch er vermied es, mir die Hand zu schütteln. In Downings Büro waren die Sekretärinnen und Empfangsdamen bereits nach Hause gegangen.

»Wir haben das Büro für uns allein«, sagte Downing. Er war ein Mann um die Vierzig, fast kahlköpfig, und seine Haltung gegenüber Mr. Garrett war vollkommen ehrerbietig, wie er ihm jetzt berichtete: »Sir, Sie erinnern sich vermutlich nicht an mich, aber wir sind uns bereits einmal begegnet, und ich habe Sie mehrmals bei Ihren Vorträgen gehört. Ich war derjenige in der vorderen Reihe, der sich immer Notizen gemacht hat.«

»O ja, ich erinnere mich sehr wohl an Sie«, sagte Mr. Garrett.

Wir lachten, und dann stellte mich Garrett ihm vor. »Doktor Palmer wird an der Besprechung teilnehmen«, sagte er.

»Das ist ausgeschlossen«, erklärte Downing. »In dieser Angelegenheit kann es nur eine Unterredung unter vier Augen geben, Mr. Garrett — Sie und ich.«

»Ach — sind Sie bereits an diesem Punkt angelangt?«
»Was denn für einen Punkt?«
»Daß Sie alle Zeugen ausschließen müssen?«
»Schön — ja, so könnte man es nennen.«
Sie gingen hinein in Downings Privatbüro, während ich im Empfangszimmer und in den Vorzimmern herumwanderte, deren Türen offenstanden. Ich betrachtete die großen, gerahmten Porträts von Roger Tanney, Charles Evans Hughes, William Howard Taft, Earl Warren und Warren Burger, bis ich praktisch jede Falte ihrer Talare kannte. Jedesmal, wenn ich Downings Stimme hörte, die lauter wurde und zunehmend scharf klang, wurde ich daran erinnert, daß es zweifellos Gründe gab, jegliche Zeugen fernzuhalten. Später erfuhr ich übrigens, daß es bei der Meinungsverschiedenheit darum gegangen war, was mit Colonel Lucas, dem Präsidenten der Tombigvannah, geschehen sollte, nachdem das Projekt Bagastex in die Krise geraten war. Er hatte nach außen hin die Tochtergesellschaft der Tombig verkauft, um Bargeld für sein anderes Projekt zu erhalten, in Wirklichkeit aber, um diese aus dem zu erwartenden Zusammenbruch herauszuhalten — denn der Käufer war der Bruder von Lucas, und somit blieb alles in der Familie.

Garrett machte zwar ein anständiges Angebot — Bargeld für die Baufirma, die das Gebäude errichtet hatte, und ARMALCO-Anteile für die Tombig, auf einer drei-zu-eins-Basis —, aber nur unter der Bedingung, daß Tombig die Tochtergesellschaft für die Summen zurückkaufte, unter denen Colonel Lucas sie verhökert hatte. Dabei ging es unter anderem um eine Zigarrenfabrik in Charleston, ein Nahrungsmittelwerk in Savannah, eine riesige Sägemühle in Alabama und ein Elektrizitätswerk in der Nähe von Augusta. Diese Forderung des Rückkaufs war es, die Mr. Downing zu lauten und scharfen Tönen veranlaßt hatte. Mr. Garrett dagegen war nie laut oder scharf geworden. Er hatte das auch nicht nötig, denn er hielt die Trumpfkarten in der Hand, wie stets. Als Voraussetzung für die Dinge, die da kommen mochten, hatte er bereits vor einiger Zeit Tombig-Aktien erworben, und jetzt sagte er zu Downing: »Okay, wenn Sie meinen, können wir den Konkurs samt unabweislichem Bankrott laufen lassen. Aber heute nachmittag oder morgen früh wird ein Aktieninhaber eine Klage einreichen wegen betrügerischem Entfernen von Firmenvermögen im Hinblick auf einen drohenden Konkurs — und das ist laut Gesetz ein Verbrechen. Und wenn Leonard Downing eine Beteiligung dabei nachgewiesen werden kann, ja, wenn es sich herausstellt, daß er den Betrug unterstützt und gefördert hat, dann wird es ihm ziemlich böse ergehen.«

»Ich verstehe. Ich verstehe.«

So standen also die Dinge — das heißt, eigentlich habe ich sie mir nur so zusammengereimt aus dem, was man mir später darüber sagte —, als Mr. Garrett herauskam aus Downings Büro, die Tür hinter sich schloß und auf einem der Telefone eine Nummer wählte, noch immer, ohne mir auch nur einen Blick zugeworfen zu haben. Nach ein paar Sekunden begann er mit gedämpfter Stimme zu sprechen. »Sam?« — das war offenbar Sam Dent, mein Freund auf der Fahrt nach Dover — »Sam, ich bin in der Kanzlei eines Anwalts, eines gewissen Leonard Downing, im Pell Building. Sie müssen gleich herkommen. Ja, es geht um die Tombigvannah-Sache.«

Er legte auf und setzte sich in einen Drehsessel, noch immer, ohne auf mich zu achten. Kurz danach kam Downing heraus, hockte sich halb auf den Maschinentisch und wischte sich die Tonsur auf dem Kopf mit dem Taschentuch. »Wir haben anscheinend Glück«, sagte er. »Colonel Lucas ist auf dem Weg hierher. Er war zufällig in der Stadt.«

»Damit habe ich gerechnet«, sagte Garrett.

»Wir können die Sache noch heute abend unter Dach und Fach bringen.«

»Ich habe mich mit meinem Anwalt, Sam Dent, in Verbindung gesetzt. Er ist ebenfalls auf dem Weg hierher.«

»Ich kenne Sam.«

Die beiden taten so, als wäre ich gar nicht hier, und das änderte sich auch nicht, als verschiedene Personen eintrafen, in Sommeranzügen, hellen Gabardinehosen oder sogar Bermudas. Downing zeigte nur mit dem Daumen nach oben, wenn eine Neuer auftauchte, und führte ihn zu den anderen in eines der Büros. Schließlich traf ein großer, gewichtig aussehender Mann ein. Sein Teint zeigte die dunkle Mahagonifarbe derjenigen, die ihr Leben im Freien verbringen. Sein Name lautete, wie ich später erfuhr, O'Connor. Er war der Bauunternehmer. Downing stellte ihn Mr. Garrett vor und sagte: »Das ist *der* Richard Garrett, Jim. Wir versuchen, miteinander ins Geschäft zu kommen, ein dreifacher Handel für Bargeld, Aktien und Aktiva — was die Angelegenheit zu Ihrem Vorteil regeln wird. Daher kann ich Ihnen nur empfehlen, Mr. Garrett mit dem gebotenen Respekt zu begegnen.«

»Das hätte ich sowieso getan.«

»Okay, aber vergessen Sie es nicht.«

»Mr. Garrett — ich habe die Ehre, Sir.«

»Ich habe von Ihnen gehört, Jim, und nur Gutes.«

Dann kam Sam Dent herein, und Mr. Garrett ging sofort mit ihm in eines der leeren Büros, um sich zu besprechen. Als sie wieder herauskamen, schaute Sam Dent sorgenvoll drein. Zuletzt traf noch ein Typ ein, den man gesehen haben mußte, um ihn überhaupt für möglich halten zu können, und selbst dann traute man kaum Augen und Ohren. Er war um die Fünfzig, mit weißem Haar, weißen Augenbrauen und einem weißen Ziegenbart; dazu trug er einen weißen Anzug, weiße Schuhe und einen altmodischen Panamahut, und in der Hand hatte er einen Spazierstock mit goldener Krücke. Er war der Bilderbuch-Colonel aus den Südstaaten, und sein Gesicht wirkte so ehrlich und aufrichtig, daß ich ihm keine Sekunde lang über den Weg getraut hätte.

»Colonel Lucas!« rief Downing, verbeugte sich und schüttelte ihm dann die Hand. »Hier ist Mr. Richard Garrett — *der* Richard Garrett!«

»Mr. Garrett«, sagte der Colonel, »das Vergnügen, das mir dieser Augenblick bereitet, wird nur von seinem denkwürdigen Anlaß übertroffen und von der großen Ehre, die Sie mir dadurch erweisen.«

»Colonel Lucas«, erwiderte Mr. Garrett, »ich kann die von Ihnen ausgedrückten Gefühle nur erwidern, wenn nicht in entsprechenden Worten, so doch in demselben Geiste. Ich habe lange auf die Ehre gewartet, Sie kennenlernen zu dürfen.«

Auch sein Gesicht strahlte jetzt vor Aufrichtigkeit — oder doch etwas, das so ähnlich wirkte. Die beiden Männer gingen anschließend hinein in Downings Büro, schlossen die Tür und ließen uns geringere Sterbliche draußen, Däumchen drehend. Dent kam zu mir herüber, und wir schüttelten uns die Hände. »Sehen Sie Mrs. Garrett in Kürze?« fragte er. »Vielleicht noch — heute abend?«

»Ich glaube kaum. Warum?«

»Er befolgt meistens das, was sie dazu sagt. Sie könnten Mrs. Garrett durchaus dazu bringen, daß sie ihm von der Sache abrät.«

»Sie meinen von der Sache Bagastex?«

»Ja, Bagastex.«

»Aber was weiß ich davon? Und was wissen Sie?«

»Ich? Eine ganze Menge.«

Er berichtete mir, wie das Projekt zu scheitern drohte, und erklärte, es könnte der ARMALCO nur Ärger und Kopfschmerzen eintragen, sich ein solches Unternehmen aufzuhalsen. Ich unterbrach ihn, um ihn darüber in Kenntnis zu setzen, daß ich selbst derjenige gewesen war, der Mr. Garrett daraufgebracht hatte, und außerdem fühlte ich, daß damit das Institut stehen oder fallen würde. Sam schüttelte immer wieder den Kopf, aber dann ging die Tür von Downings Privatbüro auf, und da stand der Colonel, den Hut in der einen Hand, den Spazierstock in der anderen; das weiße Haar fiel ihm bis auf die Schultern. »Sir«, bellte er zurück in das Büro, »wofür halten Sie mich? Daß Sie es wagen, mich derart zu beleidigen?« Mr. Garrett kam ebenfalls heraus, ruhig, gelassen und freundlich. »Colonel«, sagte er leise, »ich halte Sie für einen Pfirsich — einen wunderschönen Pfirsich aus Georgia, dem man die Haut abgezogen hat, so daß er jetzt ganz schlüpfrig geworden ist — das Schlüpfrigste, was man sich denken kann. Sie *sind* wunderschön. Und man *hat* Ihnen die Haut abgezogen, und Sie *sind* schlüpfrig. Das werden Sie ja wohl zugeben müssen.«

»Ich gebe überhaupt nichts zu. Und ich weise Ihre Bemerkungen als völlig unpassend zurück.«

»Es sollte nur ein Scherz sein.«

»Ich finde das gar nicht komisch.«

»Ich habe ja auch nur *versucht*, zu scherzen.«

»Ich verlange, daß Sie sich bei mir entschuldigen.«

»Ich entschuldige mich.«

»Was gesagt wurde, kann nicht so leicht ungesagt gemacht werden.«

»Ach ja, die Heimtücke, die mir so oft bei meinen Geschäften begegnet.«

»Dann sind Sie also immer noch der Meinung, ich sei ›schlüpfrig‹?«

»Ich bin immer noch der Meinung, daß man Ihnen die Haut abgezogen hat — durch Bagastex, deren Geldgeber und durch die Freunde dieser Geldgeber. Ich bin immer noch der Meinung, daß Sie Pleite gehen und gut beraten sind, etwas dagegen zu unternehmen, bevor der Staat Sie in die Mangel nimmt. Ich biete Ihnen immer noch genügend Geld — Bargeld! —, um Sie auszulösen von den Obligationen des Gebäudes, auf einer drei-zu-eins-Aktien-Basis, die Ihnen immerhin einiges übrigläßt — und die Möglichkeit, sich als Präsident der Tombigvannah in den Ruhestand zu begeben.«

»Es sind gerade diese — Bedingungen, Sir, die ich als Beleidigung empfinde.«

»Sie sollten sie als Kompliment auffassen. In meiner Firma bin ich der große Elefantenbulle. Sie sehen vielleicht nicht die Stoßzähne, aber —«

»Ich fühle sie, Sir, in meinen Rippen.«

»Und in Ihrer Firma sind Sie der Bulle. Aber die Elefantenherde kann keine zwei Leitbullen brauchen. Daher muß einer von uns beiden nachgeben. Also . . .«

Er ließ den Satz offen. Der Colonel warf Hut und Stock auf den Schreibtisch und sich selbst in den Sessel einer der Sekretärinnen, ließ dann den Kopf sinken und begann unbeherrscht zu schluchzen.

Downing wandte sich an O'Connor mit einem Ausdruck, der besagte, daß die Angelegenheit geregelt sei. O'Connor wirkte zunächst überrascht, doch dann nickte er. Mr. Garrett legte dem Colonel einen Arm um die Schulter und sagte zu Sam Dent: »Legen Sie es schriftlich fest.«

»Mr. Garrett«, schluchzte der Colonel, »ich bin Ihnen ja so dankbar.«

»Es war mir ein Vergnügen, Sir — das darf ich Ihnen versichern.«

Die beiden folgten Downing und Sam in das Büro, und dann schloß sich wieder die Tür hinter ihnen.

Kapitel 11

Das ging anschließend eine Stunde so weiter, bis Downing schließlich herausplatzte, einen Bleistift zwischen den Zähnen, sich an den Schreibmaschinentisch setzte, Papier mit Durchschlägen einspannte und zu tippen begann, während Mr. Garrett und Sam Dent nacheinander ebenfalls herauskamen, Downing etwas ins Ohr flüsterten und ihm gelbe, offizielle Notizblöcke neben die Maschine legten. Bald danach nahm Downing das, was er eben getippt hatte, wieder mit sich hinein in sein Büro, kam schließlich zurück und verschloß den Schreibmaschinentisch.

»Mein Gott, was für ein Abend!« sagte er und ging wieder auf sein Büro zu. Aber in diesem Augenblick öffnete sich die Tür nach draußen, und Hortense kam herein, in einem dunklen Kleid mit grünem Mantel. Jedermann schien sie zu kennen und sprang ehrfürchtig auf. Sie schienen alle aufgeregt zu sein angesichts ihres Auftretens. Hortense sah mich und winkte mir zu — freundlich, wenngleich vielleicht auch ein wenig verwirrt. Downing zog die große Schau ab, stellte sich zunächst vor und erklärte dann: »Mr. Garrett ist in meinem Büro, Mrs. Garrett. Er bat Sie, hierherzukommen, damit Sie das Gebäude besichtigen können, das er zu erwerben beabsichtigt.«

»Ach, das war es!«

»Er ist hier drinnen.«

Aber ehe Downing sie hineingeleiten konnte, ging die Tür auf, und Mr. Garrett, Dent und der Colonel kamen heraus. Jeder von ihnen hatte eine Kopie des Schriftstücks in der Hand, das Downing zuvor getippt hatte, und alle drei verhielten sich gelöst und freundschaftlich. Als Mr. Garrett Hortense erblickte, ging er zu ihr hin, küßte sie und erklärte ihr, wie hübsch sie aussehe — was mir ein paar scheußliche Nadelstiche versetzte. Er ließ sie erst Sam begrüßen und stellte ihr dann den Colonel vor, der sich verbeugte, Hortense die Hand küßte und sagte: »Mrs. Garrett, die Ehre, den Vorzug und die Aufregung, die ich darüber empfinde, eine Lady kennenlernen zu dürfen, von der ich schon so viel gehört habe, ist dazu angetan, mich völlig zu überwältigen.«

Hortense ließ ein paar Höflichkeitsfloskeln fallen, wobei sie die Hände vor der Brust kreuzte und sich leicht verbeugte. »Colonel Lucas«, sagte sie, »die Ehre ist ganz meinerseits. Ich werde diesen Augenblick nicht so rasch vergessen.«

Dann richtete sie sich wieder auf, wobei ihr Mr. Garrett die Hand reichte; ich wünschte, er hätte es nicht getan, denn dadurch sah das Ganze fürchterlich falsch aus. Er sagte: »Hortense, ich dachte, ehe die Sache endgültig ist, solltest du dir das Gebäude selbst einmal ansehen — das Haus, das ich gekauft habe und das sich Doktor Palmer für sein Institut ausgesucht hat.«

»Heute abend? Einfach so?«

»Warum nicht?«

»Ich finde, es ist doch eine etwas ungünstige Zeit, um ein Haus zu besichtigen, aber —«

»Es ist erst neun Uhr.«

»Dann bringen wir es hinter uns. Wer sind diese Gentlemen?«

Er stellte sie ihr vor, und ich bemerkte, wie sie sich gewohnheitsmäßig die Namen einprägte. Dann gingen wir alle hinaus in die Halle, fanden Platz in einer der großen Liftkabinen und fuhren nach unten. Für die Fahrt zum Gebäude brauchten wir drei Taxen. Als Hortense, Mr. Garrett und ich dort ankamen, war O'Connor schon da, zusammen mit dem Wachmann, der seine große Stablampe bereit hatte, um uns herumzuführen. Mr. Garrett ließ das Taxi auf der anderen Straßenseite parken. Als er auf das Haus zeigte, schien Hortense kurz den Atem anzuhalten. »Es ist wunderschön — einfach fabelhaft«, sagte sie danach. Und das war es zweifellos. Im Mondlicht ein wenig gespenstisch und grau vielleicht, aber dadurch wirkten die Proportionen noch beeindruckender als bei Tag.

Wir stiegen aus dem Taxi und überquerten die Straße, dann nahm O'Connor die Führung auf. Wir benützten den Fahrstuhl, der bereits in Gang war. O'Connor fuhr mit uns nach oben und wieder hinunter, zeigte uns zuletzt den großen ›Versammlungssaal der Aktionäre‹, wie er es nannte, einen freien, offenen Raum gegenüber dem Liftturm. Hortense verbesserte ihn sofort.

»Mr. O'Connor«, sagte sie, »es ist möglich, daß der Raum für vornehme Aktionäre gestaltet wurde, aber jetzt ist er der Empfangssaal des Hortense-Garrett-Instituts für Biographische Wissenschaft, und er scheint mir für diesen Zweck wie geschaffen zu sein. Sind Sie nicht auch dieser Meinung, Doktor Palmer?«

»Ich könnte mir keine besseren Räumlichkeiten denken.«

Und das konnte ich wirklich nicht. Der Empfangsraum war riesengroß, vielleicht etwas höher als die meisten Räume und mit Holz getäfelt. Ein vornehm-würdiger Raum, prächtig und dezent zugleich.

Eine halbe Stunde danach saßen wir im Black Tahiti Restaurant, ein paar Häuser weiter in derselben Straße. Wir bestellten alle Margaritas und danach irgendein polynesisches Gericht, dessen Namen ich vergessen habe, aber Hortense war die einzige, die mit offensichtlichem Appetit aß. Als die Drinks kamen, leckte Garrett ein wenig von dem Salz am Glasrand, hob das Glas dann an und sagte: »Auf das Hortense-Garrett-Institut.« Nachdem wir alle einen Schluck getrunken hatten, fügte er hinzu: »Und wieder einmal hat Doktor Palmer einfach die Hand ausgestreckt und das Kaninchen aus dem Zylinder gezogen.«

»Doktor Palmer hat gar nichts dergleichen getan«, erwiderte ich. »Er hat lediglich einen guten Tip weitergegeben — und das hat sich gelohnt, wie wir alle hoffen.«

»Ich könnte mir vorstellen, Lloyd, nachdem Sie den Colonel kennengelernt hatten, war Ihnen auch klar, warum ich mich versichern mußte, daß Sie nicht hereingelegt wurden, nicht wahr?«

»Es ist noch immer fraglich, ob er nicht *Sie* hereinlegen wollte«, sagte Sam Dent zu Mr. Garrett.

Ich hätte mit mir selbst zufrieden sein können, war es aber nicht. Wir saßen in einer Nische; ich weiß nicht, waren es die Garretts, die auf der einen Seite des Tisches saßen, während Dent und ich auf der anderen Platz genommen hatten, oder was — auf jeden Fall und aus einem mir nicht ganz ersichtlichen Grund fühlte ich mich unbehaglich bis unheimlich, trotz des Gebäudes und des großen Schrittes, den wir in Richtung auf die Eröffnung des Instituts getan hatten. Und Sam war niedergeschlagen.

»Es ist im Grunde nicht so wichtig«, sagte er, »ob da ein

Kaninchen aus dem Hut gezaubert wurde, oder wer wen hereinlegen wollte, sondern was wir nun anfangen werden mit dem übelsten, faulsten Ei, das wir jemals erworben haben. Mr. Garrett, ich hasse es, den Spielverderber mimen zu müssen, aber wenn Bagastex dazu angetan war, dem Colonel das Kreuz zu brechen, dann überlegen Sie sich, was dieses Projekt Ihnen antun kann.«

»Es wird mich reich machen.«

»Reicher«, sagte Hortense. »Er ist bereits jetzt unanständig reich — das heißt natürlich, das Hortense-Garrett-Institut wird daran ein wenig ändern.«

»Wie könnte etwas, das sich nicht verkaufen läßt, Sie reich machen?« fragte Sam.

»Dadurch, daß ich den Ausgangspunkt für die Werbung ändere.«

»Lucas hat dem Produkt so viel Werbung gewidmet, wie man sich das nur denken kann. Genau deshalb hat er dann die Achter-Kugel erwischt.«

»Ich sagte, ich werde den Ausgangspunkt ändern.«

»Und darf ich fragen, wie?«

»Durch eine buchstäbliche Wendung um neunzig Grad, genau gesagt.«

»Was soll das sein — ein Scherz?«

»Ganz und gar nicht, Sam. Wie Sie sehr häufig festgestellt haben, war Bagastex in der Horizontalen ein Flop, ein Versager Es mußte zu dick hergestellt werden. Kinder brachen darauf ein. Man brauchte komplizierte Werkzeuge, um es zu schneiden. Und zudem ergab sich für die Geschäfte ein Lagerungsproblem. Aber drehen wir die ganze Geschichte um neunzig Grad und nehmen wir Bagastex vertikal, als Seitenbelag für Gebäude, dann ist es ein geradezu perfektes Material. Daher die neunzig Grad. Ich habe Proben davon an das Labor in Wilmington geschickt und die Leute dort beauftragt, das Material zu untersuchen und zu überprüfen, um herauszufinden, ob es zu irgend etwas taugt. Vergessen Sie nicht, Sam, ich kann meistens ein Ding sehr gut vom anderen unterscheiden, und bei diesem verrückten Ding ist der springende Punkt, daß es sehr billig ist. Also haben die Leute im Labor es erhitzt, haben gehofft, es würde weich werden, daß man eine Matrix hineinpressen oder es wie Stein oder etwas Ähnliches modellieren konnte. Aber das einzige, was damit passierte, war, daß es sich verfärbte: Es wurde weiß. Ganz gleich, wie es zuvor gefärbt war: Wenn man es erhitzte, wurde es weiß. Pete Holton vom Labor überlegte sich eine Möglichkeit, diese charakteristische Eigenschaft zu nutzen. Und plötzlich hatte er es — oder er glaubte es zu haben. Er lud ein paar Ölkanister auf einen Lastwagen, fuhr hinunter nach Georgia und machte dem Vorarbeiter bei Bagastex den Vorschlag, ihm ein paar Gallonen von dem Zeug abzugeben, damit er ein Loch in seinem Keller auffüllen konnte, ohne einen Handwerker einschalten zu müssen. Und prompt füllte ihm der Vorarbeiter die Tonnen mit flüssigem Bagastex; er bezahlte dafür hundert Dollar und fuhr damit zurück. Das Zeug war zufällig rot, und Pete goß einen Kanister davon auf das Blech, das er zum Erhitzen verwendet. Sobald die Masse fest wurde, preßte er eine Matrix darauf, die er sich von einer Ziegelwand hergestellt hatte. Das Bagastex ließ sich auf diese Weise formen und sah genauso aus wie Ziegel, nur daß auch die Zwischenräume rot waren wie das ganze übrige Material. Daraufhin fertigte sich Pete ein Eisengitter an, genau nach dem Muster der Ziegelstein-Imitationen, erhitzte es, und das Bagastex wurde an diesen Stellen weiß, sobald er das Gitter daraufpreßte. Jetzt sah es genauso aus wie Ziegelsteine mit hellem Mörtel dazwischen. Daraufhin baute er ein kleines Häuschen aus dem Zeug, auf dem Hügel beim Labor. Seitdem wird er mit Nachfragen überschwemmt. Und dabei sind wir noch auf einen weiteren Vorteil gestoßen: Das Zeug ist ein wenig porös, so daß sich Kletterpflanzen wie Efeu daran festhalten können, was weder bei Stahl noch bei Aluminium oder Kupfer der Fall ist.«

»Wie lieb' ich meine Ziegellaube«, murmelte Hortense, und ihre Augen blitzten, »vom Efeu grün bis an die

Haube —«

»Komm mir jetzt bloß nicht mit ungehörigen Witzen«, fuhr sie Garrett im Scherz an.

»Ich zeige damit doch nur, wie sehr mich dein Vortrag inspiriert hat!«

Er versuchte, noch ernst zu bleiben, aber es gelang ihm nicht, und er mußte wider Willen lachen. Wir alle lachten.

Dann fuhr Mr. Garrett fort: »Das Komische daran ist: Ich hatte von alledem keine Ahnung, bis Lloyd Palmer mich anrief. Holton hatte mir zwar einen ausführlichen Bericht über seine Experimente geschickt, aber ich hatte mir nicht einmal die Zeit genommen, ihn zu lesen — bis Miss Immelmann mir die Akte brachte, die wir in Sachen Bagastex angelegt hatten. Da lag der Bericht obenauf — und ich habe mich schleunigst damit befaßt. Es zeigt sich also, daß wir Doktor Palmer erneut zu Dank verpflichtet sind. Trinken wir auf ihn.«

Inzwischen hatte man eine zweite Runde Margaritas bestellt. Die anderen nahmen alle ihre Gläser in die Hand, und ich erhob das meine ebenfalls, bis mir klar wurde, daß ich mir nicht selbst zuprosten konnte. Inzwischen fühlte ich mich vollends miserabel trotz des Gelächters, das meine unguten Ahnungen kurzzeitig unterbrochen hatte. Danach schaute Garrett auf seine Armbanduhr und fragte Sam, ob er für morgen alles vorbereitet habe.

»Das habe ich«, sagte Dent. »Wenn Mrs. Garrett also mit dem Gebäude einverstanden ist und Sie zu dem Entschluß gelangt sind, den Kauf endgültig zu vollziehen . . .«

»Ich liebe es«, sagte Hortense.

»Dann ist alles weitere Ihre Sache, Sam. Sehen Sie zu, daß O'Connor sein Geld bekommt, und überprüfen Sie um Himmels willen die Aktien, die Lucas für seine Tochtergesellschaften einreicht. Nicht, daß ich behaupte, er würde sie fälschen —«

»Aber ich behaupte es.«

»Dann sind wir einer Meinung.«

»Mr. Garrett, ich würde sagen, die Angelegenheit ist unter Kontrolle.«

»Okay, dann bringen Sie sie zum Abschluß.«

Mr. Garrett schaute noch einmal auf seine Uhr, gab der Kellnerin ein Zeichen, stand dann auf und folgte ihr zur Kasse, um zu bezahlen. Als er zurückkam, fragte Sam: »Sind Sie morgen hier?«

»Ich hatte nicht damit gerechnet. Ich muß zurück. Wenn etwas Unvorhergesehenes auftaucht, rufen Sie mich an und —«

»Fährst du noch heute nacht zurück?« fragte Hortense überrascht.

»Es ist noch nicht zu spät. Und außerdem habe ich jetzt die Straße für mich allein.«

»Dann ruf mich bloß nicht an, wenn du angekommen bist.«

»Wann mache ich das schon? Wie bist du eigentlich hierhergekommen?«

»Mit dem Taxi.«

»Lloyd, sind Sie so gut und bringen meine Frau nach Hause?«

»Es ist mir ein Vergnügen.«

Mr. Garrett hatte seinen Wagen in der Garage des ARMALCO-Buildings stehen. Sobald wir draußen auf der Straße waren, winkte er ein Taxi her, das ihn dort hinbringen sollte. Er küßte Hortense, stieg ein und fuhr davon. Sam Dent winkte sich ebenfalls ein Taxi herbei, gab Hortense einen Kuß auf die Wange und fuhr ab. Inzwischen hatte ich ihr gesagt, wo mein Wagen parkte, aber sie hätte auch ohne ein Wort gewußt, daß wir kein Taxi nehmen würden. Wir hielten uns die Hände und gingen im Mondlicht durch die Siebzehnte Straße, sorgenfrei, fröhlich und glücklich in dem Bewußtsein, daß wir die kommende Nacht wieder miteinander verbringen konnten. Wir sprachen nicht viel, während wir zu meiner Wohnung fuhren, und erst als ich ihren Mantel in der

Garderobe aufgehängt hatte, gab ich ihr den ersten Kuß des Abends.

Sie bestand darauf, uns ein paar Eier in die Pfanne zu schlagen, »denn wir haben beide nicht viel gegessen, und außerdem liebe ich es, für dich zu kochen«. Also aßen wir ein kleines, spätes Abendessen, gingen anschließend zu Bett und lagen eine Weile dicht aneinandergekuschelt da. Dann setzte sie sich auf mich und flüsterte: »Hast du gehört, was er gesagt hat? ›Lloyd, bringen Sie meine Frau nach Hause?‹ Das hier *ist* mein Zuhause.«

»Wenn man von dem Wandschmuck absieht, ist es —«

»Hier, auf dir, auf deinem Bauch, habe ich gemeint.«

»Ach so. Dann würde ich sagen, mein Bauch hat eine wunderschöne Mieterin.«

»Mieterin?«

»Na ja — Gefährtin.«

»Du meinst wohl —Ehefrau.«

»Ich wollte, es wäre so — aber davon kann nicht die Rede sein. Du hast schließlich bereits einen Mann.«

»Du bist der einzige Mann, den ich jemals hatte und haben werde.«

»Ich sag' nur, wie es ist.«

Sie rollte zur Seite, und ich sagte: »So oder so — ich liebe dich.«

»Dann zeig es mir.«

Ich zeigte es ihr, und nach einer Weile saß sie wieder oben und küßte meinen Hals.

Kapitel 12

In Washington, Wilmington und an verschiedenen anderen Orten begannen sich die Dinge jetzt zu beschleunigen. Als nächstes in der Geschäftsordnung folgte die Eingabe bei der Finanzbehörde, die wir machen mußten, um Steuerfreiheit für das Institut zu erlangen. Um die damit verbundenen Probleme mit uns zu besprechen, besorgte uns Sam einen Steueranwalt, einen Mann namens Kaufman, der mir ein bißchen wie eine Vogelscheuche vorkam, aber als Hai im Steuerbereich bekannt war, also genau das, was wir brauchten. Etwa im Alter von Sam, war er fett und übergewichtig. Kaufman bestand darauf, die Gespräche in seinem Büro an der Sechzehnten Straße zu führen, weil er dort seine Nachschlagewerke habe; daher ging ich an diesem Tag zu Fuß vom Garrett Building durch die Massachusetts Avenue. Der Grund, weshalb man mich dabei brauchte, war der, daß ich als einziger wußte und angeben konnte, was das Institut eigentlich vorhatte. Also diktierte ich von nun an Kaufmans Sekretärin Tag für Tag für die Broschüre, die wir der Steuerbehörde überreichen wollten, einen detaillierten Bericht über die vorgesehenen Aktivitäten des Instituts, damit alle Möglichkeiten bedacht waren und wir später nicht auf Tretminen stießen, weil wir bei unserem Auftrag etwas übersehen hatten — fünfundachtzig Seiten, bis ich auf der Zunge Blasen hatte vom Diktieren solch verklausulierten Geschwafels. Aber Kaufman schien zufrieden zu sein, und eines Morgens, als Hortense noch im Bett lag, rief Garrett bei mir an und teilte mir mit: »Lloyd, ich öffne gerade meine Post und finde, daß Sie es als erster wissen sollten. Wir haben unsere Entscheidung.«

»Wir haben — was?«

»Die Genehmigung der Steuerbehörde. Wir sind im Geschäft.«

»Ja, also — he, das ist ja prächtig! Ich habe zwar gehört,

daß das Finanzamt prompt arbeitet, aber so schnell hatte ich die Entscheidung nicht erwartet. Es ist ja kaum eine Woche her, daß wir den Antrag gestellt haben.

»Unser Antrag war eben in Ordnung. Kaufman schiebt das alles auf Sie — nun ja, nicht alles. Ein bißchen Ruhm hat er auch für sich selbst zurückbehalten.«

»Er hat gute Arbeit geleistet. Na, das freut mich aber.«

Das brachte ihn in Bewegung und mich in Bewegung — Mr. Garrett, weil inzwischen einige Gerüchte kursierten, und mich, weil ich in diesen Gerüchten genannt wurde und die Universität mich bedrängte, namentlich das Büro des Rektors, was denn da vor sich gehe und ob ich im nächsten Semester Vorlesungen halten würde, denn ich hatte ja noch nicht um meine Entlassung gebeten, da ich nicht wissen konnte, was schließlich aus meinem Projekt werden würde. Aber nun mußte ich eine Entscheidung treffen, und das tat ich auch. Ich reichte meine Kündigung ein, in Form eines kurzen, handgeschriebenen Briefes. Und auch Mr. Garrett hatte eine Entscheidung getroffen. Er bat mich zu sich, damit er mit mir die Erklärungen diskutieren könne, die er an die Presse weitergeben müsse. Also war ich am folgenden Morgen in seinem Büro in Wilmington und hörte zu, wie er sich die Ankündigungen für die Presse vorstellte. Es war seltsam, um es harmlos auszudrücken, aber zugleich interessant, denn es zeigte, wie wenig ein so großer Geschäftsmann von Public Relations verstand, ganz zu schweigen von seiner Informationspflicht gegenüber den Medien. Er hielt es für ausreichend, eine weitere Broschüre zu versenden, die ich schreiben sollte, ›zweitausend Worte oder so‹, mit einer Beschreibung des Instituts. »Das müßte eigentlich reichen«, meinte er. »Ich habe mir eine Liste der Zeitungen geben lassen, die unsere Broschüre erhalten sollen.«

Dabei hatte er einen Daumen in einem Buch, das er mir danach reichte. Es war Ayers ›Adreßbuch der periodischen Druckerzeugnisse‹. Er hatte die Seiten für Boston, New

York, Philadelphia, Baltimore, Washington, Norfolk, Richmond und ein paar weitere Orte eingemerkt. Ich warf ein paar Blicke in das Verzeichnis, und währenddessen fuhr er fort: »Da es sich um eine Sache handelt, die zur Ehre meiner Frau gereichen soll, möchte ich dieses eine Mal nicht von den Zeitungsschmierern besudelt werden, wie das hier in Wilmington oft genug geschehen ist. Es handelt sich schließlich um eine Privatangelegenheit, und nachdem wir die nötigsten Informationen gegeben haben, sollten wir es gut sein lassen. Ich finde, wir haben sogar die Pflicht, es dabei zu belassen.«

»Privatangelegenheit? Nötigste Informationen? Das verstehe ich nicht.«

»Nun, es ist schließlich mein Geld, oder nicht?«

»Es ist Ihr Geld, richtig — aber Sie haben für das Institut einen Antrag auf Steuerfreiheit gestellt. Das macht aus der Privatangelegenheit rasch eine öffentliche Sache.«

»So habe ich es noch gar nicht betrachtet.«

»Was Mrs. Garrett betrifft, so glaube ich kaum, daß es ihr etwas ausmacht, wenn die Sache in den Zeitungen breitgetreten wird — namentlich, wenn es um hübsche Fotos geht. Ich würde sagen, es wäre ihr nur willkommen — höchst willkommen. Die Vorstellung, man könnte sie auf diese Weise um ihren großen Augenblick bringen, finde ich, entschuldigen Sie, fast ein wenig lächerlich.«

»Vielen Dank.«

»Keine Ursache.«

»Und wie stellen Sie es sich vor?«

»Ich meine folgendes: Die Presse ist zwar nicht perfekt, aber wir haben keine andere, und wenn wir sie nicht besiegen können, müssen wir versuchen, mit ihr auszukommen. Es liegt in erster Linie an uns, ob man darüber so berichtet, wie wir uns das wünschen, oder anders. Anders und bestimmt zu unseren Ungunsten sind die Berichte dann, wenn wir mit Informationen hinter dem Berg halten. Es wäre in dieser Situation ein schwerer Fehler, nicht alle Karten auf den Tisch zu legen.«

»Offen auf den Tisch legen, meinen Sie?«

»Natürlich — was hindert uns daran?«

»Und wie soll das geschehen?«

»Die Ankündigung, die Broschüre und die Versandliste — das alles ist für sich genommen gut und schön. Daß wir es im richtigen Stil betreiben, dafür stehe ich ein. Aber wir sollten darüber hinaus ein Informationsblatt verteilen, eine fotokopierte Sache, in der wir uns vorstellen, mit Namen, Daten, Orten und einem Eröffnungstermin — mit anderen Worten: komplette Informationen.«

»Was denn für Namen außer dem meiner Frau?«

»Zum Beispiel die unseres Verwaltungsrates.«

»Der ist ja noch gar nicht ernannt.«

»Nein, aber ich habe mir ein paar dafür in Frage kommende Namen herausgesucht.« Ich zog meine Liste der Historiker, Biographen, Bibliothekare und Universitätsdekane hervor und reichte sie ihm. »Man sollte ihnen allen einen entsprechenden Vorschlag unterbreiten«, sagte ich. »Und sobald sie zugesagt haben —«

»Sie sind momentan vermutlich in den Ferien.«

»Aber sie können telefonisch erreicht werden — zumindest fast alle.«

»Dann beginne ich noch heute mit dem Telefonieren.«

»*Ich* beginne heute mit Telefonieren.«

»Warum nicht ich? Was haben Sie dagegen?«

Er schien entrüstet zu sein, daher sagte ich ihm: «Ich nehme an, ich werde der Direktor des Instituts sein. Oder täusche ich mich?«

»Natürlich sind Sie das, Lloyd.«

»Dann muß ich auch anrufen.«

»Fein.« Er starrte einen Augenblick lang vor sich hin, dann fragte er: »Und was meinten Sie mit Orten?«

»Zunächst den Ort der Pressekonferenz, die Sie abhalten werden, als Gastgeber, der alle möglichen Fragen in freundlichster Weise beantwortet.«

»Ich finde, das fällt eher in den Bereich meiner Frau.«

»Ich wollte Sie bitten, daß Sie sie fragen, ob sie die Sache arrangieren kann.«

»Also schön — was noch?«

»Das ist alles, was mir im Moment einfällt.«

Hortense arrangierte es in einem der großen Hotels von Washington, wobei ich ihr als eine Art Berater zur Seite stand, aber erst, nachdem sie ein paar Minuten mit Monsieur Pierre allein gesprochen hatte. Das bedeutete vermutlich, daß Geld den Besitzer gewechselt hatte. Als ich zurückkam, schnurrte Monsieur Pierre wie ein geiler Kater. Er war ein glatter Bursche mit einem Akzent, der mir unbekannt vorkam. Er arrangierte alles genau nach ihren Wünschen — für die Konferenz Saal A, mit einer Theke, einer Bar und einem Büffett am einen Ende, Telefonen und Podium am anderen und Stühlen in der Mitte. Die einzige längere Diskussion betraf die Canapés. Als sie davon sprach, runzelte Monsieur Pierre die Stirn, aber sie erklärte voller Begeisterung: »Ich weiß, daß sie viel Mühe machen und daß Hotels sich nicht gerne damit befassen. Aber es handelt sich um Zeitungsleute, die nicht so sind wie die chronischen Schnorrer. Es sind Leute, die immer mindestens eine Hand mit Block und Bleistift belegt haben; wenn man denen zumuten würde, mit Gabeln und Messern einen Hummerschwanz zu traktieren — das wäre einfach nicht realistisch. Ich möchte es ihnen leichtmachen — Soßen zum Stippen, Shrimps, meinetwegen Hummernschwänze und Kartoffelsalat und alles mögliche, Monsieur Pierre, aber vor allem Canapés.«

Es stellte sich heraus, daß das durchaus möglich war.

Ich bestellte, um auch etwas zu sagen, drei bequeme Sessel — »jeder mit einem Mikrophon ausgerüstet; einen für Mrs. Garrett, einen für Mr. Garrett und einen für mich, auf dem Podium vor den Reihen der Stühle für die Presseleute. Da man uns fotografieren wird, sollten wir es uns bequem machen können. Außerdem möchte ich zusätzlich zu Theke, Bar und Büffett einen einigermaßen großen Tisch, auf dem wir die Drucksachen auslegen können, die wir verteilen werden. Er sollte in der Nähe der Tür stehen, damit die Reporter, wenn sie etwas vergessen haben sollten, das Material spätestens beim Hinausgehen mitnehmen können.«

Monsieur Pierre machte sich eine Notiz.

Sie war in einem Taxi hergekommen. Als wir fertig waren, sagte ich: »Warum fährst du nicht mit raus zu mir? Ich könnte dich morgen wieder in die Stadt fahren, und —«

»Ich kann nicht, Lloyd. Mutter ist hier.«

»Oh. Dann lad' mich doch ein. Ich möchte sie gern kennenlernen.«

»Ich hab' schon daran gedacht, aber dann aus irgendeinem Grund davor zurückgeschreckt.«

»Okay — wir sollten es wohl auch nicht übertreiben.«

»Es hat ja noch Zeit.«

Am Tag der Pressekonferenz waren Berge von Schriftsachen in meiner Wohnung abgegeben worden — nicht nur die Ankündigungen, Informationen und Broschüren, sondern auch ein Dutzend Kopien unserer Denkschrift für die Finanzbehörde, für den Fall, daß ein Reporter danach fragte. Außerdem hatten wir Kurzbiographien der Beteiligten vorbereitet, überwiegend Material aus ›Who's Who in America‹, namentlich von dem Dutzend Kapazitäten, die sich bereit erklärt hatten, im Verwaltungsrat zu fungieren. Ich hatte übrigens keine einzige Absage erhalten. Ihre Namen waren natürlich wichtig für die Ankündigungen in der Presse.

Die Masse an Material füllte zwei große Koffer, die daraufhin natürlich bleischwer waren. Da ich damit nicht vor dem Hotel ankommen wollte, rief ich den Studentenschnelldienst an, um sie abholen zu lassen, wobei ich bemerkte, daß der Betreffende einen halben Tag bezahlt bekäme — dafür, daß er an einer von mir veranstalteten Pressekonferenz teilnehme und die Sachen, die übrigblieben, danach wieder zusammenpackte und zurücktransportierte.

Kapitel 13

Gegen ein Uhr rief Miss Nettie, die Empfangsdame im Foyer, an und sagte: »Da ist eine Teddy Rodriguez, Doktor Palmer. Sie sagt, sie ist vom Studentenschnelldienst. Soll ich sie raufschicken?«

»Eine *sie* vom Studentenschnelldienst? Ich habe einen *ihn* verlangt.«

»Na ja, also ich würde sagen, es ist eine sie.«

Und es war auch eine, hübsch geformt und auch sonst nicht übel, in einem heißen Höschen aus gebleichtem Jeansstoff, einer Bluse und Sandalen. Sie kam mir irgendwie bekannt vor.

»Jetzt sind sie überrascht«, sagte sie. »Wette, daß Sie einen Jungen erwartet haben. Aber Sommer, Ferien — Sie wissen schon. Da muß man nehmen, was man kriegen kann. Ich war zufällig da.«

»Teddy — kennen wir uns?«

»Ich war in ihrer Vorlesung über englische Dichtung, Doktor Palmer. Ich hab' immer auf der Seite in der ersten Reihe gesessen, meine Beine gezeigt und Ihnen schöne Augen gemacht.»

»Ach — ja, natürlich.«

»Und — ist das nicht wahnsinnig aufregend für Sie — ich meine, jetzt?«

»Vielleicht, könnte sein — nur, ich fürchte, mit Ihnen klappt das nicht so recht. Es ist nämlich mehr oder weniger ein Packesel-Job, und —«

Inzwischen war sie bereits in der Wohnung und deutete auf die beiden Koffer, die auf dem Korridor vor meiner Schlafzimmertür standen. »Meinen Sie die da? Kinderspiel.« Sie rannte darauf zu, packte sie und schleppte sie zur Tür. »Was ist denn da drinnen?« fragte sie. »Ziegelsteine?«

»Flugblätter und Presseinformationen.«

»Ich bin stark wie ein Bulle. Schließlich war ich in der letzten Football-Saison eines von den Mädchen, die die Jungs anfeuerten.« Sie schlug ein Rad in Richtung Wohnraum und kam dann im Handstand auf mich zu. »Sehen Sie?« zirpte sie fröhlich, während sie wieder auf die Beine sprang. »Nicht der Rede wert.«

»Also schön . . . Wenn Sie wollen . . .«

»Es geht mir nicht um das Geld. Ich mache es wegen Ihnen.«

»Darüber wollen wir lieber nicht reden. Und nun zum Mittagessen —«

»Ich habe schon gegessen. Aber ich kann auch kochen, mindestens so gut wie Radschlagen. Wenn ich Ihnen schnell was machen darf —«

»Nein, danke, ich habe spät gefrühstückt.«

Aber inzwischen waren wir bereits im Wohnraum. Sie betrachtete die Fotos, und ich fragte mich, was ich mit ihr anfangen sollte, da die Pressekonferenz erst um vier begann.

»Okay«, sagte ich, »wir haben noch etwas Zeit zum Totschlagen, also setzen Sie sich, machen Sie es sich bequem und schauen Sie, wenn Sie wollen, die Illustrierten an. *Time*, und der *New Yorker* liegen auf dem Couchtisch. Ich werde mich inzwischen auf die Reporter und ihre Fragen vorbereiten.«

Sie machte es sich mit der neuesten Ausgabe der *Time* auf dem Sofa bequem, und ich setzte mich auf das andere Sofa mit dem Material, das mir Sam Dents Sekretärin geschickt hatte, von einem Freund im Presseklub — Informationen über die hiesigen Reporter, die für diese Art von Berichten in Frage kamen. Ich fand, es war gut, wenn ich sie bei ihren Namen ansprechen konnte.

Es dauerte nicht lange, bis sie das Magazin auf den Tisch knallte und sagte: »Ich weiß, was wir tun können. Um die Zeit totzuschlagen, meine ich.«

»Was denn?«

Sie kam herüber, setzte sich mir auf den Schoß und schlang die Arme um mich. »Wir könnten zum Beispiel ins

Bett gehen.«

»Das könnten wir *nicht*!« knurrte ich.

»Natürlich könnten wir.«

Inzwischen küßte sie mich — heiß, feucht und klebrig. Sicherlich hatte Hortense inzwischen völlig Besitz ergriffen von mir, doch nach ein paar Sekunden empfand ich dennoch ein starkes Verlangen nach diesem Mädchen — und das spürte sie sehr genau. Es gab mehr Küsse; ich weiß nicht, wie viele. Doch zuletzt stieß ich sie unter Aufbringung meiner letzten Willensreserven von mir, stand auf und sagte: »Wenn Sie den Job haben wollen, warten Sie gefälligst unten im Foyer. Sobald ich bereit bin, rufe ich Miss Nettie an. Kommen Sie erst wieder rauf, wenn sie es Ihnen sagt.«

»Nein, Doktor Palmer — nein!«

»Doch. Sie müssen gehen.«

»Aber warum? Doktor Palmer, ich habe ein Recht darauf! Für mich ist das nichts Neues, nichts, was mir erst eingefallen wäre, seit ich hier oben bin. Ich habe mich auf den ersten Blick in Sie verliebt, damals Anfang September. Und ich habe Sie schon am ersten Tag meine Beine sehen lassen, schon als Sie über Ann Rutledge gesprochen haben.«

»Über wen?«

»Oder Ann Hathaway — ach, was weiß ich.«

»Hoffentlich verwechseln Sie die Anns nicht bis zum Examen.«

»Und Sie haben oft auf meine Beine geschaut.«

»Ach, wirklich? Na ja, hübsch genug sind sie.«

»Und jetzt wollen Sie mich besitzen. Das spüre ich ganz genau.«

»Egal, ob ich Sie will oder nicht — es geht nicht.«

»Aber warum denn nicht? Doktor Palmer, ich frage Sie: Warum nicht?«

»Es gibt einen Grund dafür, Teddy.«

»Blond oder brünett?«

»Eher blond.«

»Na ja — das sagt alles.«

Sie zupfte an einer Locke, die rostbraun schimmerte — zweifellos gefärbt —, schaute sie einen Augenblick lang an und schüttelte dann den Kopf. Ihre Augen waren feucht geworden. Ich fühlte Mitleid, ein tiefes und echtes Mitleid. Es war irgendwie tragisch, daß ich ihr nein sagen mußte. Ich tupfte ihr die Augen mit einem Taschentuch ab und drängte sie zugleich hinaus. Als ich vor der Wohnung stand und auf den Lift wartete, küßte ich sie noch einmal und flüsterte dann: »Okay, ich denke an Sie.« Als sie gegangen war, schlenderte ich wieder hinein in die Wohnung, wartete eine Minute und rief dann Miss Nettie an. »Dieses Mädchen vom Studentenschnelldienst — ist sie noch unten?«

»Sie sitzt im Foyer.«

Ich ging ins Bad und spülte mir den Mund mit Mundwasser aus, um jeglichen Geschmack von Lippenstift zu vertreiben.

Dann setzte ich mich ins Wohnzimmer und stellte fest, daß ich zitterte. Um drei nahm ich die Koffer, fuhr mit dem Lastenaufzug hinunter zum Hinterausgang und trug sie zum Wagen. Nachdem ich sie im Kofferraum verstaut hatte, ging ich um das Haus herum zum Vordereingang. Teddy saß im Foyer und las in einer Illustrierten. Sie schien verärgert zu sein, daß ich die Koffer selbst hinuntergebracht hatte.

»Ich wollte das für Sie tun«, sagte sie. »Es ist nicht wegen dem Geld, es ist wegen Ihnen.«

»Das haben Sie schon mal gesagt.«

Ich brachte sie zum Wagen, und dabei fielen mir zum ersten Mal die Flicken auf ihrem Höschen auf. Sie sahen aus, als ob ein Matrose sie mit ungelenken Fingern aufgenäht hätte.

»Wer hat die denn aufgenäht?« fragte ich.

»Ich selbst«, antwortete sie. »Warum?«

»Ich wollte es nur wissen. Hübsche Flicken, so richtig zum Draufklopfen.«

»Das müssen Sie ja wissen. Sie haben ja schon draufgeklopft.«

»Also schön — meinetwegen. *Touché.*«

»Was wollen Sie damit sagen? Von touchieren kann ja wohl kaum die Rede sein. Mein Gott, was für eine Abfuhr.«

»Was sein muß, muß sein.«

Als wir das Hotel erreicht hatten, stellte ich den Wagen auf dem Parkplatz ab und holte die Koffer für Teddy heraus, ließ sie sie aber zum Eingang tragen, wo ich den Portier beauftragte, einen Gepäckträger zu holen, der sich darum kümmern sollte.

Der Konferenzraum A befand sich direkt hinter der Empfangshalle. Es war alles bereit einschließlich Bar, Büffett und Theke am einen Ende, meinem Tisch auf der Seite neben der Tür, drei Sesseln auf dem Podium, Mikrophonen davor und mindestens zehn Reihen von Klappstühlen gegenüber. Wir waren die ersten mit Ausnahme eines Barkeepers, der Gläser polierte, und zweier Mädchen im rotem Dreß mit Boleros und den nacktesten Beinen, die man sich denken konnte. Sie stellten Schüsseln mit Salaten, Dips und Pickles reihenweise auf das Büfett und arrangierten die Platten mit den Canapés darum herum. Als wir eintraten, kamen sie auf uns zu, um zu helfen. Ich stellte Teddy als ›Hilfe vom Studentenschnelldienst‹ vor: »Wenn sie euch an die Hand gehen soll, braucht ihr es nur zu sagen.« Und es sah so aus, als ob wir gut zurechtkommen würden. Als der Gepäckträger die Koffer ausgepackt und die Broschüren und Flugblätter auf dem Tisch angeordnet hatte, bekam er sein Trinkgeld und ging. Danach warfen Teddy und ich noch einen Blick auf die Arrangements. Teddy machte ein paar Vorschläge, wie man die Schriftsachen besser zur Geltung bringen konnte, und ihre Ideen waren gar nicht so schlecht.

Kapitel 14

Dann kamen die Garretts. Hortense, in einem grünen Cocktailkleid mit einem goldenen Stirnreif, sah hinreißend aus. Ich stellte ihr Teddy als ›mein weiblicher Freitag‹ vor, »der mir die Koffer mit dem Pressematerial getragen hat, damit ich als *grand signor* das Hotel betreten konnte«, und fügte hinzu: »Vielleicht etwas grausam für das Kind — aber abgesehen davon ist sie stark wie ein Bulle.«

»Wie gut für Sie«, erklärte Hortense eisig.

»Allerdings wesentlich hübscher als ein Bulle«, sagte Mr. Garrett.

»Mrs. Garrett«, schnurrte Teddy, »ich hab' Ihr Bild schon so oft in den Zeitungen gesehen, und ich bewundere seit jeher ihr Haar. Ich liebe dunkelblondes Haar, so wie Sie es tragen.«

»Sie haben doch selbst recht hübsches Haar.«

»Nein, eigentlich nicht. Zur Zeit ist es mit Henna gefärbt. Ich wollte, es wäre blond wie das Ihre.«

»Ich schicke Ihnen eine Perücke — was halten Sie davon?«

»Oh, Mrs. Garrett — wie wundervoll! Würden Sie das wirklich für mich tun?«

In dem Wortwechsel lag natürlich weit mehr als das, was tatsächlich gesprochen wurde. Ich fühlte mich ziemlich unbehaglich wegen der Art und Weise, in der Teddy mir mitteilte, daß sie über meinen Grund Bescheid wußte.

Hortense setzte sich probeweise auf ihren Sessel und langte nach dem Mikrophon, um es näherzubiegen. Aber der Schwanenhals war ziemlich steif und ließ sich nicht bewegen. Teddy kümmerte sich darum und zeigte, wie man es bewerkstelligte. Sie zog immer wieder kurz und ruckartig daran, bis Hortense durch Kopfnicken anzeigte, daß es so richtig war.

Danach stand Hortense auf und kam zu mir her. Ich stand

an dem Tisch, den ich hatte bereitstellen lassen, und schaute noch einmal auf die verschiedenen Informationsblätter. Hortense betrachtete sie ebenfalls und nickte dazu. Dann, nachdem sie nahe bei mir war, versteifte sie sich. »Schick dieses Mädchen sofort weg!« zischte sie mir leise zu. »Was willst du damit bezwecken, daß du eine derartige Kreatur hierher mitbringst?«

»Was denn für eine Kreatur?«

»Dieses Mädchen!«

Ihre Stimme war reine Salzsäure, und sie schreckte nicht einmal davor zurück, mit dem Finger auf die Mikrophone zu zeigen, bei denen Teddy noch immer stand. Als sie ihre Stimme erhob, kam Teddy herüber, packte Hortense an den Handgelenken und drückte sie fest. Hortense ging rückwärts unter Teddys festem Druck, bis sie ihren Sessel erreicht hatte, wo sie sich fallen ließ. Als Teddy dann sprach, war das Mikrophon bereits eingeschaltet, so daß das, was sie sagte, im ganzen Raum laut und deutlich zu hören war.

»Ich hab' genau gesehen, was Sie getan haben, Mrs. Garrett: Sie haben sich ganz nah zu Doktor Palmer hingebeugt, um festzustellen, ob er nach mir riecht. Und natürlich riecht er nach mir. Kein Wunder, nachdem ich ihm auf den Schoß geklettert bin und ihn umarmt habe! Aber was meinen Sie? Er hat nein gesagt. Haben Sie mich verstanden, Mrs. Garrett? Er ließ mich unten im Foyer warten, weil er einen Grund hatte dafür, wie er mir sagte — einen blonden Grund. Ich kann nur sagen: Wenn Sie dieser Grund sein sollten, dann wäre er besser beraten, es statt dessen mit mir zu versuchen!«

Sie drehte sich herum, schaute mir ins Gesicht, die Augen funkelnd vor Tränen, und schluchzte zuletzt: »Doktor Palmer, ich wäre Ihnen dankbar, wenn Sie mich bezahlen würden, damit ich jetzt gehen kann. Ich will meinen Lohn, ganz gleich, wieviel das ist. Außerdem das Taxi zum Bus und das Fahrgeld für den Bus nach College Park.«

Aber ehe ich meine Brieftasche zücken konnte, kam schon Mr. Garrett zu uns herüber. Er nahm Teddy in seine Arme und sagte sehr laut: »Immer mit der Ruhe, Teddy. Beruhigen Sie sich erst mal. College Park liegt direkt auf meinem Weg. Sobald wir hier fertig sind, bringe ich Sie nach Hause.« Er führte sie zu einem der Klappstühle, setzte sie nieder, ging dann zu Hortense, nahm ihre Hand und tätschelte sie, doch sie machte sich wütend los. Dann sprang sie auf und stöckelte hinaus mit den berühmten, wütenden Schritten, wie sie eine Frau zeigt, die in äußerste Rage geraten ist. Sie durchquerte rasch das Foyer und war auch schon draußen vor dem Hotel.

Ich war sicherlich nicht der erste Mann, der zwischen zwei wütende Frauen geraten ist, aber dennoch kam ich mir ziemlich miserabel vor. Mr. Garrett dagegen spielte die ganze Sache herunter: Er richtete die Mikrophone, inspizierte das Büffett, sprach ein paar Worte mit dem Barkeeper und scherzte mit den beiden Bedienungen. Ich lehnte an dem Tisch am Eingang, beobachtete Mr. Garrett und versuchte, mir auszuklamüsern, wo ich nun stand, wenn man überhaupt noch von einer halbwegs annehmbaren Position sprechen konnte. Es war erschreckend, aber ich mußte mich mit dem Gedanken vertraut machen, daß hier und jetzt, in nur wenigen Sekunden, das ganze Schiff explodiert war und unterzugehen drohte. Mr. Garrett mußte jetzt die Wahrheit wissen, wenn er sie zuvor nur geahnt hatte. Wie würde er sich verhalten? Und — war er überhaupt bereit, unter diesen Voraussetzungen weiterzumachen? Aber als er mich zu sich rief, sagte er lediglich: »Lloyd, ich glaube, wir sollten uns allmählich rüsten — ich nehme an, es ist gleich soweit.« Was bedeutete, daß er zunächst jedenfalls willens war, die Sache einfach zu ignorieren. Das erleichterte mich zwar für den Augenblick, doch tief im Inneren war ich nervöser als je zuvor. Weil ich nun überhaupt keine Ahnung mehr hatte, *wo* ich bei ihm stand. Wie konnte ein Mann so etwas einfach ignorieren? Aber schön — wenn er es fertigbrachte, mußte ich es wohl auch schaffen.

Als ich an Teddy vorüberkam, bat ich sie: »Könnten Sie

freundlicherweise das mit den Informationsblättern übernehmen? Ich meine, könnten Sie darauf achten, daß jeder Reporter von jedem Stapel etwas bekommt?«

»Okay, Doktor Palmer. Es tut mir leid.«

»Ach ja — hätten Sie nicht gleich auch noch eine Stinkbombe werfen können?«

»Ich sage doch, es tut mir leid.«

»Lassen Sie doch die arme Teddy in Frieden.«

Es war Mr. Garrett, der herübergekommen war und ihr einen Klaps auf die kurze Jeans mit den Flicken gab. »Wir machen alle Fehler«, sagte er. »Vor allem dann, wenn man uns provoziert.«

Und damit schien das Thema vorläufig beendet zu sein.

Allerdings nicht für Hortense. Kurz danach trafen die Reporter ein, fünfzehn oder zwanzig an der Zahl. Einige kannte ich, zumindest vom Sehen, und einige waren mir unbekannt, obwohl ich über die meisten von ihnen etwas gelesen hatte. Die beiden Tageszeitungen aus Washington schickten männliche Reporter, ebenso die *New York Times*, die *Los Angeles Times*, der *St. Louis Dispatch*, das *Women's Wear*, und die *Associated Press*. Das *Wall Street Journal*, die *Baltimore Sun* und das *Philadelphia Evening Bulletin* dagegen schickten Reporterinnen, und die brachten uns aus irgendeinem Grund weit mehr in Verlegenheit als ihre männlichen Kollegen. Es ging schon ungut los, als eine von ihnen Mr. Garrett ausquetschte, wo denn Hortense sei und warum sie nicht hier war. »Wenn das Institut nach ihr benannt wird, dann ist doch auch diese Pressekonferenz eine Veranstaltung zu ihren Ehren. Was ist denn plötzlich los mit ihr?«

Aber Mr. Garrett ließ sich davon nicht aus dem Gleichgewicht bringen. Er antwortete: »Sie *war* noch vor ein paar Sekunden hier, aber dann hat sie sich anders entschieden und ist gegangen. Mein Frau hat etwas gegen Kameras. Wenn Sie eine sieht, nimmt sie nicht selten Reißaus.«

»Mr. Garrett«, erwiderte die Reporterin, »ich kenne Mrs.

Garrett recht gut, und ich habe ihrerseits bis jetzt noch keinerlei Allergie gegenüber fotografischen Linsen beobachten können. Ich würde sagen, sie ist in der Regel nicht nur fotogen, sondern auch fotogenerös.«

»Wenn Sie das meinen, kann ich Ihnen auch nicht helfen.«

Inzwischen hatten sich vier ihrer männlichen Kollegen vor uns aufgebaut, sitzend, stehend und knieend, die Kameras am Auge, und knipsten Mr. Garrett. Aber statt zu lächeln, schaute er ein wenig betroffen drein. Es gibt Zeiten, in denen man mit einem düsteren Gesicht und einem vorgereckten Kinn den Gegner zu beeindrucken vermag — eine Pressekonferenz ist dafür zweifellos nicht der geeignete Augenblick. Die Reporterin witterte prompt etwas Geheimnisvolles, vielleicht sogar Sensationelles, und hoffte, noch ein paar Antworten zu erhalten. Plötzlich wandte sie sich an mich. »Mr. Palmer«, begann sie.

»*Doktor* Palmer«, korrigierte sie Mr. Garrett sofort.

»Doktor Palmer, im Archiv meiner Zeitung habe ich acht Umschläge mit Material über Sie gefunden, alle in Verbindung mit Football, aber in keinem wird Ihr Fachgebiet, die Biographie, erwähnt. Darf ich fragen, warum man ausgerechnet Sie als Leiter des Instituts ausgesucht hat?«

»Mr. Garrett hat mich — ausgesucht. Fragen Sie ihn.«

»Mr. Garrett?«

»Ich habe ihn dafür ausersehen, weil er mehr über Biographie weiß als jeder andere«, sagte Mr. Garrett. »Er weiß so viel, daß mir ganz schwindlig wird, wenn er erst einmal damit anfängt.«

»Haben Sie ein Diplom in Biographie? Haben Sie vielleicht über dieses Fachgebiet promoviert?« fragte die Reporterin wieder mich.

»Nein.«

»Oder haben Sie Seminare in Biographie gehört?«

»Es gibt keine Seminare und keine Vorlesungen aus diesem Bereich.«

»*Wie bitte*?«

Sie war offensichtlich überrascht. Ein paar von den anderen Reportern begannen wie wild zu schreiben.

»Es gibt keine Seminare und keine Vorlesungen über Wissenschaftliche Biographie, oder diese *Disziplin*, wie man es auf den amerikanischen Universitäten bezeichnet«, sagte ich, »und dies trotz der Tatsache, daß die Biographie zu den wenigen literarischen Gebieten zählt, in denen die Amerikaner richtungsweisend sind. Um diese wahrhaft schmerzliche Lücke zu füllen, habe ich Mr. Garrett dazu überredet, das Hortense-Garrett-Institut für Wissenschaftliche Biographie zu stiften.«

»Hat Mrs. Garrett Mr. Garrett dazu überredet, wollten Sie wohl sagen.«

»Ich weiß, was ich sagen will, und genau das sage ich — wenn Sie nichts dagegen haben.«

»Dann sehen Sie Mrs. Garrett also häufig, nicht wahr?«

»Natürlich. Es war nötig, um die vorbereitenden Arbeiten für dieses Institut zu leisten.«

»Wo sehen Sie sie? In ihrer Wohnung?«

»Wenn Sie aufhören, auf den Busch zu klopfen, und mir Ihre Fragen direkter stellen, kommen wir schneller voran.« Daraufhin lachte alles, und ich fügte hinzu: »Ich habe die Wohnung von Mrs. Garrett noch nie betreten, wenn Sie das interessiert. Aber wir haben uns mehrmals zum Lunch und ein paar Mal auch zum Dinner getroffen.«

»Und was ist mit Ihrer Wohnung?«

Ja, was war mit meiner Wohnung? Wie gut hatte diese Reporterin ihre ›Hausaufgaben‹ gemacht, ehe sie hierhergekommen war? Hortense lebte praktisch bei mir, in meiner Wohnung. War sie gesehen worden, wenn sie sie betrat oder verließ?

Ich mußte es wagen. »Sie war bisher noch nie dort.«

»Aber ich war schon dort!« rief Teddy.

»Das stimmt«, sagte ich. »Und seitdem habe ich eine Schwäche für sie.«

»Und ich ebenfalls«, sagte Mr. Garrett.

»Ich bin der Packesel von Doktor Palmer«, erklärte sie, »und zwar deshalb, weil ich stark bin wie ein Bulle. Ich kann auch radschlagen, seitwärts, vorwärts und rückwärts.«

Und das demonstrierte sie dann auf dem Platz zwischen den Klappstühlen und der Tür. Es gab ein Gedränge von Reportern, die versuchten, die Szene zu fotografieren. Doch als sich Teddy wieder aufgerichtet hatte, scheuchte sie sie rasch weg.

»He, einen Augenblick«, rief sie. »Nicht so schnell mit dem Knips-Knips. Wenn ihr mich fotografieren wollt, müßt ihr auch meine Flicken auf der Hose zeigen. Das ist das Gesetz meiner Bruderschaft. Oder Schwesternschaft, genau gesagt.«

»Darling«, sagte die Frau, die mich zuvor aufs Korn genommen hatte, »diese weltbewegende Erfindung ist noch nicht gemacht worden: Wie man nämlich mit einer Kamera Ihr Hinterteil auf den Film bannt, wo die Flicken sitzen, und gleichzeitig das Gesicht. Also —«

»Na schön — dann muß die Welt bis dahin eben ohne mein Foto auskommen.«

Sie wandte sich dem Tisch mit den Schriftsachen zu, rutschte ein paar Stapel zur Seite und machte einen Handstand mit dem Gesicht zur Kamera. Dann senkte sie den hübschen Hintern, bis er dicht über ihrem Gesicht war.

»Okay«, sagte sie ruhig. »Schießt los.«

Und sie schossen ihre Fotos.

Danach hüpfte sie vom Tisch und erklärte: »Das kostet fünfzig Cents. Von jedem der Anwesenden.«

Niemand rührte sich, um sie zu bezahlen. »Sehen Sie, das ist das Problem«, sagte Teddy und machte eine alles umfassende Bewegung mit dem rechten Arm. »Ich meine das Problem der Medien. Sie sind gemein und dazu auch noch geizig. Sie machen blöde Bemerkungen über eine verheiratete Frau im Angesicht ihres Mannes, und zahlen dann nicht einmal den Packesel, der ihnen für ein Foto posiert. Ich mach' 'nen Handstand für euch — und was bekomme ich dafür? Nichts!«

»Teddy!«

»Ja, Mr. Garrett?«

»Hier haben Sie einen halben Dollar.«

»Sie meinen, ich soll den Mund halten?«

»Ich bin zu höflich, um Ihnen das anzuraten.«

»Okay, okay.«

Sie schien ganz zerknirscht zu sein, zog seinen Kopf zu sich herunter und küßte ihn auf die Wange. Die beiden schienen gut miteinander zurechtzukommen.

Als Mr. Garrett zu seinem Sessel zurückgekehrt war und Teddy am Ende des Tisches neben dem Eingang hockte, nahm die Reporterin mein Verhör wieder auf.

»Doktor Palmer«, fragte sie, »haben Sie selbst schon eine Biographie verfaßt?«

»Nein, das habe ich nicht.«

»Ach was!« rief Teddy schon wieder dazwischen. »Doktor Palmer, warum sagen Sie es ihr denn nicht? Warum lassen Sie sich einfach überfahren?« Dann, zur Reporterin: »Sie vermuten völlig recht: Er hat eine Biographie geschrieben — über William Shakespeare! Er schrieb seine Dissertation über Shakespeares Leben, und er hat uns Kopien davon gegeben, umsonst, das heißt zumindest für einige von uns, bei seiner Vorlesung über englische Literatur. Eine Arbeit, die wundervoll zu lesen ist. Alles über die Sonette! Und über die Dunkle Frau — es ist wie ein Kriminalroman, nur wirklich!«

Das klang zunächst keineswegs nach einer Zeitbombe, doch es verursachte mir mehr Ärger und Mühe als alles andere, was an diesem Tag geschah. Ich hatte absichtlich Shakespeare nicht erwähnt, weil man, je länger man sich mit ihm beschäftigt, immer mehr zu der Erkenntnis gelangt, daß man die Finger von seiner Biographie lassen sollte. Und daß man das Thema niemals erwähnen darf, es sei denn in einer Vorlesung über englische Literatur — denn damit sticht man in ein Wespennest. Es gibt Experten über das Thema an jeder Straßenecke, jeder weiß mehr über den Barden als Gottvater persönlich, und alle sind bereit, es einem auf der Stelle zu beweisen.

Ich ignorierte Teddys Bemerkung also, aber Mr. Garrett rief sie beim Namen. Als sie antwortete, sagte er: »Halten Sie den Mund.«

»Jawohl, Sir.«

»Wer war denn die Dunkle Frau?« fragte ein Reporter.

»Wenn Sie diese Frage beantwortet haben wollen«, erklärte ich ihm, »dann schicken Sie drei Dollar fünfzig plus Porto an die Lord Baltimore Press und bitten Sie sie, daß man Ihnen *Shakespeare und die Sonette, Eine neue Betrachtung eines alten Themas* von Lloyd Palmer schickt.«

»Wer ist denn so berühmt unter den amerikanischen Biographen?« fragte die Reporterin und brachte damit die Diskussion endlich wieder auf das Thema zurück, dessentwegen wir hier waren. Und auf diese Frage wollte ich gern antworten.

»Die Liste ist so lang«, erwiderte ich, »daß man sich schwer täte, einen bestimmten Namen herauszupicken. Wenn Sie mich fragen: James Partons *Leben des Andrew Jackson* hatte eine größere Wirkung auf die wissenschaftliche Biographie als alle anderen mir bekannten Werke. Er löste sich vom literarischen Stil eines Prescott, Parkman, Sparks und der anderen frühen biographischen Autoren und führte die einfache, leicht verständliche, intime und unterhaltsame Darstellung ein, nach der später viele Autoren schrieben, zum Beispiel H. Bancroft, Sandburg, Leech, Tuchman, die Autoren der *Profile* im *New Yorker* und viele, viele andere. Wenn man über amerikanische Biographen spricht, sollte man bedenken, daß deren Zahl die Tausend sicherlich überschreitet. Aber wir dürfen auch nicht den ersten amerikanischen Biographen überhaupt unerwähnt lassen, Mason Locke Weems, dessen widersinnige Biographie *Leben des George Washington* einundsiebzig Auflagen erreichte und noch heute von der Belknap Press der Harvard-Universität herausgegeben wird.«

»Er kann die ganze Nacht so weiterreden, wenn Sie die

ganze Nacht Zeit haben«, sagte Mr. Garrett. »Ich persönlich habe genug zum Thema gehört. Sind wir fertig? Oder gibt es noch etwas, was Sie wissen wollen?«

Dies schien nicht der Fall zu sein, also machte er den Mädchen ein Zeichen, die daraufhin Erfrischungen und Cocktails servierten. Dann rief er: »Kommen Sie, Teddy, wir müssen weg.«

»Ich möchte zuvor etwas essen.«

Das Mädchen mit dem Tablett voll Canapés wickelte ein paar davon in eine Papierserviette und steckte sie in Teddys Umhängetasche. Aber sie wollte noch immer nicht gehen. Sie rieb Daumen und Zeigefinger gegeneinander und schaute mich dabei an, was bedeutete, daß sie auf Bezahlung wartete. Mr. Garrett sagte: »Ich kümmere mich um sie, Lloyd.« Dann gab er ihr einen Klaps auf den Hintern und sagte: »Los, kleines Biest.«

Kapitel 15

Auch dieser alptraumhafte Nachmittag hatte einmal ein Ende, und zuletzt blieb ich allein zurück mit einem Teil der Informationsschriften und einem Hotelpagen, den mir der Portier geschickt hatte und der mir half, das Zeug in die Koffer zu packen und diese hinaus zu meinem Wagen zu bringen. Ich fuhr ins Royal Arms, wo man mir zu Ehren ein Dinner gab, und dann weiter nach Hause. Ich betrat das Haus durch den Vordereingang, um eventuelle Botschaften gleich mitnehmen zu können, aber es gab keine. Dann, als ich die Wohnungstür öffnete, roch ich das Parfüm. Ich stellte die Koffer ab, zog die Tür zu und ging ins Wohnzimmer. Dort im Dunkeln, auf einem der Sofas, saß Hortense, die Augen schwarz und groß wie Untertassen.

»Nanu!« sagte ich. »Hallo — eigentlich habe ich nicht so bald mit dir gerechnet.«

Sie sprang auf, rannte zur Tür, riß sie auf und schaute hinaus auf den Korridor. »Wo ist sie?« zischte sie.

»Wer soll wo sein?«

»Dieses Mädchen. Die Schlampe.«

»Wenn du Teddy meinst, die hat dein Gatte nach Hause gebracht — das heißt, ich hoffe es zumindest. Aber das wollte er, als er sich von mir verabschiedete. Sie ist ein nettes Mädchen, das mal gebumst werden will.«

»Und du hast sie gebumst, nicht wahr?»

»Zufällig nicht.«

»Erwartest du, daß ich dir das glaube?«

»Jawohl, das erwarte ich, und ich werde es dir notfalls sogar beweisen.«

»Du meinst, du bringst sie dazu, daß sie mir gegenüber alles abstreitet, und das reicht mir —«

»Nein, das habe ich nicht gemeint.«

Ich hielt sie fest, hob sie hoch und trug sie hinüber ins Schlafzimmer. Als ich sie aufs Bett geworfen hatte, zog ich sie aus. Ihr Kleid, das gleiche, das sie auf der Konferenz getragen hatte, war kein Problem, aber als ich versuchte, ihr den Schlüpfer auszuziehen, wehrte sie sich und stieß mit Händen und Füßen nach mir. Ich gab ihr einen ordentlichen Schlag auf das Hinterteil und packte zugleich den Schlüpfer, hatte ihn ihr endlich vom Leib gerissen. Dann vergewaltigte ich sie, wenn man das bei völliger Kooperation des Partners so nennen kann. Als es vorüber war, sagte ich: »Ich nehme an, das beweist mehr als die Aussage des Mädchens. Selbst ein Zuchtstier hat nicht viel mehr als einen solchen Schuß pro Tag zur Verfügung. Wenn ihn Teddy bekommen hätte, wäre nicht mehr so viel für dich übriggeblieben.«

Sie gab keine Antwort. Dann, nach ein paar Sekunden, fragte sie: »Lloyd, was fangen wir jetzt bloß an? Dieses verrückte Mädchen hat alles kaputtgemacht.«

»Du hast alles kaputtgemacht, Hortense.«

»Ich war so wütend. Ich konnte sie riechen, an deiner Kleidung.«

»Und was kaputt ist, kann man nicht mehr reparieren. Wie du selbst oft gesagt hast: Er ist vielleicht alles mögliche, aber bestimmt nicht dumm.«

»Was hat er gesagt, nachdem ich weg war?«

»Er sagte: ›Wir sollten uns allmählich rüsten.‹«

»Das war alles?«

»So ziemlich.«

Wir sprachen noch eine Weile darüber, dann klingelte das Telefon. Es war Mr. Garrett. Nachdem er gefragt hatte, ob etwas passiert sei, nachdem er weggegangen war, und nachdem ich das verneint hatte, sagte er: »Lloyd, ich habe Teddy schließlich davon überzeugt, daß Sie — falls Sie einen blonden Anlaß hatten, sie unten im Foyer warten zu lassen, damit keinesfalls meine Frau gemeint haben können. Somit wäre diese Quelle möglichen Klatsches gestopft — das hoffe ich jedenfalls. Aber was ich nicht verstehe, ist die Tatsache, daß Sie Teddy überhaupt hergebracht haben. Ich nehme an, meine Frau ist nicht mehr und nicht weniger eitel als jede andere Frau. Dennoch hassen es alle Frauen, wenn sich Geschlechtsgenossinnen in ihre Angelegenheiten mischen, ganz gleich, ob es dabei um eine Romanze geht oder um eine rein geschäftliche Beziehung — vor allem, wenn es sich um so hübsche Rivalinnen handelt wie Teddy, die für die Reporter Handstände macht. War das nicht sehr unklug von Ihnen?«

»Sir, ich — ich wäre niemals auf den Gedanken gekommen ... Ich hatte mir ihr gegenüber nicht das geringste zuschulden kommen lassen, und da es sich außerdem, wie Sie selbst sagten, um keine Romanze handelte, sondern um eine rein geschäftliche Beziehung —«

»Sie meinen mit meiner Frau?«

»Ja, natürlich meine ich das.«

Er hielt noch ein paar Minuten lang Ansprachen — über Hortense, über die Frauen im allgemeinen, über gesunden Menschenverstand und so weiter — aber ich konnte an nichts anderes denken als daran, daß ich ihn belogen hatte, direkt und ohne Umwege. Ich dachte schon, ich könnte mich kaum miserabler fühlen, und kam mir vor wie eine ekelhafte Ratte, doch dann stellte sich heraus, daß das durchaus möglich war. Er kam wieder auf Teddy zurück. »Ich kann nur sagen, ich beneide Ihre Willenskraft, die Tatsache, daß Sie die Kleine abgewiesen haben — ich meine, wenn das stimmt. Wenn ich an Ihrer Stelle gewesen wäre, ich muß offen gestehen, ich wäre der Versuchung erlegen.«

»Ich wäre ihr auch beinahe erlegen.«

»Was für ein reizendes Kind!«

»Ja, Mr. Garrett, das ist sie zweifellos.«

Ich hatte kaum aufgelegt, als ich den Schlag im Gesicht spürte und eine Stimme aus flüssigem Gift mir ins Ohr stach. »Also doch! ›Ich wäre ihr auch beinahe erlegen!‹ Dafür bekommst du das! Und das! Und das!«

Die Schläge wollten nicht enden, aber ich hatte allmählich genug. Ich schlug die Decke zurück und drehte Hortense um, versohlte sie dann ohne Gnade. Natürlich schrie sie wie am Spieß.

Am nächsten Morgen döste sie in meinen Armen, als sie plötzlich und unvermittelt aufwachte, sich auf einen Ellenbogen stützte und fragte: »Lloyd, wann war meine letzte Periode?«

»Ich kann mich nicht genau erinnern.«

»Ich auch nicht.«

»Aber nimmst du denn nicht regelmäßig die Pille?«

»Eigentlich — nein. Ich hasse die Pille.«

Kapitel 16

Ich fuhr beinahe aus der Haut, als bei Sonnenaufgang das Telefon klingelte. Nachdem ich den Hörer abgenommen hatte, vernahm ich die Stimme eines Mannes: »Doktor Palmer? Doktor Palmer?«

Als ich ihm bestätigte, daß er an der richtigen Adresse war, erklärte er, sein Name sei Dennis oder Henderson oder Henson oder so ähnlich und er schreibe eine Biographie über John Adams, »einer aus meiner Serie amerikanischer Patrioten, über die Sie zweifellos schon gehört haben. Die Texte werden landauf, landab beim Unterricht in den Schulen verwendet, Standardliteratur der achten, neunten und zehnten Klassen. Ich würde Sie bitten, mich auf die Liste derjenigen zu setzen, die vom Hortense-Garrett-Institut in Zukunft Unterstützung erhalten.«

Ich nehme an, er sagte noch mehr, ehe es mir gelang, ihn zu bremsen, den Hörer wegzulegen, aufzustehen, zum Schrank zu gehen, einen Stift aus meiner Jacke zu holen, zurückzukommen und ihn zu bitten, das zu wiederholen, was er zuvor gesagt hatte. Inzwischen war Hortense aufgewacht, starrte mich an, auf einen Ellenbogen gestützt, und war völlig perplex.

Ich brachte ihn wieder zum Reden, machte mir ein paar Notizen, teilte ihm mit, daß sein Antrag durchaus ernsthaft erwogen werde, doch bevor ich auflegte, konnte ich der Versuchung nicht widerstehen, ihm zu sagen, wenn er tatsächlich eine derartige Unterstützung wolle, sei ein Anruf zu so unchristlicher Stunde ein ziemlich ungeeigneter Vorstoß in diese Richtung. Er schien erstaunt, ja beleidigt zu sein.

»Ich nahm an«, erklärte er, »daß in einer halbwegs ordentlich geleiteten Organisation die Dinge der Reihe nach erledigt werden und daß derjenige zuerst drankommt, der sich als erster gemeldet hat.« Inzwischen war ich nicht nur verärgert, sondern auch neugierig, und ich fragte ihn, wie er denn überhaupt auf meinen Namen gekommen sei.

»Er steht im *Republican*. Ich habe das Blatt vor mir.«

Beim *Republican* handelte es sich, wie sich dann herausstellte, um den *Massachusetts Republican*, der in Springfield erschien, und meine Telefonnummer hatte er über die Auskunft erhalten.

Ich kletterte wieder ins Bett und hatte mich gerade zugedeckt, als das Telefon schon wieder klingelte. Diesmal war es eine Frau, die ein Buch über Mary Baker Glover Patterson Eddy schrieb. Sie lebte in Newark, New Jersey. Ich machte mir wieder Notizen. Als das Telefon zum dritten Mal klingelte, hob ich nur ab und knallte gleich danach den Hörer auf die Gabel. Später nahm ich den Hörer ab und ließ ihn neben dem Apparat liegen.

Ich senkte den Kopf auf die Kissen und schaute Hortense an. Inzwischen war natürlich an Schlaf nicht mehr zu denken. Ich zog mich an und ging hinunter ins Foyer, um meine Zeitungen zu holen. Was sie enthielten, reichte aus, daß uns beiden das Blut in den Adern stockte. Ganz oben auf der ersten Seite des Kulturteils war ein vierspaltiges Foto von Teddy, die ihren Handstand vorführte, und darunter stand: WO WAR MRS. GARRETT?

Aber der eigentliche Bericht erwies sich dennoch als recht vernünftig. Es ging darin überwiegend um mich und um das, was ich über die amerikanischen Biographen gesagt hatte, mit Zitaten aus meiner Broschüre und ergänzenden Fotos von mir, mit öligem Gesicht, und von Mr. Garrett, der mürrisch dreinschaute. Schließlich wurde ich ganz wach und begriff, was da auf uns zukam. Ich rief bei der Western Union an. Als ich dem Mädchen, das meinen Anruf entgegennahm, meinen Namen nannte, sagte sie: »O ja, Mr. Palmer, wir haben mehrere Nachrichten für Sie — drei Telegramme und zwei Expreßbriefe. Können Sie einen Augenblick am Apparat bleiben? Ich gebe sie Ihnen durch.«

Ich jaulte: »Nein, nein, nein! Geben Sie mir bitte nichts

durch. Darum rufe ich ja gerade an. Können Sie so gut sein und diese Botschaften und alle weiteren, die für mich eintreffen, mit dem Vermerk versehen: ›Nicht telefonisch durchgeben!‹?« Als sie das kapiert hatte, legte ich auf und nahm gleich danach den Hörer wieder ab. Dann wartete ich, bis Hortense das Frühstück bereitet hatte. Schließlich sagte ich: »Ich muß in die Stadt — nach Washington. Wenn das so weitergeht mit Anrufen und Telegrammen, ganz zu schweigen von der Post, dann muß ich etwas dagegen unternehmen — vielleicht irgendein Arrangement mit der Post.«

»Und was wird mit *diesem* Telefon?«

»Ich rufe bei der Telefongesellschaft an und lasse meinen Apparat auf Auftragsdienst schalten.«

Ich wählte noch einmal eine Nummer, die mir die Auskunft gegeben hatte, und bekam das Büro der Telefongesellschaft. Man schlug mir vor, die Nummer zu ändern und die neue Nummer nicht mehr ins Telefonbuch einzutragen. Ich fragte, wie lange das dauern könne, und die Frau meinte, ein paar Tage. Als ich sie fragte, was ich in der Zwischenzeit tun sollte, sagte sie: »Lassen Sie doch einfach den Hörer neben dem Telefon liegen.«

»Das tue ich jetzt schon.«

»Dann tun Sie genau das Richtige . . . Ach, das hätte ich fast vergessen: Die Umschaltung wird zehn Dollar kosten — die Summe wird bei der nächsten Rechnung abgezogen.«

»Ich wäre bereit, mir hundert Dollar dafür abziehen zu lassen.«

Die Hauptpost für den District of Columbia befindet sich in der North Capitol Street. Dort unterhielt ich mich mit einem Mr. Stone in einem der Büros am Ende eines endlosen Korridors, dessen Fußboden mit grünem Linoleum belegt war. Er hörte mir zu und sprach dann in ein tragbares Telefon, das er sich an die Schulter geschnallt hatte. Anschließend sagte er: »Ich würde sagen, das Hauptproblem Ihres Instituts besteht darin, daß es keine Adresse hat. Wir haben hier Postfächer zu verschiedenen Preisen. Ich würde meinen, die Sieben-fünfzig-Größe wäre gerade richtig für Sie. Also sieben Dollar und fünfzig Cent pro Vierteljahr. Wenn Ihnen das lieber ist, können wir Ihnen auch einen Postsack reservieren — aber ich meine, ein Postfach wäre besser.«

»Gut — ich nehme das Postfach.«

Ich bezahlte die sieben Dollar fünfzig. Er stand auf, nahm zwei Schlüssel von einem Schlüsselbrett, gab sie mir und sagte: »Einen Augenblick, ich zeige Ihnen gleich, wo es ist.« Dann saß er da, trommelte mit den Fingern und wartete offenbar auf etwas. Nach ein paar Sekunden kam ein Bote herein und legte einen Stapel von etwa einem Dutzend Briefen vor ihm auf den Schreibtisch. Er warf einen Blick darauf und reichte sie dann mir: »Sie hatten recht«, sagte er, »da war schon ein Haufen Post für Sie.«

Die Briefe waren an mich, an das Hortense-Garrett-Institut, an die Hortense-Garrett-Stiftung, an Hortense Garrett und weitere Variationen des Begriffs adressiert. Ich nahm sie und verteilte sie in meinen Jackettaschen, dann ging ich mit Mr. Stone zu einer Stelle im Parterre, wo es eine ganze Wand mit Postfächern gab, alle mit Nummern versehen. Er ließ mich das meine aufsperren, fragte dann, ob das alles sei, und als ich seine Frage bejahte und ihm dankte, wedelte er mit der Hand durch die Luft und ging.

Ich hatte mich also um die Telegramme, die Anrufe und die Post gekümmert, aber das war erst der Anfang. Ich war ahnungslos wie der Mann im Mond, was diese Sintflut von Bittstellungen und Gesuchen betraf, ja, ich wußte nicht einmal im Detail, worin der Anlaß für diese bestand. Ich brauchte eine Hilfe, um das alles erledigen zu können, und ich kannte nur einen Ort, wo ich sie mir beschaffen konnte: in der Zentrale. Also ging ich zum Garrett Building und rief von dort aus Mr. Garrett in Wilmington an. Zu meiner Überraschung zeigte er sich keineswegs entsetzt über die neue Wendung, die unsere Sache genommen hatte, sondern es schien ihm sogar Freude zu machen im Hinblick darauf, was für ein starkes Echo die Zeitungsberichte offensichtlich hervorgerufen hatten. Die Associated Press übrigens hatte einen recht vernünftigen Bericht über das Institut herausgegeben mit einer Zusammenfassung dessen, was ich gesagt hatte, und Auszügen aus meiner Broschüre, dazu ein paar Sätze von Mr. Garrett. Er war sich offenbar nicht im klaren darüber, daß gerade dieser ›vernünftige Bericht‹ meine derzeitigen Schwierigkeiten und unerwarteten Probleme hervorgerufen hatte. Dieser Bericht war im Grunde eine Aufforderung an jeden, der auch nur entfernt an der Sache interessiert war, sich an uns zu wenden und sein Stück vom Kuchen zu fordern. Als ich das Mr. Garrett klarzumachen versuchte, begann er zu lachen und schlug mir vor, ich sollte ihn besuchen. Also stieg ich ohne weitere Verzögerung — es war immerhin schon zwölf Uhr mittags — in meinen Wagen und fuhr nach Wilmington.

Dort saß er in seinem Büro und hörte meiner Berichterstattung mit großer Aufmerksamkeit zu. »Es sieht ganz so aus«, sagte er dann, »als ob wir uns überlegen müßten, was wir tun werden. Sollen wir neue Talente entdecken und sie dann fördern und ermutigen? Oder sollen wir bereits bekannte Talente belohnen?«

»Was die Talente betrifft«, sagte ich »— die sollten wir am besten gleich vergessen. Es gibt so viele Schriftsteller in diesem Land, die Talent zur Disziplin der Biographie besitzen, daß wir uns die Förderung neuer Talente weiß Gott sparen können. Das wäre so, als wenn man Fische ermutigen würde, zu schwimmen.«

»Was dann?«

»Natürlich müssen wir uns um die vorhandenen Talente kümmern, das ist klar. Aber vor allem sollte es uns um das Projekt gehen, das der jeweilige Autor in Angriff genommen hat oder nehmen wird. Wir werden uns fragen müssen, ob dieses unsere Unterstützung wert ist.«

»Und wer wird das entscheiden?«

»Ich meine, das sollte in meiner Entscheidung liegen. Aber mein Problem besteht darin, daß ich nicht weiß, wo anfangen. Wie die Sache jetzt steht, bin ich völlig eingedeckt, unter einer Lawine von Interessenten begraben.«

»Lassen Sie mich darüber nachdenken.«

Und er dachte nach. Dann sagte er: »Ich nehme an, Sie brauchen als erstes einen Stab von Mitarbeitern.«

»Von Forschern?«

»Ich würde eher sagen, von Nachforschern: Leute, die so ähnlich sind wie die Detektive, die ich dort unten in Washington beschäftige. Keine Wissenschaftler, die sich in Büchern vergraben, sondern eher solche, die sich in Menschen vergraben, wenn Sie wissen, was ich damit meine. Leute, die sich diese Autoren genau aufs Korn nehmen und herausfinden, wer sie wirklich sind, was sie geleistet haben und was sie in Zukunft leisten werden — darüber brauchen wir jeweils einen Bericht. Dann können Sie Ihre Entscheidungen treffen.«

»Aber diese Art von Personal wird unseren Kostenplan übersteigen.«

»Das ist immer noch besser, als wenn Sie versuchten, alles selbst zu tun. Was für Hilfe benötigen Sie noch — da wir schon dabei sind, eine Liste von Personal aufzustellen? Ich meine für die Zeit, wenn erst einmal alles läuft?«

»Mein Gott, es läuft ja schon — es läuft mir beinahe schon davon.«

»Ja, ja, ja, aber —«

»Also, da wären die Sekretärinnen.«

»Das ist mir klar. Was brauchen wir noch?«

»Einen Bibliothekar. Ich denke an einen ganz bestimmten, Doktor Chin. Er ist Chinese.«

»Okay, besorgen Sie ihn sich. Was noch?«

»Einen leitenden Forscher und, sagen wir, vier Assistenten — jeweils einen für die großen Epochen unserer Geschichte, also für jeden unserer großen Kriege: den Revolutionskrieg, den Bürgerkrieg, den Ersten und den Zweiten Weltkrieg.«

»Das klingt gut. Was noch?«

»Einen Ahnenforscher. Sie werden das vielleicht für verrückt halten, aber die Genealogie ist ein Bereich, mit dem jeder ernsthafte Biograph zu tun hat. Aus naheliegenden Gründen erwartet man von ihm, den familiären Hintergrund der besprochenen Persönlichkeit aufzuzeigen und —«

»Haben Sie schon jemanden im Sinn?«

»Einen Mann namens Davis; er arbeitet zur Zeit bei der Kongreßbibliothek. Er wird demnächst pensioniert, und —«

»Dann ist er also frei?«

»Ich nehme an, er wird uns geradezu in den Schoß springen.«

»Okay, dann sagen Sie ihm, daß er springen soll.«

»Da ist noch etwas — unser Gebäude —«

»Das ist in wenigen Monaten bezugsfertig.«

Dabei schaute er mich etwas sonderbar an. Dann fuhr er fort: »Die Rupfen, die vor der Fassade angebracht wurden, sollen gewisse Änderungen verhüllen, zum Beispiel eine schwarze Granitfront mit Messingbuchstaben. Aber sagen Sie meiner Frau kein Wort davon. Es soll eine Überraschung sein. Wenn sie neugierig wird, sagen Sie einfach, der Bauunternehmer darf nicht gedrängt werden, wenn er seine Arbeit ordentlich ausführen soll.«

Zurück in Washington und im Garrett Building, war ich damit beschäftigt, das eine oder andere zu erledigen und mir vor allem eine Sekretärin zu besorgen. Als ich Hortense deswegen anrief, konnte sie mir auf Anhieb die richtige nennen, die außerdem noch in der Lage war, bereits am nächsten Morgen beginnen zu können. Sie war in mittleren Jahren, grauhaarig und trug eine Brille. Sicher, meine Wahl wäre wohl kaum auf sie gefallen, aber es zeigte sich, daß sie außerordentlich tüchtig war. Sie besorgte sich zwei Schreibmädchen, die die Antworten auf die eingehenden Anfragen tippten, die Post aus dem Schließfach abholten und Botengänge erledigten. Doch zunächst einmal brauchte ich die wissenschaftlichen Mitarbeiter, und was die Forschungsabteilung betraf, fiel mir nur ein pensionierter Professor der Universität von Maryland ein, der meiner Meinung nach die Bittsteller bereits nach ihrem Briefstil aussortieren konnte. Er hieß Carter. Ich rief ihn an, und er zeigte sofort großes Interesse. Er hatte auch einen Freund, der gerade von der Universität von Pennsylvania emeritiert worden war, und mit dem er gern zusammengearbeitet hätte. Also rief ich auch diesen Mann an, einen Dr. Johnson, und engagierte ihn aufgrund von Carters Empfehlung. Am Tag danach trafen sie beide in Washington ein, und Sam Dent besorgte ihnen Büroräume. Inzwischen verfügte ich ebenfalls bereits über ein Büro, genau wie Miss Koehler, meine Sekretärin. Das Büro der ›philologischen Detektive‹ lag dazwischen, und daneben gab es noch einen Raum für die beiden Schreibhilfen. Ich muß gestehen, Dent hat mich sehr anständig behandelt. Gott weiß, wie er es in so kurzer Zeit geschafft hat, aber irgendwie ging es eben. Das Projekt war tatsächlich angelaufen und unter Kontrolle. Von Lawine konnte nicht mehr die Rede sein.

Am Samstagabend, als die neue Telefonnummer funktionierte und die Telegramme, Briefe und gelegentlichen Presseanfragen erledigt waren, konnte ich mich erstmals wieder in Ruhe hinsetzen, mich zurücklehnen und mir von Hortense ein Steak braten lassen, was sie mit größter Freude tat. Doch zugleich kam sie mir seltsam still und zurückgezogen vor. Nach einer Weile fragte ich sie: »Was ist los? Habe ich was angestellt?«

»Ja, ich glaube, so könnte man es nennen.«

»Was denn?«

»Das sage ich dir schon. Alles zu seiner Zeit.«

Aber erst als wir im Bett lagen und sie sich in meine Arme kuschelte, flüsterte sie: »Lloyd, ich bin schwanger.«

»*Was*? Hab' ich also wirklich was angestellt, nicht wahr?«

»Ich habe das Ergebnis der Laboruntersuchung erst gestern erhalten. Und ich wollte es dir nicht sagen, bevor du von dem Druck befreit warst, unter dem du die ganze Woche gestanden hast.«

»Das Kaninchen ist gestorben, wie?«

»Man macht das heutzutage nicht mehr mit dem Kaninchentest. Es gibt eine modernere Methode, die außerdem zuverlässiger ist. Trotzdem, das Ergebnis ist positiv.«

»Und was ist mit der Zeit?«

»Wie meinst du das?«

»Ich meine, wie weit ist es schon?«

»Bei dem Leben, das wir führen, ist das sicher nicht ganz genau zu sagen. Aber zwei oder drei Monate bestimmt. Sagen wir, drei. Auf keinen Fall mehr als vier.«

»Dann haben wir ja noch genügend Zeit.«

»Wozu?«

»Na, zu einer Operation, würde ich sagen.«

Sie lag danach eine ganze Weile still da, ohne ein Wort zu sagen. »Das muß ich mir erst einmal überlegen«, sagte sie schließlich.«

»Und inzwischen? Ich meine, was dürfen wir und was nicht?«

Einen Augenblick lang schaute sie mich verständnislos an, dann: »Ach, das meinst du! Ja, weißt du, wir dürfen eigentlich alles ... Es ist nicht nur gestattet, sondern sogar erwünscht. Er braucht es — oder sie, man weiß ja noch nicht, ob es ein Junge wird oder ein Mädchen, zur — Ermutigung. Damit er oder sie nicht psychologisch verkorkst wird. Die Gefühle, die du in mir weckst, die weckst du auch für das Kleine.«

»Worauf wartest du dann noch?«

»Du süßer Trottel, du.«

Am nächsten Tag fuhr sie nicht zurück in die Stadt; sie saß bei mir, zuerst am Fenster, dann am Kamin, wo ich ein Feuer gemacht hatte, weil es draußen noch ziemlich kühl war. Wenn sie nicht gerade hier oder dort saß, wanderte sie in der Wohnung herum. Und in der Nacht, als sie wieder in meinen Armen lag, sagte sie: »Ich lasse es nicht machen.«

»Die Abtreibung? Na schön, es liegt ganz an dir.«

»Man hat mich gewarnt, damals bei der Fehlgeburt. Wenn ich eine Abtreibung hätte, wäre das mein Ende — ich meine, nicht das Ende meines Lebens, aber meiner Fähigkeit, Kinder zu gebären. Und ich will dieses Kind. Tief in meinem Inneren habe ich es gewollt; ich wollte ein Kind von dir. Deshalb bin ich so unvorsichtig gewesen mit der verdammten Pille. Jetzt weißt du es. Eigentlich war ich gar nicht unvorsichtig. Ich haßte den Gedanken, die Pille zu nehmen, verstehst du?«

»Also gut, dann läßt du es dabei.«

»Es muß sein, Lloyd. Es *muß sein.*«

»Wieso sind sie eigentlich so sicher?«

»Du meinst, die Ärzte? Was eine Abtreibung aus mir machen würde? Lloyd, nichts ist sicher, soweit es den Gebärapparat einer Frau betrifft. Aber man hat es mir erklärt, mit Bildern und Diagrammen und allen möglichen Warnungen über eine gewöhnliche Geburt ohne Kaiserschnitt. Ich glaube, ich habe das kapiert. Jedenfalls bin ich seitdem überzeugt davon, daß ich, wenn ich schwanger werde, das Kind eben austragen muß, es sei denn, ich will unfruchtbar werden. Aber du willst, daß ich es mache, oder?«

»Was? Daß du das Kind zur Welt bringst?«

»Nein, die Abtreibung.«

»Laß mich erst mal darüber nachdenken. Ich weiß selbst nicht, was ich will.« Nach einer sehr langen Minute sagte ich: »Ich will, daß du mit Mr. Garrett sprichst — wegen der Scheidung.«

»Aber genau das ist es, was ich nicht will.«

»Dir wird nichts anderes übrigbleiben.«

»Lloyd, wer sagt das?«

»Gott sagt das, Hortense. Am Ende dieser neun Monate, sagen wir, vier, fünf, sechs Wochen früher schon, kommen wir unter die große Dampfwalze, die uns vernichten wird — es sei denn, du bist bis dahin geschieden und wir können heiraten, richtig heiraten, wie wir jetzt schon in Gedanken verheiratet sind, und nur so sind wir dann auch imstande, unserem Kind etwas Gutes zu tun.«

»Aber warum können wir nicht warten? Warum muß das alles so in Eile gehen?«

»Ich habe es dir eben gesagt. In neun Monaten minus —«

»Aber Lloyd, das ist doch eine typische Dreieckskonstellation. Du, ich und — er. Er ist auch auf etwas Ähnliches aus, das fühle ich. Warum können wir nicht wenigstens solange warten? Ich meine, bis er zu mir kommt, bis *er* das Problem zur Sprache bringt?«

»Das Problem der Scheidung?«

»Natürlich! Aber natürlich.«

Es klang aufrichtig und überzeugt, aber für mich war es weder das eine noch das andere. Es war einfach ihre Art, den Kopf in den Sand zu stecken, in der Hoffnung, daß sich, wenn sie nichts unternahm, alles zum Guten wenden würde. Und weil ich sie liebte, war ich bereit, darauf einzugehen. »Okay, dann lassen wir es also vorläufig dabei. Wir wissen immerhin soviel, daß hier etwas vor sich geht.«

»Wo — hier, Lloyd?«

»In Wilmington, Hortense; er weiß doch Bescheid. Er muß es wissen. Und wir wissen, daß er es weiß. Okay, gehen wir davon aus. Warum ist er nach wie vor so nett — zu dir und zu mir? Was hat er vor?«

»Das ist es ja! Genau das habe ich vorhin gemeint, Lloyd!«

»Okay, warten wir es ab. Er muß früher oder später Farbe bekennen.«

Kapitel 17

Inzwischen war wir ›im Geschäft‹, wie Mr. Garrett es nannte, und um die Sache offiziell zu machen, arrangierte ich einen ›Geschäftsführenden Ausschuß‹, drei Mitglieder des Verwaltungsrates, die meine Entscheidungen gutheißen sollten und dafür ein bescheidenes Gehalt empfingen. Ich rief Davis an und erhielt seine Zusage — eine enthusiastische Zusage, wie ich wohl vermerken muß. Im Zusammenhang mit ihm geschah übrigens etwas äußerst Bemerkenswertes. Inzwischen machte ich meine wöchentlichen Fahrten zu Mr. Garrett nach Wilmington, und bei einem dieser Besuche sagte er zu mir: »Davis war hier — er kam ›zufällig‹ vorbei und schaute herein, um mir seinen Respekt auszudrücken.«

»Ach, tatsächlich? Na ja, er ist wohl ein Bürokrat der alten Schule. Die polieren grundsätzlich ihre Äpfel, bevor sie sie essen. Das ist ihnen in Fleisch und Blut übergegangen. ›Korridorpolitiker‹ nennt man das.«

»Er ist hinter Ihrem Job her, Lloyd.«

»Er ist — *was*?«

»Er hat sich bei mir als Direktor des Instituts beworben.«

»Er ist wirklich ein Bürokrat der alten Schule, nicht wahr? Was hat er denn gesagt, wenn ich fragen darf?«

»Nichts. Ich habe es an der Art erkannt, wie er mich angeschaut hat. Aber wenn ich es schon sehe, dann werden Sie es im Lauf Ihrer Zusammenarbeit erst recht bemerken. Ich erwähne die Sache nur deshalb, weil ich vermeiden möchte, daß Sie sich über ihn ärgern. Benützen Sie ihn statt dessen. Lassen Sie ihn intrigieren, bis er seinen Kopf verloren hat. Ihr Job jedenfalls ist sicher, ganz gleich, was Davis unternimmt.«

»Ja, äh . . . Danke.«

»Er ist ein schmieriger Gauner.«

»Mir gegenüber verhält er sich wie ein Bruder.«

»Ich würde dieser Art von brüderlicher Liebe nicht allzu sehr vertrauen.«

Davis war Mitte Fünfzig, etwa mittelgroß, schlank, in guter körperlicher Verfassung und grauhaarig; sein Lächeln war rasch und eifrig, und was immer man zu ihm sagte, er tat so, als sei es die profundeste Weisheit, die er je zu Ohren bekommen hatte. Er hatte eine gewisse Art, die Brille abzunehmen und einen dann anzustarren — wesentlich intimer mit zwei Augen als zuvor mit vieren. Sam Dent besorgte ihm ebenfalls ein Büro, und er verhielt sich mir gegenüber stets unterwürfig, kam mir immer wieder mit der Versicherung, wie lange er schon ein Verehrer meiner Fähigkeiten sei, schon seit jenen Tagen, als ich noch in der College-Mannschaft Football spielte.

Aber er wohnte in Riverdale, in der gleichen Straße wie ich, und als er eines Abends ohne Ankündigung bei mir vorbeikam, war das wirklich unangenehm. Glücklicher- und zufälligerweise war ich angezogen, aber Hortense lag schon im Bett. Also schaltete ich schnell, improvisierte und entschloß mich, die Sache freundlich, aber bestimmt durchzuspielen. Ich ließ ihn unten bei Miss Nettie warten und versprach ihm, hinunterzukommen. Dann kam ich ins Foyer, schüttelte ihm die Hand und entschuldigte mich, daß ich ihn nicht nach oben bitten könne, da sich die Wohnung zur Zeit in einem völligen Durcheinander befinde. Er sagte, er habe gerade etwas hier im College Park erledigen müssen und sei nur vorbeigekommen, um mich zu einem Drink einzuladen. Ich dankte ihm und fügte hinzu: »Eine großartige Idee, aber leider habe ich zu tun. Können wir das nicht verschieben?«

Ein paar Minuten später ging er wieder, doch als ich nach oben kam, zitterte Hortense vor Nervosität am ganzen Körper. »Lloyd«, sagte sie, »ich habe solche Angst, und ich weiß nicht mal, wovor.«

»Ich auch.«

»Wovor hast du denn Angst, Lloyd?«

»Das ist es ja. Ich weiß es auch nicht.«

Unglücklicherweise jedoch wußte ich es sehr genau, und ihr erging es nicht anders.

Im Bett, an einem Abend nicht lange nach diesem Zwischenfall, flüsterte Hortense: »Weißt du, was ich heute getan habe? Ich habe einen Privatdetektiv engagiert.«

»O Gott, das hat gerade noch gefehlt!«

»Warum rufst du Gott dafür an?«

»Merkst du denn nicht, daß jetzt dein Mann zweifellos früher oder später eines von diesen Abhörmikrophonen in seinem Büro, seiner Wohnung oder wo auch immer entdekken wird, und daß er, sobald er es gefunden hat, auch wissen wird, in wessen Auftrag es dort angebracht wurde? Hortense, jetzt sind wir dran, und du bist diejenige, die gesagt hat, wir halten den Tiger am Schwanz! Du hast mich davor gewarnt, uns zusätzlichen Kummer zu bereiten, so oder so ähnlich hast du es formuliert. Und jetzt tust du etwas, das uns völlig vernichten kann. Denn wenn ich an seiner Stelle wäre, gäbe es nichts, was mich mehr auf die Palme bringen würde als ein Detektiv, den meine liebende, ungetreue Gattin auf mich angesetzt hat.«

»Bist du fertig?«

»Du pfeifst den Burschen sofort zurück!«

»Ich habe ihn bereits bezahlt, Lloyd. Seinen Vorschuß — so hat er es genannt. Eine erschreckend hohe Summe.«

»Es ist mir egal, wieviel du ihm bezahlt hast. Pfeif ihn zurück!«

»Nein, ich denke nicht daran.«

»Junge, Junge, das hat uns gerade noch gefehlt!«

»Ich hab' mir das alles überlegt, was du eben gesagt hast und was passieren würde, wenn mich Richard dabei erwischt. Also war das erste, was ich ihm sagte, daß ich keine geheimen Mikrophone oder so etwas Ähnliches haben wolle. Und da hat mich dieser Detektiv einfach ausgelacht. Er heißt Mr. Hayes, und er war wirklich nett. Ich hab' ihn aus dem Branchenregister, und seine Anzeige ist mir irgendwie ehrlich und anständig vorgekommen. Sein Büro ist in Bladensburg, Lloyd; er hat gesagt: ›So was gibt es nur in Kriminalromanen und in Fernsehkrimis. Wir benützen so was grundsätzlich nicht.‹ Ich fragte ihn, was er denn benütze, und er sagte: ›Da gibt es keine Geheimnisse. Wir erkundigen uns auf ganz natürliche Weise, um so wenig Verdacht wie möglich zu wekken, und in einem Fall wie diesem erhalten wir fast immer und ziemlich schnell, was wir brauchen. Denn wenn ein Mann erst einmal anfängt, Seitensprünge zu machen, dann redet die betreffende Frau, schon gar, wenn es sich um einen vermögenden und berühmten Mann handelt. Dann gibt es nichts, was sie dazu bringen könnte, daß sie schweigt. Für sie ist die Affäre mit dem berühmten Mann eine täglich neue Sensation. Wir brauchen also nur herauszufinden, wem sie sich anvertraut, und dafür sorgen, daß diese Person es an uns weitergibt. Das macht den wenigsten Ärger — und es gibt keine Weiterungen.‹ Dann sagte ich ihm, ich wisse, wer die Frau sei, aber ich müsse erst ganz sichergehen, ehe ich etwas unternehmen könne, und —«

»He, wart mal einen Augenblick! Wann war das? Und wer ist es, Hortense? Und wie bist du daraufgekommen?«

»Weißt du denn nicht, wer es ist?«

»Ich habe nicht die leiseste Ahnung.«

»Es ist diese Kreatur. Das Luder. Teddy.«

»Soll das ein Scherz sein?«

»Nein, weiß Gott nicht. Lloyd, mir ist nicht nach Scherzen zumute, nicht in einer solchen Situation, das kannst du mir glauben. Ich befinde mich bekanntlich in einer verzweifelten Lage, wie du dich wohl erinnerst.«

»Wie kommst du darauf, daß sie diejenige ist?«

»Weil man ihn mit ihr gesehen hat, deshalb. Er geht mit ihr zum Lunch, und zwar ins Hilton. Er hat sie in Wilmington sogar ins Du Pont zum Essen geführt, und was weiß ich, wohin noch. Sie hat einen Pelzmantel, der mindestens fünftausend Dollar wert ist. Und den hat sie sich bestimmt nicht beim Studentenschnelldienst verdient.«

»Mehr oder weniger doch.«

»Aha, jetzt kapierst du allmählich.«

»Er hat sie vom ersten Augenblick an gemocht, das gebe ich zu.«

»Und wir wissen beide, wie scharf sie darauf ist.«

»Sag mal ehrlich — bist du nicht genauso scharf darauf wie sie?«

In ein paar Wochen hatten wir sechs Autoren in unser Institut aufgenommen; einer davon war John Gardner, ein sehr bekannter Biograph. Die anderen waren nicht so bekannt, aber alle hatten schon biographische Werke veröffentlicht und alle arbeiteten an größeren Projekten. Gardners Thema — Paul Revere — hatte einen besonders interessanten Blickpunkt. »Ich befasse mich mit einem Rätsel«, hatte er mir gesagt, »das bis jetzt noch niemand auch nur angetastet hat, aber das nichtsdestoweniger bemerkenswert ist. Revere war Silberschmied, das ist allgemein bekannt. Woher hatte er eigentlich das Silber? In den Kolonien wurde seinerzeit kein Silber gefördert, und für alles Silber, das man aus Mexiko, Peru oder sonstwoher importierte, mußte man mit Gold bezahlen. Aber es gab kein Gold, und diese Tatsache, zusammen mit den Beschränkungen, die das Parlament auch dem Umlauf des Papiergeldes auferlegt hatte, war bekanntlich eine der Hauptursachen der amerikanischen Revolution. Wenn ich eine entsprechende Antwort finde, kann ich vielleicht einen wesentlichen Beitrag zu unserer Geschichte leisten.«

Ich gab ihm meinen Segen dazu, und er zeigte sich hocherfreut, nicht nur mir gegenüber, sondern auch gegenüber Davis, der allen eine große Hilfe war, und gegenüber Carter und Johnson, meinen ›Detektiven‹, deren Berichte sehr für ihn gesprochen hatten — und damit war Gardner die rühmliche Ausnahme. Die meisten Biographen erwiesen sich nämlich als undankbare Flegel. Sie taten so, als erwiesen sie uns noch einen Gefallen, daß sie die hundert Dollar pro Woche vom Institut entgegennahmen. Und sobald ihr Antrag genehmigt war, behandelten sie mich wie einen Trottel, Davis wie Dreck an den Schuhen und Carter und Johnson wie Schnüffler und Denunzianten bei der Inquisition. Davis lachte, als ich es vor ihm erwähnte, und schüttelte dann den Kopf. »Doktor Palmer, das ist doch nur der Anfang. Warten Sie erst mal, bis Sie mit der Kongreßbibliothek zu tun haben. Da werden Sie abgekanzelt von irgendeinem hochnäsigen Luder, das sich einbildet, eine Dame zu sein, und es noch nicht mal bis zum Dämchen geschafft hat. Nach dem, was ich dort zweiundzwanzig Jahre lang erleben mußte, kommen mir Ihre Biographen wie ein Empfangskomitee vor.«

»Aber ich habe bis heute die Biographen gemocht — und respektiert!«

»Sehen Sie, und da fängt das Problem schon an: Die mögen nämlich auch die Biographen, und zwar mehr als alle anderen Menschen.«

»Da haben Sie vermutlich recht.«

Kapitel 18

Ich war angenehm überrascht über die Einladung, die ich vom Nationalen Presseklub erhielt, zu einem ihrer regelmäßigen Festessen, und natürlich sagte ich prompt zu. Sie waren überaus freundlich zu mir, luden auch die Garretts, Davis und Sam Dent ein — auf meinen Wunsch! — und kündigten mich als Festredner mit entsprechendem Nachdruck an. Meine Rede befaßte sich mit einem Thema, das ich schon bei einer meiner Vorlesungen auf der Universität behandelt hatte; aber diesmal machte ich mir besondere Mühe mit der Ausarbeitung, namentlich mit dem ersten Teil, einem Überblick über die amerikanische biographische Wissenschaft, wobei ich mich zugleich bemühte, nicht allzu trocken und gelehrt aufzutreten. Beim Vergleich mit den britischen, französischen und deutschen Errungenschaften auf diesem Gebiet konnte ich ein wenig unsere Fahne wehen lassen und erklärte in einigen Details, *warum* und nicht nur *daß* die amerikanischen Biographen zu den führenden dieser Welt gezählt werden mußten. Ich kam auf die englischen Persönlichkeitsschutz-Gesetze zu sprechen, »die so lächerlich sind, daß ein Schriftsteller es nur in seltensten Fällen wagen kann, eine lebende oder erst vor kurzem gestorbene Persönlichkeit zum Gegenstand seiner Untersuchungen zu machen«. Ich fuhr fort, indem ich die britische Version des ›Who's Who‹ einer kritischen Betrachtung unterwarf, »ein Nachschlagewerk, in dem nur gelegentlich die Eltern der besprochenen Persönlichkeit und fast nie deren Kinder genannt werden. Seit den Zeiten von Wheeler Sammons dagegen finden wir in unserem ›Who's Who in America‹ auch die Namen der Kinder, während die Engländer sich damit zufriedengeben, zu erwähnen, daß der Betreffende einen Sohn und zwei Töchter habe. Das ist natürlich keine große Hilfe, wie man einsehen kann — jedenfalls nicht für den Wissenschaftler und Biographen, der genaue Informationen braucht.« Daraufhin lachten meine Zuhörer, und ich fuhr fort mit der Schilderung der Aufgaben unseres Instituts, wobei ich zunächst bei dem Gedanken verweilte, daß man unserem Förderer, Freund und großzügigen Mäzen, Mr. Richard Garrett, den ihm gehörenden Kredit zollen sollte. Es gab prasselnden Applaus, und Mr. Garrett schien gerührt zu sein, als er sich verbeugte. Dann forderte ich die Zuhörer auf, einen weiteren Applaus zu spenden, »für die charmante, verständnisvolle und schöne Lady, deren Name das Institut trägt, die unermüdlich gearbeitet hat, um unser Werk ins Leben zu rufen, und die es sich nicht nehmen ließ, heute bei uns zu sein — Mrs. Hortense Garrett!« Für sie wurde daraus eine Ovation, bei der sich die Anwesenden von den Sitzen erhoben. Hortense stand ebenfalls auf, verteilte

Kußhände und begann zu weinen, so daß Mr. Garrett sein Taschentuch herauszog, ihr die Tränen abwischte und dann wartete, bis sie sich geschneuzt hatte. Das Geräusch, das sie dabei verursachte, rief den fröhlichsten Lacher des Tages hervor und natürlich noch einmal einen Riesenapplaus. Ich konnte diese Show durch nichts mehr übertreffen, also dankte ich den Garretts und setzte mich wieder.

Nach der Tradition des Presseklubs folgte auf eine Ansprache grundsätzlich ein ›Kreuzverhör‹. Und Byron Nash, der Präsident, hatte bereits einige Punkte notiert, während ich gesprochen hatte. Es gelang mir, die Fragen zur Zufriedenheit meines Publikums zu beantworten, wobei ich hier und da sogar Gelächter damit hervorrief. Ich war schon dabei, mich wieder zu setzen, als Mr. Nash mich mit einer weiteren Frage davon abhielt. Er ließ seinen Blick durch den Raum schweifen und richtete sich schließlich an einen Mann, der in einer Ecke saß. »Jack Albaugh, Ihre sorgfältige Art zu recherchieren dürfte so manchen Biographen erröten lassen. Sind Sie bereit, aufs Podium zu kommen und Ihre Fragen selbst zu stellen?«

Albaugh stand auf und kam. Er hatte etwas Herausforderndes an sich, und ich merkte, wie sich erwartungsvolles Gemurmel erhob im Raum. Albaugh war klein, grauhaarig und unansehnlich, und er verbeugte sich vor dem applaudierenden Publikum, ehe er sich an mich wandte.

»Doktor Palmer, bei einer Pressekonferenz vor einiger Zeit erklärten Sie, die Dunkle Lady in Shakespeares Sonetten entlarvt zu haben. Aber damals weigerten Sie sich, in Ihrer Analyse fortzufahren und zu sagen, wen Sie denn nun damit meinten. Darf ich Sie jetzt bitten, das Geheimnis zu lüften, falls Sie dazu in der Lage sein sollten?«

Ich wußte, daß ich keine andere Wahl hatte. »Ich muß Ihnen zunächst widersprechen«, begann ich. »Ich habe keineswegs eine derartige Behauptung aufgestellt. Ein junges Mädchen, eine Studentin, die bei dieser Pressekonferenz für mich tätig war, hat eines meiner Bücher zitiert, genau gesagt, meine Dissertation, und sie hat damit ein ziemliches Durcheinander hervorgerufen. Die Presse widmete daraufhin ihrem hübschen Hinterteil großen Raum, und zwar wesentlich mehr als unserem Institut, das wir seinerzeit der Öffentlichkeit vorstellen wollten. Sie hatte zweifellos ein äußerst fotogenes Hinterteil, aber —«

Mit anderen Worten, ich versuchte, der Frage auszuweichen. Albaugh ließ mich ausreden, dann stocherte er nach. »Ich habe Sie gebeten, den Namen der Dunklen Lady zu nennen.«

Ich hielt einen Augenblick lang den Atem an. Dann sagte ich: »Meiner Meinung nach war es Ann Hathaway.«

»Shakespeares *Frau*?«

»Ganz richtig.«

Er war erstaunt, und man hörte, wie mehrere Leute im Raum unterdrückte Laute der Verwunderung ausstießen, weil sich in einer solchen Gruppe natürlich mehrere Kenner der Sonette befanden und sich einige davon sogar beim Studium genauer damit befaßt hatten. Nach ein paar Sekunden fuhr Albaugh fort: »Darf ich nach den Gründen für eine derart bemerkenswerte Erklärung fragen?«

»Es ist keine Erklärung, sondern meine ganz persönliche Meinung. Aber da niemand weiß, wer die Dunkle Lady wirklich war, ist die persönliche Meinung des einen ebenso gut wie die eines anderen. Ich hatte es mir übrigens keineswegs zur Aufgabe gemacht, die Lady zu identifizieren. Es fiel mir vielmehr in den Schoß als Folgeerscheinung zu gewissen anderen Untersuchungen im Hinblick auf die Sonette. Sie waren Gegenstand einer geplanten Dissertation, und ich begann die Sonette eingehend zu studieren und zu analysieren. Bald stieß ich auf etwas, das mir seltsam vorkam: Die ersten Sonette, ungefähr das erste Dutzend, befassen sich mit einem merkwürdigen Thema: Hier fragt sich der Verfasser, ob er mit sich selbst spielen oder eine Spielgefährtin suchen soll! Aber das war sicherlich kein Thema, das einen erwachsenen Mann beschäftigte, um so weniger *diesen* Mann, der bekanntlich bereits mit achtzehn Vater eines Kindes geworden war. Die nächste Erkenntnis war, daß Shakespeare diese frühen Sonette offensichtlich an sich selbst gerichtet hatte. Warum dann nicht alle? An welchem Punkt im Lauf des Entstehens taucht dieser geheimnisvolle ›Mr. W. H.‹, Gegenstand von Thorpes Widmung als ›dem einzigen Empfänger dieser Sonette‹, auf? Ich konnte in den Sonetten nicht den geringsten Hinweis darauf entdecken. Und wenn man mich fragt, hat der Verfasser bis zum Schluß die Sonette als eine Art Zwiegespräch mit sich selbst aufgefaßt, und ›Mr. W. H.‹ kann leicht ›Will Himself‹ bedeuten, der Versuch, den Sonetten doch noch einen Verfasser, den ›einzigen‹ nämlich, zu geben. Das nächste, was mir auffiel, war der vergleichsweise bescheidene Hintergrund der Sonette. Wenn man sie mit dem Reichtum von *Macbeth*, *Hamlet*, *Lear* und *Julius Cäsar* vergleicht, wirken sie in dieser Hinsicht geradezu dürftig. Ich zählte die klassischen Anspielungen und fand genau sieben Stück: eine auf ›Dian‹, wie er sie nennt, und jeweils eine auf Mars, Venus, Adonis, Kupido, Saturn und Philomele. Aber sieben Anspielungen auf Figuren der Klassik in zweitausendeinhundertsechsundsechzig Zeilen Poesie ist nicht gerade üppig. Daraus drängte sich mir die Schlußfolgerung geradezu auf, daß diese geheimnisvollen Gedichte die Werke eines Jugendlichen sein müssen, eines begabten Burschen, der in narzißtischer Liebe zu sich selbst verstrickt ist, dessen umfangreiche Bildung der späteren Jahre erst noch bevorsteht und der eben erst Spaß daran findet, die Knospe seiner Virtuosität zu entfalten.

Soll ich vergleichen einem Sommertage,
Dich, der du lieblicher und milder bist?
Des Maien teure Knospen drehn im Schlage
Des Sturms und allzu kurz ist Sommers Frist.
Des Himmels Aug scheint manchmal bis zum Brennen,
Trägt goldne Farbe, die sich oft verliert,
Jed Schön will sich vom Schönen manchmal trennen

Durch Zufall oder Wechsel Lauf entziert.
Doch soll dein ew'ger Sommer nie ermatten,
Dein Schönes sei vor dem Verlust gefeit.
Nie prahle Tod, du gingst in seinem Schatten;
in ew'gen Reimen fragst du in die Zeit
  Solang als Menschen atmen, Augen sehn,
  Wird dies, und du, der darin lebt, bestehen.

Als ich an diesem Punkt angelangt war, stellte sich mir die Aufgabe einer simplen Deduktion. Im Sonett Nummer hundertvier finden wir eine Zeitangabe, nämlich wieviel Zeit die Sonette in Anspruch genommen haben.

Für mich bist, schöner Freund, du niemals alt!
Wie du, als deinen Blick ich erst erblickt',
So scheint dein Liebreiz noch. Drei Winter kalt
Entrissen Wäldern, was drei Sommer schmückt;
Drei schöne Lenz in gelben Herbst gewandt,
Sah ich im Jahreszeitenfortschritt ziehn;
Dreier Maien Düfte in drei Junien verbrannt,
Seit ich dich erst sah frisch, der du noch grün.
Auch, Schönheit doch gleich Sonnenzeigers Hand,
Entstiehlt sich der Figur, wie langsam auch,
So deine süße Farb', die noch hält stand,
Bewegt sich, und getäuscht mag sein mein Aug ...

Wenn wir diese merkwürdige Phrase ›als deinen Blick ich erst erblickt‹ dahingehend auslegen, daß ein Auge ein Auge im Spiegel betrachtet und daß dieser erinnerungswerte Augenblick, an dem er zum ersten Mal seine eigene Schönheit im Spiegel bewunderte, in seinem vierzehnten Lebensjahr stattfand, dann mußte er jetzt siebzehn sein, und dann stand ihm ein großes Ereignis in seinem Leben bevor. Mit achtzehn nämlich warb er um die Hand einer Frau, machte ihr ein Kind und heiratete sie. Wir stoßen darauf, mit ziemlicher Sicherheit, im Sonett Nummer hundertsiebenundzwanzig:

Die alte Zeit sah Schwarz für schön nicht an,
Und wenn, so trugs doch nicht der Schönheit Nam'.
Doch nun tritt Schwarz der Schönheit Erbe an,
Und Schönheit wird entehrt durch Bastardscham:
Seit jede Hand vorgibt, Natur zu sein,
Mit Fälscherkunst gemeine Mienen färbt,
Büßt süße Schönheit Nam' und Tempel ein,
Ist ausgestoßen oder lebt enterbt.
Drum ist so rabenschwarz der Herrin Haar,
Ihr Auge auch, von Trauer, scheint's, verzehrt,
Weil, wer unschön geborn, nicht schönheitsbar
Die Schöpfung mit gefälschtem Schein entehrt.
    Trauern sie so sehr, steht ihnen so ihr Leid,
    Daß jeder Mund sagt, dies sei Schönheitskleid.

Und daher«, folgerte ich, »war Ann Hathaway diese Schwarze Lady, wenn Sie mich fragen — und es gibt noch eine zusätzliche Gegenkontrolle: Im Sonett Nummer hundertneunundzwanzig, also zwei Nummern nach dem eben von mir zitierten, drückt der Verfasser bittere Enttäuschung über die ›Lust‹, wie er es nennt, aus, und Enttäuschung in diesem Punkt kann für einen jungen, gesunden Mann nur bedeuten, daß es sich hier um eine Enttäuschung im Hinblick auf einen nicht hinreichenden Partner handelt — Sex mit seiner jungen Frau war schließlich doch nicht das, was er sich erhofft hatte —, womit wir wieder bei Ann Hathaway angelangt wären.

Es gibt noch einen Punkt, den wir uns in diesem Zusammenhang vor Augen halten sollten. ›Venus und Adonis‹ wurde fünfzehnhundertdreiundneunzig veröffentlicht, als Shakespeare gerade neunundzwanzig geworden war, aber es ist durchaus möglich, daß er das Gedicht wesentlich früher geschrieben hat. Es geht darin um eine Frau Ende der Zwanzig, die, vom Sex überdrüssig, nach neuen Experimenten hungert, und die sich daher in einen Knaben verliebt. Ann Hathaway war sechsundzwanzig, als sie sich für Shakespeare zu interessieren begann, so daß dieses Gedicht sehr wohl Ausdruck einer persönlichen Erinnerung sein kann. Die Tatsache, daß kein einziges Sonett von der Heirat berichtet, könnte man damit erklären, daß Adonis ja ein blutiges Ende widerfuhr. Das Gedicht beweist zwar nicht viel, aber es steht immerhin nicht gegen die Theorie, daß ›Venus und Adonis‹, wenn auch weit davon entfernt, die frische Jugendlichkeit der Sonette fortzusetzen, dennoch eine Fortsetzung dieser Sonette in einer anderen Form war.«

Ich hielt inne, und Murmeln erfüllte den Raum — ein Murmeln des Unglaubens, wie mir schien.

Albaugh, der so tat, als rede er auf ein etwas dümmliches und aufsässiges Kind ein, erklärte: »Doktor Palmer, Sie meinen doch wohl nicht im Ernst, daß diese unsterblichen Sonette die Werke eines unreifen Knaben gewesen sein können. Der zu diesem Zeitpunkt ein Lehrling war bei einem Metzger. Und —«

»Mr. Albaugh«, erwiderte ich, »es gibt nicht einen einzigen stichhaltigen Beweis dafür, daß Shakespeare jemals Metzgerlehrling war. Man nimmt es nur aufgrund von mehr oder weniger belegten Gerüchten an, genauso, wie man annahm, daß Mary Fitton die ›Dunkle Frau‹ war, bis man ein Fensterbild entdeckte, eines, das man ihr zu Ehren gemalt hatte, und aus dem eindeutig hervorging, daß sie eine Blondine war. Ich muß gestehen, daß mich die Möglichkeit, es könnte sich um das Werk eines unreifen Knaben gehandelt haben, auch störte — bis vor ein paar Jahren, als der Maryland Art Council einen Literaturwettbewerb für Highschool-Studenten ausgeschrieben hatte und mich in die Jury bestellte. Der Wettbewerb schloß Lyrik ein, und wir erhielten einiges Bemerkenswerte, darunter sogar überraschenderweise mehrere Sonette. Die besten Werke waren nicht nur recht gut — sie waren hervorragend und durchaus druckreif, von professionellen Graden.

Poesie wie Musik ist die Kunst der jungen Blüte. Wenn die jungen Leute von Maryland in der Lage waren, so hervorragende Werke zu verfassen, warum sollte man einem Shakespeare diese Möglichkeit versagen? Lassen Sie mich ein wenig die Statistik zitieren. In *Bartlett's berühmte Zitate* umfaßt die Bibel achtundzwanzig Seiten, John Milton vierzehn, John Dryden sieben, Longfellow sechs, Edgar Allan Poe drei und Tennyson elf. Aber William Shakespeares Zitate umfassen siebenundsiebzig Seiten! Das allein vermittelt einen Eindruck von seinem Genie. Und bedenken Sie bitte — alle anderen, die ich eben aufführte, waren auch schon als Teenager berühmt. Poe zum Beispiel konnte eine Veröffentlichung von Gedichten vor seinem zwanzigsten Lebensjahr erreichen, und Longfellow bezahlte einen Teil seiner Kosten für Harvard mit den Honoraren von Gedichten, die er an Zeitungen verkaufte. Ich würde meinen, wir sollten in Shakespeare mehr sehen als einen durchschnittlichen Knaben, den Sohn eines Handschuhmachers, der aus irgendeinem Grund nach London fuhr, die Pferde vor dem Globe Theatre anhalten ließ, vom Theaterfieber ergriffen wurde durch den Geruch von Leinwand und Farbe, und der daraufhin begann, die großartigsten Dramen der Weltliteratur zu schreiben, mit ein paar ebenso großartigen Sonetten dazwischen. Genialität erwirbt man nicht — Genie ist angeboren. Wenn Shakespeare mit fünfunddreißig ein Genie war, dann war er es zeit seines Lebens.«

»Aber Doktor Palmer, er war schließlich erst vierzehn —«

»Mr. Albaugh«, schoß ich jetzt zurück, »ich habe darauf gewartet, daß Sie das sagen. Ich habe Sie geradezu verleitet. Sie werden sich erinnern, daß einer der angesehensten Lyriker Amerikas auch im Leben erfolgreich war, eine Berühmtheit in Detroit, und daß er den Grundstein dazu gelegt hatte, als er mit vierzehn Jahren seine Gedichte an die *Free Press* verkaufte. Ich frage Sie: Wenn Edgar A. Guest das konnte, warum wollen Sie es William Shakespeare nicht zugestehen?«

Damit hatte ich einen Überraschungsangriff geführt, und die Reaktion meiner Zuhörer war zunächst lebhaftes Gemurmel, dann Gelächter und schließlich Klatschen. Daraufhin ging ich zu meinem Tisch zurück. Als ich mich verbeugte und dann setzte, tätschelte Hortense meine Hand. Sam Dent klopfte mir anerkennend auf die Schulter, und ich mußte noch einmal aufstehen, um den donnernden Applaus entgegenzunehmen.

An diesem Abend rief sie mich an und sagte, daß sie erst später kommen könne. »Richard hat etwas, das er mir zeigen will. Er geht zuvor mit mir zum Abendessen.« Also zog ich mich aus, warf mich in Pyjama und Bademantel und wartete. Ich mußte lange warten. Erst nach elf hielt der Lift in meinem Stockwerk, und ich hörte gleich danach, wie sie den Schlüssel ins Schloß steckte. Nachdem sie mich geküßt hatte, sagte sie: »Darling, ich muß dich bitten, dich noch einmal anzuziehen und mit mir zu kommen. Ich muß dir etwas zeigen — etwas, das Richard mir zuvor gezeigt hat, damit ich es zuerst mit ihm allein sehe. Aber ich möchte es natürlich mit dir — mit dir allein! — sehen.«

»Was ist es denn?«

»Er hat mich damit überrascht, und genau das werde ich mit dir auch tun.«

Also half sie mir beim Anziehen, und wir fuhren hinunter zu ihrem Wagen, den sie unbedingt selbst steuern wollte. Sie fuhr durch die Rhode Island Avenue bis zur 16. Straße, wo sie den Wagen in ein Parkhaus steuerte. Sobald ihr der Garagenwart das Ticket gegeben hatte, nahm sie mich bei der Hand und führte mich zur K-Street. Sie bog in diese Straße ein, und nach ein paar Schritten standen wir gegenüber ›unserem‹ Haus, das Garrett für das Institut gekauft hatte. Aber ich erkannte es kaum wieder. Jetzt waren die Gerüste und die Verkleidungen entfernt, so daß man die Fassade deutlich erkennen konnte, mit der neuen, schwarzen Granitverkleidung, welche die ganze Vorderfront bedeckte. Und da stand es in riesigen Messinglettern:

HORTENSE-GARRETT-INSTITUT FÜR WISSENSCHAFTLICHE BIOGRAPHIE

Die Fassade wurde von weichem, goldenem Licht angestrahlt, und als ich die Pracht sah, lief mir ein Schauer über den Rücken.

»Ist es nicht wunderschön?« fragte sie leise.

»Ich muß sagen, du hast recht.«

»Ich kann mich gar nicht daran satt sehen. Ich wollte es noch einmal anschauen — mit dir.«

»Du bist ganz dem höheren Ruhm geweiht.«

»Das ist es nicht. Aber es ist einfach — so schön.«

»Zweifellos. Die Schrift ist allein eine Kunst für sich, und der Stein, die Art, wie er poliert wurde, und seine edle Farbe — das ist viel mehr, als man erhoffen durfte.«

»Er stammt aus Minnesota — der Granit, meine ich. Er wird an Ort und Stelle poliert und dann in Scheiben transportiert, schon in der richtigen Größe und zum Anbringen bereit. Richard mußte ganz schön schmieren, damit er die Fassade so schnell fertigbekam, aber er verfügt natürlich über einen Zauberstab.«

»Woher kommt eigentlich das Licht?«

»Von dem Haus hinter uns, auf der gegenüberliegenden Straßenseite. Auch das war wohl eine Sache für den Zauberstab; wenn er einem zu Diensten steht, kann man sich nicht beklagen.«

»Das ist wirklich etwas, das sich sehen lassen kann.«

»Du könntest ruhig mehr Begeisterung zeigen — wenigstens ein bißchen.«

»Ich habe schon genug Begeisterung gezeigt. Soll ich in die Luft springen?«

»Ja, genau das sollst du tun.«

»Also gut —«

Und ich sprang in die Luft, aber sie hielt mich gleich danach fest und schaute sich nach allen Seiten um, ob uns niemand beobachtete. Dann sagte sie ziemlich mürrisch: »Du hast ausgesehen wie ein Fisch, der versucht, beim Fischhändler aus dem Bassin zu springen — und du bist auch genauso kalt wie ein Fisch.«

»Okay, okay, aber ich frage mich, worin mein Verdienst dabei besteht — was ich in Wirklichkeit dazu beigetragen habe.«

»Es war schließlich deine Idee: das Ganze war deine Idee, Lloyd.«

»Es war *sein* Zauberstab.«

»Und ich habe ein bißchen mitgeholfen beim Zaubern, nicht wahr?«

»Hortense, ohne dich wäre das alles nicht Realität geworden.«

»Meinst du das im Ernst?«

»Natürlich. Genauso ernst wie die Tatsache, daß ich dich liebe.«

»Ich hab' schon den Mund aufgemacht, um zu sagen: ›Dann tu's doch!‹, aber du wärst imstande, hier, direkt auf der K-Street . . .«

»Wenn man mich in Versuchung führt — ja, dann würde ich es notfalls auch hier tun.«

»Fahren wir heim . . . Aber zuerst gehen wir zu Fuß zum Hilton und sehen nach, was in den morgigen Zeitungen steht, über deinen Ringkampf mit der Presse von heute nachmittag. Dann können wir noch einmal herkommen, auf einen letzten Blick.«

Am Hilton, das nur einen Block entfernt war, lud man gerade die Stapel der Morgenausgaben ab und brachte sie hinein. Wir folgten dem Zeitungslieferanten, und sobald er eines der Pakete aufgeschnitten hatte, kauften wir uns zwei Exemplare. Danach setzten wir uns damit in die Hotelhalle. Ich erschien auf der Seite ›Was gibt's Neues in der Stadt‹, und zwar gleich mit zwei Artikeln. Der eine befaßte sich mit dem, was ich über das Thema Biographie von mir gegeben hatte, der andere mit meinem Wortgefecht über das Thema Shakespeare. Das war der Artikel, der mich interessierte. Anstatt mich zu veräppeln, war er respektvoll und äußerst freundlich abgefaßt. Der Reporter kannte seinen Shakespeare, das stand fest. Zugunsten derjenigen, die ihn nicht so gut kannten, erklärte er ein wenig über die Sonette, vor allem das Geheimnis um den ›Mr. W. H.‹ und die ›Dunkle Lady‹ und berichtete danach Wort für Wort, was ich darüber gesagt hatte. Am Ende kommentierte er: ›Es ist eine neuartige Theorie, aber eine, die es wert ist, in Betracht gezogen zu werden. Sie beruht auf der unbezweifelbaren Tatsache, daß Shakespeare das größte Genie in der Geschichte der Sprache war — der englischen und jeder anderen.‹

»Na also«, sagte Hortense. »Bist du nicht erfreut?«

»Ja, ich glaube schon.«

»Ich bin es. O Lloyd, ich bin so stolz auf dich.«

»Okay — ich bin glücklich, wenn man stolz auf mich ist.«

»Ich will jetzt heim.«

»Dann gehen wir.«

»Aber zuerst noch einen Blick auf das Haus.«

Und wir gingen noch einmal daran vorbei, ehe wir ihren Wagen holten und nach Hause fuhren.

Jetzt ließ sie mich fahren. »Ich bin zu stolz dazu«, sagte sie. »Ich kann mich jetzt nicht auf etwas so Profanes wie eine Straße konzentrieren.«

Wir waren gerade am Einschlafen, als es mir eben noch einfiel und ich fragte: »Hast du schon was von deinem Detektiv gehört?«

»Warum kommst du ausgerechnet jetzt darauf? Warum mußt du in dieser Nacht der Nächte danach fragen?«

»Weil du im fünften Monat bist, deshalb.«

»Und warum mußt du mich *daran* erinnern?«

»Weil es so ist.«

Sie begann zu weinen, rollte sich zusammen und ließ sich nicht von mir berühren. Natürlich machte sie eine große Schau daraus. Zuletzt sagte sie: »Sie hat noch nicht angefangen zu reden. Die Assistentin, die Mr. Hayes ansetzen wollte, ist eine Finnin, aber sie spricht auch Schwedisch. Er meinte, es wäre ein guter Anfang, wenn sie Inga nach einem Job fragt und dann, wenn sie von Inga eine negative Antwort erhält, noch ein bißchen sitzenbleibt. Sie ist anscheinend gut auf ihrem Gebiet, und Mr. Hayes ist der Ansicht, daß Inga uns eine große Hilfe sein könnte. Die Haushälterin weiß immer, sagt er, was der Herr vorhat, und es wäre durchaus möglich, daß sie ihr Wissen an eine Außenstehende weitergibt, die ihr sympathisch erscheint. Das finnische Mädchen, meint Mr. Hayes, hat eine besondere Art, sich an Menschen heranzumachen.«

»Vielleicht hilft es.«

»Gut — ist damit deine Frage beantwortet?«

»Ich wollte es nur wissen.«

»Küsse mich.« Und dann: »Lloyd, ich werde allmählich furchtbar nervös.«

Kapitel 19

Natürlich: Sobald wir in das Gebäude eingezogen waren, gab Hortense eine Party — sie wäre nicht Hortense gewesen ohne eine Gala-Einweihung, wie sie es nannte. Sie meinte, es sei schließlich das mindeste, was wir unter diesen Umständen tun konnten. Aber ich kam allmählich dahinter, daß ihre einzige Aufgabe — und die der reichen Leute ihres Kalibers — darin bestand, Partys für dreihundert oder mehr Leute zu veranstalten. Wozu diese Partys gut waren, habe ich nie ergründet; ich weiß nur, daß Hortense jeweils danach in den Stoßseufzer auszubrechen pflegte: »Gott sei Dank, das hätten wir hinter uns«, um schon am nächsten Morgen Pläne für die nächste ›kleine‹ Party für vierhundert Gäste zu schmieden.

Aber wenn es sie glücklich machte — und vor allem ablenkte —, dann hatte ich nichts dagegen, ja ich bemühte mich diesmal sogar, ihr dabei zu helfen, so gut ich konnte. Meine Hilfe bestand vorwiegend darin, für den raschen Einzug des Instituts zu sorgen, damit es überhaupt etwas zum Feiern gab. Das war keine leichte Aufgabe, und ich zog dabei nicht nur unsere Sekretärin und die beiden Schreibhilfen, sondern auch Dr. Chin, unseren chinesischen Bibliothekar, Carter und Johnson und natürlich Davis hinzu. Unsere Räumlichkeiten nahmen drei Stockwerke des neuen Hauses in Anspruch, einschließlich dem Parterre. Dort, hinter einer großen Glastür, befand sich der große Saal, den ich bereits erwähnt habe, jetzt mit einer Wandtäfelung aus Eichenholz und mit Bücherregalen, Schreibtischen, Ledersesseln und einem dicken Teppich von Wand zu Wand ausgestattet. Er diente als unser Empfangssaal, mit Sekretärin, Telefon und der üblichen Haussprechanlage. Dahinter befand sich mein Privatbüro, hinter diesem das Büro von Hortense, und noch einmal dahinter ein kleines Eßzimmer mit Bar, Küche und Vorratskammer. Auch wenn es Hortense nie bewußt wurde, verschwendete sie doch weit mehr Gedanken für die Ausstattung dieser zur Bewirtung dienenden Räume als für die Konferenzzimmer in den oberen Stockwerken.

Ganz im Gegensatz zu Davis. Er hatte sich sehr präzise Gedanken im Hinblick auf unsere Bibliothek gemacht. Und sobald er sie vorzutragen begann, wußte ich schon, daß es gute Gedanken waren. Er hatte während des ganzen Sommers wichtige Bücher erworben, so daß wir bereits jetzt einen ziemlich brauchbaren Apparat zur Verfügung hatten. Die Bücher sollten nun per Lastwagen hierhertransportiert und eingeordnet werden. Vor den Regalen wurden Schiebeleitern, Katalogkästen und Schreibtische angeordnet. Im dritten Stock befanden sich die ›Studierzimmer‹ für unsere ›Kollegen‹. Die übrigen sieben Stockwerke sollten vermietet werden, und das führte im Lauf der Party-Vorbereitungen zu einer mittelgroßen Palastrevolution. Donald Klein, der Makler, der die Vermietung übernommen hatte, wollte am Abend der Veranstaltung seinen Schreibtisch gleich hinter dem Eingang aufstellen lassen, damit er eventuelle Interessenten dort darauf ansprechen konnte. Natürlich ging Hortense an die Decke, als ich es ihr sagte, und rannte wutschnaubend hinunter, um sich mit ihm zu besprechen. Ich folgte ihr mit ziemlichem Unbehagen, weil ich nichts von Streitereien halte und nur hoffen konnte, daß sie sich beherrschte. Aber es zeigte sich, daß ich mich auf sie verlassen konnte. »Don«, sagte sie zum Makler, »von allen Leuten, die ich eingeladen habe, habe ich mich auf Sie am meisten gefreut — und was machen Sie? Sie sitzen hier an diesem Schreibtisch und — arbeiten! Don, wie können Sie nur? Ich frage Sie, wie können Sie nur?«

Es sollte sich zeigen, daß er nicht konnte.

Es gab an diesem Tag eigentlich keinen besonderen Grund für mich, nervös zu sein. Hortense hatte alles bis ins kleinste Detail festgelegt, namentlich die Rolle, die ich dabei spielen sollte. Aber aus irgendeinem Grund war ich es doch — ziemlich nervös sogar. Als Direktor mußte ich an ihrer und an Mr. Garretts Seite stehen und die Gäste empfangen, wobei ich mir mit Sam Dent die Aufgabe teilen sollte, die Leute vorzustellen — obwohl Sam keine offizielle Beziehung zum Institut hatte. Aber natürlich kannte er den Stab der Garretts und die Politiker, und ich kannte meine Kollegen von der Universität und die Leute, die zum Institut gehörten, die Mitglieder des Verwaltungsrates und die Wissenschaftler . . . Es schien, als hätten wir für alles vorgesorgt. Andererseits war es meine erste große Party in Washington, und ich wußte, daß ich noch viel lernen mußte.

Ja, ich fühlte deutliche Nervosität, weit mehr, als ich befürchtet hatte, als ich dort gegen vier ankam, wobei die Party für fünf Uhr angesagt war. Vielleicht war es der Flügel, der ohne mein Wissen hineingebracht worden war, oder die Baßgeige, die, noch in ihrer Hülle, in einer Ecke lehnte. Vielleicht waren es auch die Chrysanthemen, die großen Kübel mit den gelben Blumen, die in allen vier Ecken und in einer Reihe an der Wand standen. Oder es war das halbe Dutzend schwarzer Mädchen, die ich im Eßzimmer erspähte, das Personal des Party-Service — in so kurzen Röckchen, daß es dagegen ein Gesetz geben müßte: nackte Beine, nackte Taille, winzige Büstenhalter und dazu kleine Spitzenhäubchen und -schürzchen. Vielleicht war es auch das schwarze Mädchen am Schreibtisch, das, ebenso angezogen, in einer Zeitschrift blätterte und ihre Hand auf das Telefon legte, als ich Hortense anrufen wollte, wobei sie erklärte: »Nein, dieser Apparat ist nur für ankommende Gespräche, Sir. Wenn Sie nach draußen rufen wollen — es steht ein Apparat in der Lobby zur Verfügung.« Vielleicht war es Hortenses Verhalten, als ich sie von dem Apparat in der Lobby aus anrief — die Art, wie sie mich abservierte, als wollte sie sagen: Ich habe zu tun, laß mich gefälligst in Ruhe. Was es auch war — ich kapierte nach und nach, daß etwas passieren würde. Und natürlich versuchte ich, damit fertig zu werden, was natürlich schwierig ist, wenn man keine Ahnung hat, von wo die Schüsse fallen werden.

Sam Dent traf ein, und ich fragte ihn, was los sei. Aber er antwortete vage und ausweichend: »Wenn ich es wüßte, würde ich es Ihnen bestimmt sagen. Aber niemand weiß etwas. Sie glauben alle, etwas zu wissen, doch das ist nur Einbildung.«

Die Garretts trafen ein, und Hortense gab mir kurze Instruktionen. »Du stehst bei uns, begrüßt die Gäste und präsentierst sie uns dann. Sam stellt sie dir vor, und du stellst sie uns vor. Achte um alles in der Welt auf die Namen und gib sie richtig wieder. Wiederhole sie vor uns, klar und deutlich.« Sie nahm ihren Platz neben Mr. Garrett am oberen Ende des Raumes ein, in der Nähe der Tür zu meinem Büro, und ich gesellte mich dazu; jetzt stand Hortense neben mir und hatte Mr. Garrett zu ihrer Rechten. Die Kapelle kam und begann die Instrumente zu stimmen. Der Kontrabassist nahm sein unhandliches Instrument aus der Hülle.

Dann kamen die Gäste, und sie wurden empfangen von Sam, der sie zur Vorderseite des Raums expedierte, in die Nähe der Fenster. Es war eben erst fünf Uhr, dennoch waren bereits Dutzende von Gästen versammelt, und die meisten schauten hinaus auf die Straße, als erwarteten sie jemanden. Jeder schien zu wissen, was zu erwarten stand, mit Ausnahme von mir, und ich fühlte mich allmählich völlig fehl am Platze. Die Kapelle begann mit ›Ma, He's Making Eyes at Me‹.

Das Telefon klingelte — das für die hereinkommenden Gespräche —, und das schwarze Mädchen nahm den Hörer ab, machte dann Mr. Garrett ein Zeichen, der mit ein paar großen Schritten bei ihr war. Er antwortete dem Anrufer, nickte ein paar Mal und reichte den Hörer dann wieder dem schwarzen Mädchen. Anschließend nickte er Hortense zu, und die beiden gingen hinaus in die Empfangshalle und von dort auf den Gehsteig vor dem Haus.

Endlich wußte ich, worum es ging: Der Anruf kam vom Weißen Haus, und man teilte Mr. Garrett mit, daß der Wagen des Präsidenten soeben abgefahren war. Das also war die Aufregung, die Sache, um die es den übrigen Gästen und den Gastgebern ging.

Inzwischen war jedermann an den Fenstern und schaute hinaus. Ich beobachtete die Straße durch die offene Tür. Ein Wagen hielt, und sechs Männer sprangen heraus wie in einem Gangsterfilm, wobei vier in Zweiergruppen draußen stehenblieben, um den Gehsteig abzusperren, und die übrigen zwei hereinkamen und die Anwesenden mit wachsamen, argwöhnischen Blicken betrachteten. Dann hielt ein zweiter Wagen an, eine Limousine mit dem blau-weißen Wappen des Präsidenten an der Vordertür. Der Präsident stieg aus und reichte der First Lady die Hand. Gleich danach kamen sie herein, in Begleitung von Hortense und Mr. Garrett. Der Dirigent der Kapelle machte ein Zeichen, und die Kapelle brach das Musikstück ab, das sie gerade spielte, und intonierte

›Hail to the Chief‹. Der Präsident winkte ihnen zu und nahm Platz bei den Garretts, ebenfalls nahe der Tür zu meinem Büro: die First Lady neben dem Präsidenten und die Garretts neben ihr. Hortense neigte den Kopf in meine Richtung, und ich ging hinüber zu ihr. Als man mich vorstellte, sagte der Präsident: »Doktor Palmer, es ist mir ein Vergnügen, auf das ich mich schon lange gefreut habe. Ich habe Sie seinerzeit oft spielen sehen.«

»Er ist einer Ihrer Fans, Doktor Palmer«, sagte die First Lady.

Von da an lief alles glatt. Sam formte die Schar der Gäste zu einer Schlange und brachte sie zu mir herüber, und ich prägte mir die Namen ein, was gar nicht so schwierig war, da es sich fast ausschließlich um sehr berühmte Leute handelte — Senatoren, Kabinettsmitglieder, Kongreßabgeordnete, Richter, Schriftsteller, Gelehrte, Bibliothekare und so weiter. Wahrhaftig, eine ausgezeichnete Versammlung! Senator Hood war auch da, mit Mrs. Hood, doch die beiden schienen in der Menge unterzugehen.

Die Kapelle spielte wieder ihre fröhlichen Weisen, und nachdem alle begrüßt waren, stand der Präsident nacheinander bei verschiedenen Gruppen und unterhielt sich freundlich mit den Gästen. Ich nahm mir vor, ihn nicht anzustarren. Dann plötzlich fühlte ich eine Hand auf meiner Schulter, und als ich mich herumdrehte, stand er neben mir.

»Doktor Palmer, ich habe Sie einmal etwas tun gesehen, was mich verblüfft hat, und ich habe mir geschworen, falls ich jemals Ihre Bekanntschaft machen würde, Sie daran zu erinnern und Sie zu bitten, die Sache für mich zu klären.«

»Es ist mir ein Vergnügen, Sir — wenn ich kann.«

»Es war ein Spiel gegen Virginia. Im letzten Viertel kam ein Spieler von Virginia durch einen Fehler von Maryland an den Ball und setzte zu einem *Home Run* an, wobei Sie ihn verfolgten. Ich kannte Ihre Technik des erlaubten Rempelns — Sie ließen in der Regel einen Fuß stehen. Aber als Sie diesem Mann nahegekommen waren, haben Sie ihn nicht in der üblichen Weise angegriffen. Sie näherten sich ihm von hinten, schlangen ihm einen Arm um den Hals und schleuderten ihn zu Boden — mindestens so elegant wie ein Feuerwehrmann, der eine Matratze aus einem Fenster schleudert. Ich weiß, daß es einen Grund dafür gegeben haben muß ... Was war es? Und zunächst einmal: Erinnern Sie sich überhaupt an das Spiel?«

»Ich erinnere mich an alles: das Spiel, den Spielzug, die Rempelei. Es war sehr kalt an diesem Tag. Es schneite leicht; unsere Hände waren so taub, daß wir den Ball kaum fassen konnten. Beide Teams zeigten viele Ungeschicklichkeiten, und an einen halbwegs erfolgversprechenden Paß war gar nicht zu denken. Wenn man einen Gegner von hinten halten wollte, gab es nur eine Möglichkeit: Man mußte packen, was man von ihm zu fassen bekam, das Trikot, die Hose, egal. Man konnte ihn nicht umrempeln; er wäre in derselben Richtung weitergerannt. Was blieb mir also übrig? Meine Hände waren so kalt, daß ich nichts fassen konnte, daher mußte ich ihn auf diese Weise festhalten und eine Penalty riskieren. Es war mir alles andere als angenehm — ich spiele nicht gern mit solchen krummen Tricks. Aber ich hab' es dann doch getan. Ich brachte den Mann zu Fall, und wir gewannen das Spiel. Habe ich Ihre Frage damit beantwortet?«

Der Präsident nickte bewundernd. Dann lächelte er.

»Ich wäre nie daraufgekommen«, sagte er, »aber ich wußte, daß es einen Grund geben mußte. Ich bewundere Männer, die das tun, was nun eben mal getan werden muß — wenn sie, wie Grover Cleveland es formulierte, ›einer Bedingung, nicht einer Theorie gegenüberstehen‹.«

Dann wandte er sich jemand anders zu, und mein anderer Arm wurde in Beschlag genommen, diesmal von Hortense.

»Ich habe alles gehört«, sagte sie. »Bist du nicht stolz?«

»Vermutlich ja, aber warum konntest du mir nicht sagen, wer hier erwartet wurde?«

»Oh, das konnte ich natürlich nicht. Erstens waren wir gar nicht sicher, ob er kommen würde. Auch nachdem er die Einladung akzeptiert hatte, hätte alles mögliche dazwischenkommen können. Außerdem schärft einem der *Secret Service* ein, einen Besuch des Präsidenten auf keinen Fall anzukündigen. Wenn niemand Genaueres darüber weiß, ist die Gefahr wesentlich geringer.«

»Aber anscheinend haben es alle außer mir gewußt.«

In dieser Nacht stolzierte sie splitternackt vor dem großen Spiegel auf und ab und fragte mich: »Lloyd, sieht man es schon? Schließlich bin ich im fünften Monat, wie du sagtest, und Judy Hood hat mich schon ganz merkwürdig angeschaut auf meiner Party. Sie hatte diesen gewissen Blick in den Augen.«

»Dreh dich um. Langsam.«

Sie drehte sich um, und ich sagte: »Bis jetzt ist nichts zu sehen.«

»Aber es wird nicht mehr lange dauern, und ich habe noch nichts von dieser Finnin gehört.«

»Du darfst keine Wunder erwarten.«

»Ich weiß, ich weiß, ich weiß.«

Kapitel 20

Dieser Tag hatte Lloyd Palmer im Zenith seines Ruhmes als Direktor des Hortense-Garrett-Instituts gesehen. Danach begann sein Stern zu sinken, oder besser, zu stürzen.

In derselben Woche übernahmen wir weitere Schriftsteller und Biographen, die von uns Studierräume, Tonbandgeräte, Sekretärinnen, die Manuskripte übertragen sollten, und alles weitere zur Verfügung gestellt bekamen. Unter ihnen befand sich auch ein Mann, dessen Namen ich nicht nennen möchte. Er stammte aus Georgia und arbeitete an einer Biographie über Longstreet, der kurze Zeit als rechte Hand für General Lee gedient hatte. Das klingt eigentlich nicht so, als sei das eine Sache, aus der uns viel Ärger erwachsen konnte. Aber was mir durch diese Biographie angetan wurde, dürfte eigentlich keinem gesetzesfürchtigen Amerikaner geschehen, der pünktlich seine Steuern bezahlt. Der Verfasser war wohlbekannt. Er war der Autor eines guten Buches über Francis Marion, den ›Sumpffuchs‹ aus den Zeiten der Revolutionskriege, sowie einer Zahl von historischen Artikeln in bedeutenden Publikationen. Mit anderen Worten: Er schien durchaus würdig der Hilfe und Unterstützung, die wir ihm gewährten — zusätzlich zu den räumlichen Möglichkeiten, die ihm in unserem Institut zur Verfügung gestellt wurden.

Das erste Anzeichen, daß mit ihm etwas nicht ganz in Ordnung zu sein schien, tauchte auf, als Davis in mein Büro kam und mir vorschlug, diesen Mann ›ihm zu überlassen‹ — ein Hinweis, den ich mißachtete, weil ich damals bereits allen Hinweisen von Davis mißtraute. Und daher lud ich den Mann, als er bei uns auftauchte, zum Lunch ein. Ich ging mit ihm zu ›Harvey's‹ und hörte zu, während er sprach — oder besser, ich hörte nur mit einem Ohr zu, denn er langweilte mich von Anfang an. Ich mag Leute nicht, die einen mehr oder weniger unbegründeten Groll gegen Kollegen hegen. Und dieser Mann war ein entschiedener Gegner von Douglas Southhall Freeman, den Biographen von Lee, Washington — und Longstreet. Daß Freeman sich auch für ihn, für ›seinen‹ Longstreet, interessiert hatte, konnte ihm der Mann offenbar nicht verzeihen.

Er redete sich dabei so in Rage, daß der Geschäftsführer und die Kellner uns bereits Blicke zuwarfen, und ich versuchte, ihn zu beruhigen. »Mal langsam«, sagte ich. »Zugegeben, Freeman hätte als Biograph von Robert E. Lee zurücktreten und jemand anders über Longstreet schreiben lassen sollen, aber schließlich ist Longstreet tot, und Lee ist tot, und Freeman ist ebenfalls tot. Heute sind Sie dran — lassen Sie doch die Toten ruhen!«

»Sie haben also keine Einwände?«

»Wogegen sollte ich Einwände haben?«

»Sie statten mich mit Geld aus, und vielleicht schließen Sie daraus, daß Sie das Recht haben, meine Aussagen zu lenken und zu kontrollieren. Damit wir uns verstehen, Doktor Palmer: Was ich schreibe, habe ich allein zu verantworten. Ich, nicht Sie, Sir — haben Sie gehört und verstanden, was ich sagte?«

»He, he, he!«

Er schwieg daraufhin, und ich erklärte ihm: »Das Hortense-Garrett-Institut übt keinerlei Zensur aus über das, was die von ihm geförderten Autoren schreiben, und es wird die Autoren auch in keiner Weise kontrollieren. Was wir als Gegenleistung für unsere Unterstützung lediglich verlangen, ist ein Buch.«

»Dann sind Sie also mit der Art und Weise, wie ich das Thema angehe, einverstanden?«

»Ich bin einverstanden damit, daß Sie Ihr eigenes Buch schreiben — so, wie Sie es für richtig halten.«

Das war der Stand der Dinge, bis man den Mann zu einem Kongreß der ›United Daughters of the Confederacy‹ in Atlanta einlud. Und dort ließ er sich nicht nur über sein Buch aus, sondern machte abschätzige Bemerkungen über General Lee und über das, was Freeman Longstreet angeblich angetan hatte, wobei er Longstreet als einen der größten Söhne des Staates Georgia herausstellte. Dann zog er auch noch mich mit hinein, indem er verkündete, ich hätte seine Idee in vollem Umfang akzeptiert, und führte dies als Beweis an für seine Leistung, die darin bestehe, daß er die offizielle Schulmeinung widerlege, um einem großen Mann wie Longstreet endlich Gerechtigkeit widerfahren zu lassen. In dieser Weise sprach er noch eine volle Stunde lang, wobei ihn die Pressefotografen knipsten, die Reporter eifrig mitstenographierten und die veranstaltenden Ladys ihre Proteste anmeldeten. Es kam zum Streit, da sich unter den Zuhörern nicht wenige Anhänger von Robert E. Lee und einige Freeman-Fans befanden. Den Zeitungen kam das natürlich gelegen, nicht nur der Presse in Atlanta, sondern auch den Blättern, die von der Associated Press bedient wurden. Und so erschien der Bericht unter anderem auch in Washington und in Wilmington.

Mr. Garrett rief mich an und wollte wissen, was da los sei. Als ich es ihm sagte, erklärte er: »Wir stecken bis oben drin. Sam Dent hat mir eben berichtet. Wir werden skalpiert, und zwar schon morgen; man wird uns die Hemden vom Leib reißen, und zwar durch das alte Plappermaul persönlich, den Senator Pickens aus Georgia, der die Sache vor dem Senat vorbringen wird. Natürlich wird er die Fahne der Konföderierten flattern lassen. Was er sonst noch alles flattern lassen wird, können wir nur ahnen, aber ich mache mich auf das Schlimmste gefaßt. Er will im nächsten Jahr wiedergewählt werden, und daß man ihm so etwas in den Schoß gelegt hat — die Möglichkeit, unter größtem öffentlichem Aufsehen Gott, die Konföderierten und Robert E. Lee zu verteidigen, wobei er zusätzlich noch Rassenfanatiker ist, obwohl er es heftig abstreitet —, das ist ein Geschenk, um das er vielleicht nachts gebetet, das er aber niemals zu erlangen gehofft hat. Also rate ich Ihnen dringend, den Kopf einzuziehen — es kann sein, daß es ziemlich haarig wird.«

Sam Dent ging den ganzen Tag über ein und aus, aber gegen fünf kam er in mein Büro und setzte sich, wobei er mürrisch und besorgt dreinschaute. »Dieser blöde Hurensohn«, knurrte er. »Da geben wir ihm hundert Dollar die Woche, eine Sekretärin, ein Büro oder einen Arbeitsraum, ein Telefon — und dann äußert er auf diese Weise seine Dankbarkeit! Ich kann Ihnen sagen, Lloyd, es gibt ein Riesenschlamassel. Dieser Schweinehund von Pickens bauscht die Sache natürlich auf, so gut es geht. Und er wird uns zu schaffen machen, das garantiere ich.«

»Na schön — aber wie?«

»Nun, ich nehme an, er wird ein Hearing veranstalten — oder mehrere. Vor seinem Subkomitee.«

Das hieß das Subkomitee der staatlichen Steuerbehörde, das direkt dem Finanzkomitee des Senats unterstellt und bei dem Pickens Vorsitzender war. Diese Behörde hatte in der jüngsten Vergangenheit mehrere steuerfreie Stiftungen durchleuchtet, und einige waren gerade noch mit blauem Auge davongekommen. Bis jetzt hatte uns das Komitee noch nicht belästigt, aber wir standen natürlich unter seiner Rechtsprechung. Ich sagte: »Ja, dann fürchte ich auch, daß wir uns auf einiges gefaßt machen müssen.«

»Ich würde sagen, *Sie* müssen das.«

»Ich? Persönlich?«

»Ich will Ihnen nicht die Stimmung verderben, doch — ja, Sie persönlich.«

»Aber wieso? Und wie? Ich meine — was habe *ich* denn getan?«

»Ich weiß es wirklich nicht, Lloyd, aber denken Sie sich mal die schlimmste aller Möglichkeiten aus — genauso wird es kommen. Dieser Kerl ist eine Ratte.«

Natürlich wußte ich, was für eine Möglichkeit.

Und so, wie Sam mich anschaute, schien er es ebenfalls zu wissen.

Das erste Hearing fand im Raum 2227 des Amtsgebäudes des Senats statt, im Saal des Finanzkomitees. Und da es für Mittwoch anberaumt war, fand unser Hearing am Montag der folgenden Woche statt. Ich erhielt eine amtliche Vorladung, die mir ein Mann überbrachte, welcher kein Gesicht zu haben schien. Er strich mit dem Wisch über seinen Mantel, legte ihn dann auf meinen Schreibtisch und ging, ohne ein Wort zu sagen. Mr. Garrett wurde ebenfalls zu dem Hearing eingeladen, und zwar von demselben Gesichtslosen. Inzwischen war er von Wilmington hergekommen und hatte sich ein Zimmer im Hilton genommen, »um nicht durch ständige Anrufe gestört zu werden«, wie er zu Hortense sagte. »Damit ich an deiner Seite bleiben kann«, erklärte Hortense, »ohne daß er es wissen *muß*. Er ist wundervoll.«

»Vorausgesetzt, du bleibst bei mir.«

»Na, das war aber wieder reizend. Willst du das denn nicht?«

»Hortense, es ist nicht die Frage, ob ich es will oder nicht. Natürlich will ich es. Ich hungre nach dir — immer. Aber es könnte sein, daß man uns beschattet. Sam hat mich bereits gewarnt. Er sagte: ›Der Kerl ist eine Ratte.‹ Und Senator Pikkens weiß vermutlich bereits Bescheid über dich — oder besser, über uns.«

»Du meinst, Sam weiß auch Bescheid?«

»Gehen wir ruhig davon aus, daß es jedermann weiß.«

»Aber wie könnte es jedermann erfahren haben? Ich bin niemals gesehen worden —«

»Nein, denn du hast die Schlüssel benützt, die ich dir gegeben habe, und ich nehme an, daß du vorsichtig gewesen bist dabei. Aber zum Beispiel hier, in diesem Restaurant« — wir waren im Royal Arms —, »da wissen es alle . . . Man sieht es an der Art, wie ich dich anschaue, wie du den Kopf drehst, wie wir miteinander reden und vor allem, wenn wir nicht miteinander reden. Dann merkt man es am deutlichsten — zwei Menschen, die sich lieben. Sie sitzen glücklich da, sagen kein Wort und haben einen entrückten Ausdruck auf dem Gesicht. Das spricht Bände, Hortense.«

»Worüber denn?«

»Na, was hast du wohl gedacht?«

»Dann kann ich ebensogut zu dir kommen — heute nacht.«

»Okay, komm . . . Ich liebe dich.«

Mr. Garrett, Sam Dent und ich fuhren in meinem Wagen in das Stadtzentrum. Senator Hood, der ebenfalls im Subkomitee vertreten war, hatte uns gebeten, vor dem Hearing einen Sprung in seinem Büro vorbeizukommen, um ›den Vorzug zu haben, Sie dorthinzugeleiten‹. Das war uns gerade recht. Um 9.30 Uhr waren wir bei ihm, und er führte uns unverzüglich in sein Privatbüro, wo er freilich die Liebenswürdigkeiten schnell vergaß und uns reinen Wein einschenkte.

»Um es vorweg zu sagen«, begann er, »diese Sache wird zweifellos höchst unangenehm. Lloyd wird den Sündenbock spielen müssen, und wir werden gezwungen sein, ihn zu opfern —«

»Aber warum?« fragte ich. »Was hat er gegen mich?«

»Ihre Schwäche, zum Beispiel. Sie sind ein Angestellter.«

»Und das macht mich schwach?«

»Wenn es ihm gelingt, Mr. Garretts Vertrauen in Sie zu erschüttern —«

»Das wird ihm nicht gelingen«, sagte Garrett in seinem gelassensten Tonfall, was eine Welle von Dankbarkeit und warmer Freundschaft in mir hervorrief. Aber Senator Hood unterbrach ihn sofort. »Ich werde es Ihnen einmal aus Pickens' Sicht schildern, damit Sie wissen, wie Sie dran sind. Pickens glaubt, daß er Lloyds Skalp billig haben kann — er wird ihn als einen verderbten Gegner von Robert E. Lee brandmarken, einen Mann, der gegen die Familie ist und für die Nigger sowie für die menschenfressenden Horden des Anarchismus. Und er hat einen Skalp dringend nötig. Er wagt es nicht, das Institut anzugreifen, denn das ist eine Stifung, die allgemein bewundert wird. Aber der treulose Angestellte einer wertvollen Stiftung —«

»Aber Senator, ich selbst habe —«

»Lloyd, wir haben nur noch ein paar Minuten Zeit, also lassen Sie mich ausreden. Er ist ein Meister des Kreuzverhörs, daher bitte ich Sie, was immer er tut oder sagt, bewahren Sie Ruhe. Bleiben Sie kühl und gelassen. Lassen Sie es nicht darauf ankommen. Unternehmen Sie auch nicht eine Sekunde lang den Versuch! Er kennt alle schmutzigen Tricks, und ich zweifle daran, daß Sie mit diesen Methoden vertraut sind. Er wird diesem verrückten Schriftsteller das Wort erteilen, und —«

»Kommt *der* denn auch zu den Hearings?«

»Er wird der Kronzeuge sein, und man wird ihm schöntun und ihn bitten, es ›mit seinen eigenen Worten zu schildern‹.

Er wird die Möglichkeit bekommen, sich um Kopf und Kragen zu reden, so daß man alles mögliche in den offiziellen Bericht schreiben kann. Pickens wird diesen Bericht auf Kosten der Regierung vervielfältigen und in ganz Georgia verteilen lassen. Aber wenn Sie an der Reihe sind mit Ihren Aussagen, dann wird er Ihnen eine Zwangsjacke anlegen in der Form von: ›Haben Sie oder haben Sie nicht‹, woraufhin Ihnen nur die Möglichkeit bleibt, mit ja oder nein zu antworten. Und wenn auch nur die geringste Diskrepanz besteht zwischen dem, was Sie früher und später sagen, dann hören Sie sofort das Wort ›Meineid‹, bis Sie vor Frustration die Wände hochgehen — oder, noch schlimmer, in einen Wutanfall ausbrechen. Also noch einmal: Bleiben Sie gelassen, ruhig und kühl.«

Mr. Garrett sagte: »Ich glaube, ich kann da etwas tun.«

»Darauf würde ich nicht bauen«, meinte der Senator. »Ich bezweifle, daß man Ihnen eine Chance einräumt, irgend etwas zu tun. Man wird Sie mit Samthandschuhen anfassen als einen vornehmen, vom öffentlichen Wohl beseelten Bürger, dessen Vertrauen auf das schändlichste von einem radikalen, niggerfreundlichen Anarchisten mißbraucht wurde.«

»Wir werden ja sehen.«

Die Tür ging auf, und die Sekretärin des Senators brachte Miss Snyder herein, die rechte Hand von Mr. Garrett hier in Washington, die ihm zwei große Umschläge reichte. Er nahm das, was sich darin befand, heraus, um einen Blick darauf zu werfen. In dem einen Umschlag befanden sich Fotografien und in dem anderen etwas, das wie Fotokopien aussah. Miss Snyder flüsterte Mr. Garrett zu: »Ich bin auch bei dem Hearing, direkt hinter Ihnen, falls Sie mich brauchen.« Es war Material, das Mr. Garrett über Pickens in Reserve hatte. Wie sich zeigte, brauchte er es nicht zu benützen.

Senator Hood wartete, dann, um zwei Minuten vor zehn, führte er uns in den Sitzungssaal des Komitees, der sich im selben Stockwerk wie sein Büro befand. Er war inzwischen gefüllt mit Zuschauern, die uns beäugten, als wären wir Tiere im Zoo. Hood führte uns zu den Stühlen, die für uns reserviert waren, und zwischen denen mehrere Tische standen sowie das Podium, auf dem zwei oder drei Senatoren bereits Platz genommen hatten. Dann verließ er uns und schritt hinauf auf das Podium. Auf dem Platz neben mir saß der Autor, der uns das alles eingebrockt hatte, und schaute mich von der Seite scheel an. Und an der Wand waren Fernsehkameras auf Stativen montiert, während sich dahinter die Teams der Fernsehanstalten aufgebaut hatten. Plötzlich erhoben sich sämtliche Anwesenden, und Senator Pickens kam herein. Ich sah ihn an diesem Tag zum ersten Mal, obwohl ich ihn natürlich von Fotos in der Presse kannte. Er sah genauso aus wie auf den Fotos, wenn man einmal von seiner Gesichtsfarbe absah, die in Schwarzweiß nicht auszumachen war: ein helles Purpurrot. Ansonsten war er zweifellos eine eindrucksvolle Persönlichkeit, mit grauem Haar und buschigen Augenbrauen. Er betätigte den Hammer und kündigte an, daß das Hearing veranstaltet werde zur »Untersuchung angeblicher Mißstände von seiten des Hortense-Garrett-Instituts für Biographische Wissenschaften, eine Stiftung, der Steuerfreiheit gewährt worden ist«. Dann rief er den Schriftsteller auf, ließ ihn vereidigen, und nachdem er seinen Namen, seine Adresse und seinen Beruf erfahren hatte, kam er gleich zur Sache. Ich muß einen angespannten Eindruck gemacht haben, denn Mr. Garrett lehnte sich zu mir herüber und gab mir einen Klaps auf das Knie. Und wieder verspürte ich das Gefühl, das er mir vermittelte — das Bewußtsein, einen Freund zu besitzen, der mit mir durch dick und dünn gehen würde.

»Die Tagespresse«, begann Senator Pickens und wandte sich dabei an den Autor, »hat von einem Gespräch zwischen Ihnen und Lloyd Palmer berichtet, dem Direktor des Hortense-Garrett-Instituts für Wissenschaftliche Biographie, ein Gespräch, das am oder um den achtzehnten März dieses Jahres stattgefunden haben soll. Hat dieses Gespräch tatsächlich stattgefunden?«

»Das ist richtig, Sir.«

»Befindet sich Mr. Palmer heute hier in diesem Raum?«

Ich hob eine Hand.

»Wollen Sie sich bitte erheben, Mr. Palmer?«

Ich stand auf und kam mir vor wie auf dem Pranger.

»Ist dies der Lloyd Palmer, mit dem Sie das genannte Gespräch geführt haben?«

»Jawohl, Sir, das ist er.«

»Können Sie uns das Thema dieses Gesprächs umreißen?«

Damit ließ man mich stehen, und ich setzte mich nach ein paar Sekunden. Genau das aber war es, worauf der Senator gewartet hatte.

»Mr. Palmer«, bellte er, »*ich* sage Ihnen, wann Sie sich setzen können. Ich bat Sie, aufzustehen. Also stehen Sie gefälligst.«

Ich rührte mich nicht.

»Mr. Palmer, haben Sie verstanden?«

»Jawohl, Senator, ich habe verstanden.«

»Warum tun Sie dann nicht, was ich Ihnen befehle?«

»Senator«, hörte ich mich sagen, »zu Ihrer Information, und für den Fall, daß Sie es vergessen haben sollten: Ich habe den höchsten Rang inne, den dieses Land kennt. Ich bin ein Bürger der Vereinigten Staaten von Amerika. Sie haben nicht das Recht, mir zu befehlen, wann ich aufzustehen und wann ich mich zu setzen habe, ebensowenig wie jeder andere in diesem Land. Wenn Sie es *wünschen*, bin ich bereit, aufzustehen. Aber wann ich mich wieder setze, entscheide ich, und sonst niemand. Ich empfehle Ihnen, sich das einzuprägen. Ich kann Ihnen das freilich nur empfehlen, genau wie Sie mich nur bitten können. Wir sind beide nicht in der Lage, uns gegenseitig Befehle zu erteilen. Und ich wünschte nur, daß Ihnen das bewußt ist.«

»Wollen Sie mir vielleicht drohen?«

»Jawohl.«

Womit ich ihm drohte, war mir freilich nicht ganz klar, aber ehe er mich fragen konnte, kam deutlicher Applaus auf, erst zögernd, dann laut und ungehemmt, und zwar für mich, nicht für ihn. Er wandte sich zornbebend an den Autor und befahl ihm zum zweiten Mal, ›das Thema des Gesprächs zu umreißen‹, und das nächste, woran ich mich erinnerte, war eine Schmähung, die ich kaum zu hören wagte. Sie putzte Douglas Southall Freeman herunter, was für ein Verbrecher er gewesen sei, den Auftrag anzunehmen und eine Arbeit über Longstreet zu verfassen, »wo er doch die ganze Zeit über wußte, daß er es entweder nicht wagte, die Sache wahrheitsgemäß zu schildern, oder Robert E. Lee als wahren Versager darstellte, der den Ausgang der Schlacht von Gettysburg auf seinem Gewissen hatte«. Bei dieser Gelegenheit wurde Longstreet als der eigentliche Held der Geschichte dargestellt und der Versuch unternommen, Freeman als Schwätzer hinzustellen.

»Ach, kommen Sie, kommen Sie«, unterbrach ihn der Senator an dieser Stelle.

»Senator«, schoß der Autor dagegen, »Robert E. Lee ist der am meisten überbewertete, zu Unrecht gerühmte und geachtete militärische Führer der amerikanischen Geschichte. Er hat eine einzige große Schlacht geführt — Fredericksburg —, aber die wurde ihm von einem General der Union unter Druck aus Washington quasi auf dem Silbertablett gereicht. Und es war eine reine Verteidigungsschlacht. Für Offensiven hatte Lee zwei Posten auf der Aktivseite: Stonewall Jackson und James Longstreet. Sein einziger Versuch, eine große Offensive zu führen — Gettysburg —, war die getreue Kopie von Joseph Hookers Chancellorsville-Plan; ich kann das Schritt für Schritt und Schuß für Schuß beweisen. Lee wäre ohne die Hilfe von Jackson kläglich untergegangen. Jawohl, Sie haben richtig gehört. Ich meine es genauso, wie ich es sagte: Lee hat seine gesamte Kampagne von seinem damaligen Feind kopiert. Ich habe gesagt, daß ich beweisen kann, wer Robert E. Lee wirklich war: Ein Angeber und ein Versager, und ich wiederhole das Wort jetzt, damit es jeder begreift.«

»Haben Sie diesen Ihren Standpunkt auch gegenüber Palmer vertreten?«

»Jawohl, Sir, das habe ich.«

»Und worin bestand Palmers Reaktion?«

»Er stimmte mit dem, was ich gesagt hatte, überein und sagte mir, ich solle weitermachen — nachdem ich ihm klargemacht hatte, daß ich meine Aussagen weder diktieren noch zensieren lassen würde.«

»Hat Palmer denn versucht, Sie — zu zensieren?«

»Ausdrücklich nicht — nein.«

»Wie denn, wenn nicht ausdrücklich? Bitte berichten Sie uns von seiner Antwort, falls Sie sich daran erinnern.«

»Senator, er unterstützte mich mit hundert Dollar pro Woche, und das gab ihm das Recht, mich zu zensieren, falls ich bereit gewesen wäre, mich ihm zu unterwerfen.«

»Und Sie weigerten sich, dies zu tun — ist das richtig?«

»Ich weigerte mich, jawohl, Sir.«

»Ausdrücklich?«

»Jawohl, ausdrücklich.«

Er wiederholte sich mehrmals, als andere Senatoren ihm Fragen stellten, und machte immer wieder unerhörte Bemerkungen über General Lee. Schließlich forderte Senator Pikkens ihn auf, abzutreten, und dann rief er meinen Namen. Ich nahm den Platz ein, den der Autor eben verlassen hatte, hinter dem Mikrophon, und Mr. Garrett setzte sich neben mich.

Zu sagen, daß ich nervös war, als ich vereidigt wurde und meinen Namen nannte, wäre eine Untertreibung gewesen. Meine Stimme klang ganz seltsam in meinen Ohren und hatte ein mir bis dahin unbekanntes Tremolo. Der Grund dafür war natürlich, daß ich mit Entsetzen sah, welche Richtung die Fragen nehmen konnten. Ich war mir nicht sicher, ob man Hortense und mich beobachtet hatte, und obwohl ich fast die ganze Nacht wachgelegen und darüber nachgedacht hatte, war mir keine einzige treffende Antwort auf eine spezielle Frage aus diesem Bereich eingefallen. Nach den ersten paar Fragen allerdings klang meine Stimme wieder halbwegs normal. Es ging darin um ›Harvey's Restaurant‹ und um Robert E. Lee.

»Hat er oder hat er nicht in Ihrer Gegenwart versucht, Robert E. Lee verächtlich zu machen?« brüllte der Senator.

»Er hat General Lee kritisiert, das ist richtig.«

»Kritisiert?«

»Er hat Einwände erhoben gegen den Ruhm von Lee als General.«

»Und wie haben Sie darauf reagiert?«

»Eigentlich gar nicht. Ich muß gestehen, ich bin kein Experte der Generalitäten im Bürgerkrieg.«

»Sie haben General Lee nicht verteidigt?«

»Warum hätte ich ihn verteidigen sollen?«

»Ein großer Soldat, ein großer Erzieher, ein großer Mann — und Sie lassen alle diese gemeinen Vorwürfe geschehen, ohne ein Wort zu seiner Verteidigung vorzubringen?«

»Es war nicht meine Sache, ihn zu verteidigen.«

»Aber Sie haben diese Charakterisierung hingenommen?«

»Das habe ich nicht. Dieser Mann hat Ihnen nicht die Wahrheit gesagt. Er hatte die Vorstellung — ich möchte sagen, er war von ihr besessen —, daß ich versuchte, ihm Vorschriften zu diktieren und ihn von der Art, wie er sich dem Thema nähern wollte, abhalten könnte. Ja, daß ich ihn davon abhalten würde, eine Biographie über Longstreet zu verfassen. Ich erklärte ihm, daß das nicht der Fall sei. Ich sagte ihm, er solle das Buch so schreiben, wie er die Dinge sehe, und wenn das abwertende Betrachtungen über General Lee beinhalten würde, so sei es immerhin sein Konzept, und das Institut sehe sich nicht in der Lage, ihm die freie Meinungsäußerung zu untersagen.«

»Mit anderen Worten, Sie waren damit einverstanden?«

»In keinen anderen Worten als den Ihren, Senator. Ich habe ihm gesagt, er solle sein eigenes Buch schreiben — nicht meines oder das des Instituts oder *Ihr* Buch, zum Beispiel.«

»Ich bin Ihnen sehr dankbar, daß Sie mich daraus entlassen.«

»Und ich wäre Ihnen sehr dankbar, wenn Sie Abstand davon nehmen würden, mir Worte in den Mund zu legen.«

Inzwischen hatte ich mich wieder völlig gefaßt. Meine Stimme klang scharf und böse, und mein kleiner Scherz brachte die ersten Lacher hervor. Aber der Senator war noch lange nicht am Ende. Er kehrte zu seinem Hauptthema zurück — daß ich ein ungetreuer Schurke ohne Prinzipien sei, der ein großartiges Institut dahin getrieben hatte, Anti-Südstaatenpolitik zu betreiben, ohne Wissen des Stifters.

»Haben Sie oder haben Sie nicht«, fuhr er fort, »die Anschwärzung des Namens von General Lee mit Mr. Garrett diskutiert?«

»Nicht, ehe Sie sich in die Sache eingemischt haben, Senator.«

»Sie haben es ihm also verschwiegen?«

»Ich hatte keinen Anlaß, es ihm vorzutragen.«

»Aber Sie haben das Thema mit Mrs. Garrett diskutiert?«

»Habe ich das?«

»Ich frage Sie, Palmer. Antworten Sie!«

»Ich dachte, Sie würden es mir mitteilen. Nein, ich habe das Thema auch mit Mrs. Garrett nicht besprochen.«

»Sie sehen Mrs. Garrett häufig?«

»Fast täglich.«

»Wo, Doktor Palmer?«

»In ihrem Büro, in meinem Büro, im Garrett Building und in der letzten Zeit in den Büros unseres neuen Instituts. Darüber hinaus beim Lunch und hier und da auch beim Dinner.«

»Und Sie haben die Angelegenheit niemals ihr gegenüber erwähnt?«

»Ich muß wiederholen: Erst, nachdem Sie sich eingemischt haben.«

»Nicht einmal im Rausch?«

»Im — *was*?«

Er nahm ein Blatt Papier. »Ich habe hier in meiner Hand«, verkündete er, »die Kopie einer Restaurantrechnung, die Sie am Abend des dreizehnten April bezahlt haben, also heute vor einer Woche — eine der Kellnerinnen hat Ihren Namen daraufgeschrieben. Auf dieser Rechnung ist ein Posten von fünfzehn Dollar für eine Flasche Champagner ausgewiesen. Haben Sie den Champagner getrunken, Palmer?«

»Nein.«

»Wollen Sie damit sagen, daß *sie* ihn getrunken hat? Mrs. Garrett?«

Einen Augenblick lang drehte sich alles vor meinen Augen, während ich versuchte, mich auf die Flasche Champagner zu konzentrieren und mir vorzustellen, worauf um alles in der Welt er damit hinauswollte. Seine Frage lieferte mir jedoch den Schlüssel. Er war dabei, weiteres Material zu meiner Charakterisierung als Anarchist beizutragen: daß ich so wenig Respekt für Hortense zeigte und mich bei einem Dinner mit ihr betrank — wieder ein Beweis dafür, was ich für ein undankbarer, respektloser Angestellter war. Doch das bedeutete, daß er nichts von dem wußte, was ich befürchtet hatte, nämlich die Art meiner Beziehung zu Hortense, und plötzlich war mein Kopf klar und nüchtern. Ich wußte jetzt, daß ich alle Mahnungen von Senator Hood in den Wind schlagen und Pickens vernichten konnte, wenn Gott mir die Kraft dazu verlieh.

»Nein, Senator«, antwortete ich fast beiläufig. »Mrs. Garrett trinkt keinen Alkohol.«

»Dann haben Sie ihn getrunken, Palmer?«

»Nein, Senator — ich auch nicht.«

»Aber jemand muß den Champagner doch getrunken haben.«

»Ich nehme an, das junge Paar am gegenüberliegenden Tisch hat ihn getrunken — das Paar, dem Mrs. Garrett die Flasche geschickt hat. Ein Mädchen von der Bedienung des ›Royal Arms‹ hatte in der Woche zuvor geheiratet und aß zu Abend mit ihrem frischgebackenen Ehemann. Mrs. Garrett ging zu ihnen hinüber, um ihnen zu gratulieren, und gab Lucy, die sie schon oft bedient hatte, einen Kuß. Dann bat sie mich, Champagner für die beiden zu bestellen, damit sie ihnen eine kleine Aufmerksamkeit schicken könne, was ich auch tat. Sie gab mir übrigens das Geld dafür ... Sehen Sie, Senator, jetzt stehen Sie als der Blamierte da.«

»Kümmern Sie sich nicht darum, als was ich dastehe, Palmer. Haben Sie oder haben Sie nicht —«

»Einen Augenblick, Senator, ich bin noch nicht am Ende.«

»Ich stelle hier die Fragen, Palmer.«

»Und ich gebe die Antworten. Senator, Sie haben in der Tat den Fehler begangen, das Thema ›alkoholische Erfrischungen‹ anzuschneiden — bei einem Hearing, das auf Ihren Wunsch vom Fernsehen übertragen wird, und zwar in den berühmten ›lebenden‹ Farben. Die Zuschauer werden auf dem Bildschirm einen Zeugen namens Palmer sehen, dessen blasser Teint darauf hinweist, daß er nur Wasser trinkt, und einen Senator namens Pickens mit einer tief scharlachroten Komplexion, wie sie nur bei starken Trinkern und Alkoholikern anzutreffen ist. Senator, heute abend hat man in ganz Georgia Gelegenheit, mit eigenen Augen zu sehen, wer von uns beiden der Nüchterne und wer der Trinker ist.«

Er bellte etwas, aber der tosende Applaus, den ich dafür erhielt, schmetterte ihn nieder. Dann erlebte er noch eine Überraschung. Mr. Garrett stand plötzlich neben ihm auf dem Podium und blickte auf ihn hinunter mit einem Gesicht wie aus Granit gehauen. Gleich danach war die tonlose, leidenschaftslose Stimme von Mr. Garrett über die Lautsprecher zu vernehmen.

»Senator, ich fordere Sie hiermit auf, alle Passagen im Protokoll, die sich auf meine Frau beziehen, zu streichen und vernichten zu lassen — und zwar auf der Stelle. Haben Sie mich verstanden?«

Aber die Frau mit dem Stenographiergerät riß bereits das Band aus dem Apparat. Der Applaus der Zuhörer grenzte an eine Ovation, wobei sich alle von ihren Sitzen erhoben hatten. Als Garrett zurückkam, war ich auch noch auf den Beinen, und er streckte mir seine Hand entgegen. Ich war so froh darüber, daß ich am liebsten geheult hätte. Dieser Händedruck, die warme, wundervolle Berührung, war der größte Augenblick in meinem ganzen Leben, was meine Beziehungen zum eigenen Geschlecht betraf.

Kapitel 21

Ein Krächzen kam über das Lautsprechersystem: »Das Hearing ist vertagt«, und die Zuschauer umschwärmten uns, schüttelten uns die Hände und zückten die Kameras. Dann waren wir auch schon zurück in Senator Hoods Büro, und jeder freute sich hämisch über das, was wir getan hatten — Mr. Garrett wurde der Ruhm zuteil, »dem Schweinehund Manieren beigebracht zu haben«, und mir, daß ich seine Art und Weise, mit Leuten umzugehen, endlich einmal angeprangert hatte — »das kann er sich nur in Georgia leisten«, hieß es, »nicht hier.« Nun, wir wußten, daß man sich das und noch viel mehr in Georgia leisten konnte und kann, aber das war mir zu diesem Zeitpunkt ziemlich egal. Ich wollte erst einmal raus. Dann war ich unten auf der Straße, in Begleitung von Mr. Garrett. Er klopfte mir auf die Schulter und sagte: »Lloyd, wie Sie wissen, bin ich auch für Diskretion und Gelassenheit, wie sie Ihnen Senator Hood vor dem Hearing gepredigt hat. Das heißt, ich bin meistens dafür. Ich habe diese Art von Gelassenheit oft genug praktiziert. Aber mindestens ebensooft gibt es nur eines: dem Gegner einen Schuß vor den Bug zu verpassen, und, Junge, Junge, das haben Sie heute getan! Ich hätte vor Vergnügen laut schreien können. Ich bewundere, wie Sie es gemacht haben, und kann Ihnen nicht genug dafür danken.«

Dann war ich zu Hause und lag im Bett, wobei ich keine Ahnung hatte, wie ich dorthin gekommen war. Ich mußte allein sein, um mit diesem Ereignis in meinem Leben fertig zu werden — nicht, daß ich Pickens fertiggemacht hatte, denn das war etwas, das einfach getan werden mußte, ohne daß es mich sonderlich interessiert hätte. Nein — es war dieser Händedruck und das Gefühl, das mich dabei überkommen war, und mit dem ich mich nun beschäftigen mußte, vor allem im Hinblick darauf, was es für mein zukünftiges Leben zu bedeuten hatte. Eines war klar, und das versetzte mir einen ganz schönen Stoß: Seit ich diesen Händedruck empfangen hatte, seit ich dieses Gefühl gegenüber Mr. Garrett empfand, war es mir unmöglich, ihn weiter zu belügen. Ich mußte mit ihm ins reine kommen, ohne hin und her und ohne Ausflüchte irgendwelcher Art. Aber was hatte das zur Folge? Ich rang mit den Gedanken und wollte nicht sehen, worauf es letzten Endes hinauslief.

Irgendwann im Laufe des Nachmittags fiel mir auf, daß ich noch gar nichts von Hortense gehört hatte, und das kam mir recht seltsam vor. Sie mußte doch erfahren haben, was geschehen war. Um so merkwürdiger, daß sie mich nicht gleich danach angerufen hatte. Ein paar andere Bekannte riefen mich an, zumindest diejenigen, die meine Nummer hatten, um mir zu gratulieren. Aber nicht Hortense. Dann, am frühen Abend, hörte ich den Schlüssel im Schloß, und gleich danach rief sie in der Diele nach mir.

»Ich bin hier«, rief ich hinaus, und meine Stimme klang ein wenig belegt.

Sie kam herein und legte sich, ohne mich zu begrüßen, neben mich auf das Bett, freilich ohne sich auszuziehen. Auch ich war noch ganz angezogen, wie ich erst jetzt bemerkte, und hatte mir nur die Tagesdecke über den Körper gezogen. So lagen wir minutenlang nebeneinander — ich glaube, es war das erste Mal, daß wir länger als ein paar Sekunden so ruhig dagelegen hatten. Und Hortense verhielt sich so sonderbar, daß ich nicht umhin konnte, sie zu fragen: »Ist etwas nicht in Ordnung, Hortense?«

»Nicht in Ordnung? Das kann man wohl sagen.«

Dann nach einer Pause: »Lloyd, es ist nicht diese Kreatur, diese Teddy, wie ich vermutet hatte. Es ist *Inga*!«

»Wer?«

»Die Haushälterin. Die schwedische Haushälterin.«

»Das erscheint mir kaum glaubhaft.«

»Aber es ist so. Diese weibliche Detektivin hat heute endlich einen Bericht abgeliefert. Lloyd, sie ist mit dem Lift nach oben gefahren, wie ich es ihr geraten hatte, und als Inga an die Tür kam, fragte sie, ob es nicht einen Job gebe für sie — oder ob Inga, die Landsmännin, ihr wenigstens einen Tip geben könnte. Da sie schwedisch sprach, ließ Inga die Detektivin ein. Sie hatte zwar keine Arbeit für sie, bot ihr aber eine Tasse Kaffee an und nannte ihr ein paar Stellen, bei denen sie vorsprechen könnte. Dann entschuldigte sie sich dafür, daß sie sich nicht länger mit der Detektivin beschäftigen könne, aber ihr Boss käme über Mittag her, und sie müsse ihm den Lunch servieren. Als die Detektivin Anstalten machte, zu gehen, lachte Inga und sagte: ›Nein, nein, so eilig ist es nicht — er kommt nicht hierher. Wir haben ein Versteck in einem der unteren Stockwerke, eine kleines Zweizimmer-Apartment, wo es keine Dienstboten gibt, die uns beobachten könnten. Wissen Sie, mein Boss mischt Lunch und Liebe‹ —, und dazu hat sie ihren Rock hochgehoben, um der Detektivin zu zeigen, daß sie kein Höschen anhatte ... Lloyd, wie kann er nur?«

»Ganz einfach. Er legt sie auf eine Couch und —«

»Ich finde das gar nicht lustig.«

»Das habe ich auch nicht behauptet. Ich sagte nur, daß es einfach ist.«

»Wenn das alles ist, was du dazu zu sagen hast ...«

»Frag mich doch mal, was es Neues gibt?«

»Dich? Wovon redest du überhaupt?«

»Es hat ein Hearing gegeben heute — erinnerst du dich?«

»Ach, das.«

»Ja, das.«

»Und? Was ist geschehen?«

»Ich hab' den Senator weichgeklopft, und dein Mann hat ihm den Rest besorgt.«

»Und?«

»Dann haben wir uns die Hände geschüttelt.«

»Und die Sonne stand still — oder was?«

»Es ändert vieles.«

»Inwiefern?«

Wenn sie das nicht erkannte, dann wußte ich nicht, wie ich es ihr beibringen konnte. Ich unternahm nicht einmal den Versuch. Und sie begann von neuem mit ihrer Geschichte und erzählte mir, was Inga gesagt hatte. Anscheinend doch etwas mehr als in der ersten Version — wie liebevoll ihr Boss des Nachts zu ihr sei, und wie sehr er die *auser* liebte, wie Inga es auf schwedisch bezeichnete, die Mittagsstunden, für die er das Liebesnest im unteren Stockwerk brauchte, damit ihn die Mädchen oben nicht sahen. Dann stützte sie sich auf einen Ellenbogen und verkündete: »Lloyd, ich muß wissen, was das bedeutet. Ich kann nicht länger abwarten und im trüben fischen.«

»Niemand hat dich dazu aufgefordert.«

»Und meine Taille ist bereits drei Zentimeter dicker als letzte Woche. Jetzt sieht man es allmählich!«

»Kein Wunder — du bist im sechsten Monat.«

»Ich muß mit ihm sprechen!«

Sie erreichte ihn nicht im Hilton, sondern in den Büros der ARMALCO. Und sie mußte einige Überredungskunst aufbringen, um ihn zum Kommen zu veranlassen; schließlich zischte sie: »Richard, glaubst du, daß das nur ein Spiel ist, das ich mit dir treibe. Ich bat dich hierherzukommen in Lloyds Wohnung in College Park — und ich wäre dir sehr dankbar, wenn du jetzt gleich kommen würdest.«

Warum mich das aufmunterte, konnte ich nicht sagen, aber genau das war der Fall. Ich war plötzlich sehr stolz auf sie — und voller Hoffnung, trotz dem, was ich nun tun mußte. Sobald wir aufgestanden waren und Hortense das

Bett machte, nahm ich mein persönliches Briefpapier heraus und schrieb meine Kündigung.

Ich adressierte sie an Mr. Garrett und erklärte darin einfach: ›Hiermit kündige ich meine Stellung als leitender Direktor des Hortense-Garrett-Instituts.‹ Ich schrieb auf dem Couchtisch im Wohnzimmer, während Hortense in der Küche herumhantierte und uns Schinken mit Eiern zubereitete. Ich ging zu ihr hinüber, und wir aßen. Dann saßen wir im Dunkeln, hielten Händchen, flüsterten und warteten auf Mr. Garrett. Er sagte, er wolle gegen zehn hier sein.

Endlich rief Miss Nettie herauf, daß er angekommen sei. Ich schaltete alle Lichter an, öffnete die Tür und wartete. Als er kam, reichte ich ihm meine Hand. Er nahm sie wieder und schüttelte sie ein paar Mal, was mir sagte, daß er es ehrlich meinte. Als er ins Wohnzimmer kam, küßte er Hortense und schaute sich überall um, achtete namentlich auf die Fotos an den Wänden. Als er zu dem Foto kam, wo ich als Lebensretter am Strand von Ocean City posierte, schnippte er kurz mit den Fingern und sagte: »Ich hab' doch gewußt, daß ich Sie von irgendwo kenne! Das habe ich doch, glaube ich, schon am ersten Tag unserer Bekanntschaft gesagt, in unserer Wohnung in Wilmington. Erinnern Sie sich?«

»Ja. Aber — wieso kennen Sie mich von dort?«

»Ich verbrachte den Tag in Ocean City und interessierte mich für diesen Strandwächter, der immer so sonderbar mit den Händen fuchtelte und in die Höhe hüpfte. Ich fragte ihn, was das Fuchteln zu bedeuten hatte, und er korrigierte mich sofort: Das sei nicht Fuchteln und Hüpfen, das sei Signalisieren. Es stellte sich heraus, daß er die anderen Strandwächter benachrichtigen wollte, weil ein kleines Mädchen mit einem roten Badeanzug mit weißen Tupfen vermißt wurde —«

»Jetzt erinnere ich mich auch«, rief ich. »Sie haben mir gesagt: Wenn das alles ist, worum Sie sich Sorgen machen — das Kind mit dem roten Badeanzug hat sich unter dem Bootssteg versteckt. Wir beide krochen hinunter, und da war tatsächlich das vermißte Kind! Wir empfingen den überschwenglichen Dank der Mutter. Es gibt Kinder, die absichtlich verschwinden.«

»Man sieht es schon«, sagte Hortense.

»Was sieht man?« fragte er.

»Na, wenn du das nicht weißt —«

»Das macht sie immer«, beklagte er sich, während er sich an mich wandte. »Sie gibt einen wirklich tiefen Gedanken von sich und läßt ihn dann einfach in der Luft hängen. Aber jetzt weiß ich auch, warum ich mich an Sie erinnere, und warum Sie sich nicht an mich erinnerten. Sie haben mich damals kaum angesehen.«

Er wandte sich schließlich von den Fotos ab, ging zu einem der Sofas und setzte sich gegenüber von Hortense. »Worum geht es denn?« fragte er sie.

»Richard, ich möchte mich scheiden lassen.«

»Nein.«

»Ich muß mich scheiden lassen. Ich bin schwanger.«

»Das weiß ich schon seit einiger Zeit; ich wußte es vermutlich schon vor dir. Deine Augen haben dich verraten. Sie haben schon seit einiger Zeit diesen Madonnenblick, wie damals. Aber die Antwort lautet trotzdem nein.«

»Die Antwort muß ja lauten, Richard. Ich lasse mich scheiden, ob es dir paßt oder nicht; ich lasse mich scheiden, egal, wie du dazu stehst.«

»Du läßt dich nicht scheiden. Wenn du zum Gericht gehst und deinerseits die Scheidung einreichst, mußt du mit reinen Händen kommen. Soweit es mich betrifft, bist du rein wie der Atem eines Neugeborenen, aber vor Gericht — ich meine, wenn deine Schwangerschaft ans Licht kommt — sieht es etwas anders aus.«

»Wie sollte die ans Licht kommen?«

»Ich würde dafür sorgen. Hortense, ich sage nein, und ich meine auch nein.«

»Aber warum?« fragte ich.

Er antwortete mir nicht, schaute mich nicht einmal an.

»Haben Sie gehört, was ich Sie fragte?«

Er antwortete noch immer nicht. Ich nahm meinen Kündigungsbrief aus der Tasche und reichte ihn ihm. »Mr. Garrett«, sagte ich, und es klang natürlich etwas hochtrabend, obwohl ich wußte, daß es nicht anders ging, »dieser Brief sagt Ihnen vielleicht etwas darüber, was ich für Sie empfinde, namentlich nach dem, was heute geschehen ist — was wir diesem Schweinehund angetan haben, und die Augenblicke danach. Den Augenblick meine ich: unseren ehrlichen Händedruck. Seitdem bin ich einfach nicht mehr in der Lage, Sie zu hintergehen. Ich kann nicht mehr unter falschen Voraussetzungen mit Ihnen verkehren. Also habe ich diesen Brief geschrieben — damit ich es hinter mir habe. Und trotz allem, trotz meinem wahrhaften und aufrichtigen Gefühl für Sie, muß ich Ihnen sagen, daß Sie diesen Raum nicht verlassen, ehe Sie uns erklärt haben, warum Hortense sich nicht von Ihnen scheiden lassen kann. Ein Footballspieler verfügt keineswegs über eine bessere Überredungskunst als die anderen Menschen, aber er hat nichts dagegen, auch einmal hart zu spielen. Um es so klar auszudrücken wie möglich: Sie bleiben hier, notfalls die ganze Nacht, bis sie Hortense gesagt haben, *warum* sie sich nicht scheiden lassen kann. Wir wissen über Inga Bescheid, nur um das einmal zu erwähnen, und weil ich annehme, daß Ihnen das den Anfang erleichtert.«

Er stand auf, und sein Gesicht war wie versteinert. Ich dachte, daß das vermutlich das erste Mal in seinem Leben war, wo ihm jemand sagte, was er tun sollte — nein, was er zu tun hatte. Er nahm sein Taschentuch heraus, zerknüllte es und drückte es in seine Handfläche. Dann plötzlich erklärte er: »Ich kann einfach nicht auf sie verzichten!«

»Aber Richard, *wie konntest du nur*!«

Seine Stimme schwankte. Anstatt mir zu antworten, wandte er sich unvermittelt an sie. »Es ist kein Geheimnis«, sagte er. »In der Nacht, als du die Fehlgeburt hattest, habe ich dich nach unten getragen. Erinnerst du dich? Zum Krankenwagen, und ich bin an deiner Seite ins Krankenhaus gefahren. Als ich mit dem Taxi zurückfuhr in die Wohnung, wußte ich bereits, daß ich meine Bandscheiben überbeansprucht hatte. Und damit kommt Inga ins Bild. Sie hatte ein Massagegerät, das neben ihrem Bett installiert war und das sie selbst gelegentlich benützte. Sie ließ mich ausstrecken und schaltete den Vibrator ein. Und so ... Ich habe die Nacht bei ihr verbracht, ja. Das ist alles — oder fast alles. Hortense: Du vor allen anderen solltest wissen, daß ich Schwierigkeiten habe mit dem Sex. Ich weiß nicht, warum, es ist eben so. Inga ist die einzige Frau, die es verstanden hat, wirklich auf mich einzugehen. Wie gesagt, es ist kein großes Geheimnis.«

Er sprach noch eine Weile mit ihr, dann saß er da und schaute ins Leere, während sie ihn lange Zeit anstarrte.

»Sie haben meine Frage noch nicht beantwortet«, sagte ich. »Warum —«

»Oh. O ja. Wenn Hortense sich von mir scheiden ließe, Lloyd, dann wäre ich frei und könnte diese Frau heiraten. Nicht, daß ich es wirklich tun würde, aber es wäre möglich — ich muß gestehen, ich bin verrückt nach ihr. Und ich darf, kann und will nicht, daß das geschieht. Ich glaube, es wäre mir egal, wenn sie eine Million geklaut, jemanden ermordet oder in der Kirche Hulahula getanzt hätte. Das könnte ich vielleicht überwinden. Aber eine Angestellte heiraten — nein. Nein, nein, nein.«

Er flüsterte es, als zitiere er aus dem Buch der Offenbarungen. Hortense erhob sich, ging auf und ab und schaute aus dem Fenster, während sie darüber nachdachte.

»Jaa«, sagte sie, »jaa, es is sikkert so. Wenn du mich ein Schlag auf mein schönes Swenska Unterteil geben, mage ich gerne mein Rokken hoch.«

»Verdammt noch mal, hör auf damit.«

»Wäre das nicht eine fabelhafte Hostess für deine Gäste? ›Komm rein, bihte. Jaa, er is heim — ig denken.‹« Und sie machte zwei oder drei Kniebeugen, die man ›Knicks‹ nennt, während er sie durch den Raum jagte, wütend und außer sich. Ich trat zwischen die beiden und bedeutete ihnen, daß sie sich setzen sollten.

»Wir haben kapiert«, sagte ich zu Hortense. Mr. Garrett blieb noch ein paar Sekunden lang stehen, dann ging er steif hinaus in die Diele, nahm seinen Mantel aus dem Garderobenschrank und zog ihn an. Danach drehte er sich zu Hortense um und sagte: »Die Antwort lautet noch immer nein. Solange Inga lebt, gibt es keine Scheidung für dich.«

»Aber was soll ich tun?«

»Nichts! Nichts. Das ist das beste. Dabei kann dir gar nichts geschehen. Bring dein Kind zur Welt — wer weiß, wessen Kind es ist, wer weiß das außer dir, mir und Lloyd? Ich habe dir gesagt, es ist dafür gesorgt. Ich setze es in mein Testament ein, wie alle weiteren Kinder, die du noch bekommst. Und für dich ist gesorgt durch den Fonds, den ich schon seit langem abgezweigt habe. Ich bin vernarrt in dich, das müßtest du inzwischen wissen. Und ich empfinde mindestens ebensoviel für Lloyd, wie er seiner Auskunft nach für mich empfindet. Man kann nicht alles haben, Hortense. Es ist am besten, du tust gar nichts — dann geht es dir so gut, daß es dir gar nicht besser gehen könnte.«

»Bis auf das eine, das ich will.«

»Siehst du, und das will ich nicht. Das ist der Unterschied.«

Ich ging zu Bett, lag aber noch lange im Dunkeln, bis sie auch hereinkam, sich auszog und neben mich legte. Aber sie drückte sich nicht an mich. Dann, als ich das Licht anschaltete, schaute sie mich so seltsam an, als hätte sie Todesangst oder sei gerade aufgewacht mit einer ungeheuerlichen Idee — oder beides. Ich sagte ihr, daß wir schlafen sollten, damit wir mogen früh einen klaren Kopf hätten, und sie gab keine Antwort, also knipste ich das Licht wieder aus.

Ich muß schließlich doch eingeschlafen sein, denn plötzlich erwachte ich mit dem Gefühl, allein zu sein. Ich streckte die Hand aus. Sie war nicht mehr neben mir! Ich schaltete das Licht an. Sprang aus dem Bett, lief durch die Wohnung, rief ihren Namen — nichts. Sie war gegangen.

Ich torkelte zurück ins Bett und schaltete das Licht aus. Jetzt war die Dunkelheit dunkler als je zuvor. Ich hatte meinen Job verloren, meinen Traum und jetzt auch noch diese Frau, die mir soviel bedeutete. Aber es gibt eine Grenze des Ertragens. Als der Tag anbrach, fühlte ich gar nichts mehr — nichts als das kalte, graue Nichts.

Kapitel 22

In den nächsten beiden Wochen lebte ich nicht — jedenfalls konnte man es nicht als Leben bezeichnen. Ich vegetierte dahin — allein, ohne einen Menschen zu sehen außer Leuten, die mir nichts bedeuteten, wie Parkwächter, Tankwarte und Kellner. Ich tat auch nichts — außer daß ich betete, sie möge zurückkommen. Ich machte mir selbst das Frühstück, ging hinunter und holte meine Post, die Zeitung und die Botschaften, die man beim Empfang hinterlassen hatte, und danach ging ich aus wie zur Arbeit — wie ich es immer getan hatte. Ich ging um das Haus herum zum Parkplatz, warf einen Blick auf meinen Wagen, betrat das Haus danach durch den Hintereingang und fuhr mit dem Lastenaufzug wieder hinauf in meine Wohnung. Jedesmal, wenn das Telefon klingelte, hechtete ich darauf zu. Gegen zehn Uhr morgens kam Eliza, machte das Bett, legte frische Handtücher heraus und räumte auf; nur an den Freitagen war größerer Hausputz an der Tagesordnung, und sie hatte bis zum frühen Nachmittag zu tun. Damit ich ihr nicht im Weg war, fuhr ich hinunter, stieg in den Wagen und steuerte ihn ziellos durch die Gegend, nach Annapolis, Baltimore, Richmond, Frederick, irgendwohin. Gegen sechs war ich meistens zurück und schaute die Nachrichtensendung im Fernsehen an. Zum Dinner fuhr ich ins Royal Arms. Dann zurück in die Wohnung,

›um mit dem Lesen nachzukommen‹. Aber wenn man nur liest, um die Zeit totzuschlagen, dann ist es die sinnloseste Sache von der Welt; es dauerte nicht lange, bis ich die Bücher zur Seite schob und Patiencen legte. Und schließlich ging ich zu Bett — aus dem einfachen Grund, weil mir nichts Besseres einfiel.

Am Tag nach dem Hearing rief mich Mr. Garrett an, um mir zu berichten, daß ganz Georgia das Hearing im Fernsehen verfolgt hatte und daß die Wirkung ungeheuerlich gewesen sei, mit Leitartikeln in den Zeitungen und ›allen möglichen wundervollen Dingen‹. Aber kein Wort über meine Kündigung oder seine Reaktion darauf. Dann rief Sam Dent an, um herauszufinden, wo ich steckte. Als ich ihm mitteilte, daß ich gekündigt hatte, war er völlig verblüfft. Ein paar Minuten später rief Mr. Garrett wieder an.

»Was zum Teufel, soll das heißen, Lloyd? Ich lese eben Ihren Brief, den Sie mir gestern abend gegeben haben. Er hat die ganze Zeit in meiner Jackentasche gesteckt, und ich hatte ihn völlig vergessen. Was soll das heißen, Lloyd? Habe ich etwas getan? Warum haben Sie gekündigt?«

»Das war wegen dem Händedruck.«

»Was?«

»Er setzte dem Betrug ein Ende. Von meiner Seite aus, Sir, war dieser Händedruck ehrlich und aufrichtig, und ich fühlte, daß er von Ihrer Seite aus nicht anders war. Also blieb mir nichts übrig, als zu kündigen.«

»Was denn für ein Betrug?«

»Muß ich es Ihnen noch schriftlich geben?«

»Sie meinen wegen Ihnen und Hortense?«

»Das ist richtig — wegen mir und Hortense.«

»Aber Lloyd, ich fühle mich keineswegs betrogen, was hätte das also mit Betrug zu tun?« Er ließ eine kurze Pause entstehen und fuhr dann fort: »Ja, sicher, ich glaube, zuerst bin ich ein bißchen zusammengezuckt. Aber nicht wegen dem, was geschehen war. Ich machte mir nur Gedanken darüber, wie ich selbst es hinnehmen würde. Doch nach und nach sind wir einander nähergekommen, Sie und ich, so daß meine Sorgen zerstreut wurden. Sie haben da aus einer Mücke einen Elefanten gemacht — und nicht einmal diese Mücke existiert in Wirklichkeit. Was für ein Unsinn. Lassen Sie mich mit ihr sprechen.«

»Sie ist nicht hier.«

»Sie ist auch nicht in unserem Watergate-Apartment. Wo ist sie denn?«

Ich schwieg einen Augenblick lang, dann: »Ich weiß es nicht.«

»Sie sagen, was Sie denken, Lloyd.«

»Ich denke, daß sie mich sitzengelassen hat — das ist es jedenfalls, was ich befürchte.«

»Wenn sie nicht so verdammt stur und —« Er brach ab und sagte dann ein wenig lahm: »Aber dann wäre sie nicht Hortense, Lloyd.«

»Das können sie zweimal sagen.«

»Um auf Ihren Brief zurückzukommen —«

»Tut mir leid, Sir, aber meine Entscheidung ist endgültig.«

»Endgültig rückgängig gemacht, meinen Sie. Ich habe den törichten Brief eben in meinem Aschenbecher verbrannt. Nun, kommen Sie wieder ins Institut — in Ihr Institut? Kann ich Sam sagen, er soll sich beruhigen?«

»Nein, Mr. Garrett.«

»Lloyd, verdammt noch mal, allmählich werde ich ärgerlich.«

»Okay, aber das ändert nichts an meinem Entschluß.«

»Angenommen, ich finde sie? Angenommen, ich bringe sie Ihnen zurück?«

»Hören Sie auf damit, verdammt, hören Sie endlich auf!«

»Also schön — jetzt weiß ich wenigstens, was ich zu tun habe.«

Als ich am Freitag von meiner Fahrt zurück war, rief ich unten bei Miss Nettie an, um sie zu fragen, ob es irgendwelche Anrufe für mich gegeben hätte, und sie sagte nein, aber ich hätte einen Besucher. »Das Mädchen, das schon mal hier war, Rodriguez heißt sie, glaube ich. Sie sitzt seit Mittag hier. Ich sagte ihr, daß Sie außer Haus sind, aber sie wollte warten.«

Ich bat Miss Nettie, mich einen Augenblick lang nachdenken zu lassen, dann sagte ich: »Okay, schicken Sie sie rauf.«

Aber was dann aus dem Lift stieg, war ein Mädchen, das ich nie zuvor gesehen hatte. Statt ihres rattenhaft abgebissenen, roten Haares hatte sie jetzt ein Gebirge schwarzer Löckchen aufgetürmt, mit einer scharlachroten Strähne über dem einen Auge; sie trug ein knielanges, schwarzes Kleid, sehr elegant; scharlachrote Schuhe, die in der Farbe der Haarsträhne entsprachen, mit hohen Absätzen und freien Zehen, und einen Pelzmantel, daß ich meinen Augen kaum trauen wollte. Hochelegant, fast bodenlang und dunkel — ein Mantel, wie ihn sonst nur Filmstars und nicht viele anständige Frauen tragen. Und auch ihr Ausdruck war völlig verändert; jetzt zeigte sie nicht mehr die Unbekümmertheit des Fohlens, das noch nicht weiß, was es mit sich und seiner Kraft anfangen soll, sondern den Ernst einer Dame des spanischen Hochadels. Sie neigte den Kopf einen Augenblick, dann eilte sie an mir vorbei hinein in die Diele und durch den Bogengang ins Wohnzimmer, wo sie stehenblieb und sich umschaute, als versuche sie, sich an Dinge zu erinnern, die sie schon halb vergessen hatte. Schließlich nahm sie den Pelzmantel ab, breitete ihn über einen Sessel und streckte sich dann selbst auf einem der Sofas aus — das alles ohne ein einziges Wort.

»Nanu«, sagte ich. »Sie schon wieder?«

»Ja, ich.«

»Was wollen Sie?«

»Ich will Sie.«

»Mich können Sie nicht haben.«

»Das weiß ich. Aber Sie haben mich gefragt, und ich habe Ihnen ehrlich geantwortet.«

»Okay, Ehrlichkeit ist gut fürs Seelenheil. Aber ich verstehe es trotzdem nicht ganz. Wenn ich genau das bin, was Sie wollen, und wenn Sie wissen, daß Sie es doch nicht bekommen, frage ich mich, weshalb Sie hier sind. Ich will ja nicht ungastlich erscheinen, aber —«

»Mit anderen Worten, Sie wollen wissen, was ich hier zu suchen habe.«

»Ja.«

»Ich — ich wollte Sie nur wieder einmal sehen. Vielleicht hoffte ich gegen meine Erwartung, daß Sie mir nicht mehr so gut gefallen. Und jetzt, wo diese Hoffnung begraben ist, erwacht wieder meine Bosheit. Ich frage mich, wie ich Sie ein bißchen in Rage bringen kann — Sie und Ihre Freundin, die ich nicht ausstehen kann. Wo ist sie übrigens?«

Das brachte mich aus dem Gleichgewicht, und ich saß da und antwortete erst einmal gar nichts. Plötzlich sprang sie auf, kam halb um den Tisch herum und schaute auf mich herunter: »Sie ist seit zwei Wochen nicht mehr zu Hause gewesen, das weiß ich zumindest«, zischte sie. »Und ich weiß, wo sie ist — oder war. Wissen Sie es auch?«

»Gehen Sie gefälligst dorthin zurück, wo Sie hergekommen sind.«

»Ich habe Sie gefragt —«

»Und ich habe Ihnen geantwortet.«

Sie ging zurück zum Sofa, legte sich aber nicht wieder hin, sondern saß steif da und starrte mich an.

»Also gut«, sagte ich. »Ich werde Ihnen antworten. Ich weiß nicht, wo sie ist. Sie ist eines Nachts einfach verschwunden. Als ich einschlief, lag sie noch neben mir, und als ich aufwachte, war sie weg. Und ich würde sie lieber in der Hölle schmoren sehen als den Finger rühren, den Hörer des Telefons abnehmen und herausfinden, wo sie steckt. Wenn Sie es also wirklich wissen — fühlen Sie sich bloß nicht verpflichtet, es mir zu sagen. Glauben Sie nicht, daß Sie mir damit einen

Gefallen erweisen. Es ist nicht der Fall.«

»Wo glauben Sie denn, daß sie ist?«

»In Europa.«

Ich weiß nicht, warum ich es sagte, aber wenn man an einem bestimmten Punkt angekommen ist, hat man vor, zu schweigen, und schweigt doch nicht.

»In Europa? Wie kommen Sie darauf, Doktor Palmer?«

Ich fuhr sie an: »Was kann es Sie interessieren, wie ich darauf gekommen bin?«

»Einer der Gründe könnte zum Beispiel sein, daß sie ihr Kind dort drüben zur Welt bringen möchte.«

»Und der andere, einen Ort zu finden, wo sich außer ihr niemand um ihre Privatangelegenheiten kümmert.«

»Okay, touché. Das haben Sie mal zu mir gesagt, und ich antwortete, daß von touchieren nicht die Rede sein könnte. Erinnern Sie sich? Sie ist schwanger, nicht wahr?«

»Wenn sie es wäre — würde ich es Ihnen dann verraten?«

»Wenn sie es nicht wäre, würden sie es schleunigst dementieren.«

Ich ließ sie dabei, aber sie fing noch einmal damit an. »Jetzt, wo ich Sie also ein bißchen durchschaut habe, warum versuchen Sie da nicht, mich auch ein bißchen zu durchschauen? Stellen Sie mir Fragen über mich. Zeigen Sie wenigstens einen Funken Interesse, fragen sie zum Beispiel, wo ich diesen Pelzmantel herhabe.«

»Sie wollten wohl sagen, *wie* Sie den *bekommen* haben.«

»Und das ist Ihnen unangenehm?«

»Das wäre es wohl für jeden anständigen Mann.«

»Sie wollen nicht, daß ich es sage?«

»Wenn es Sie so sehr drängt, warum setzen Sie es dann nicht in die Zeitung?«

Aber es klang alles andere als hitzig, und sie stand auf, kam wieder zu mir herüber und schaute auf mich herunter. Dann, mit leiser, dunkler Stimme: »Es interessiert Sie brennend, wie ich ihn bekommen habe, nicht wahr? Doktor Palmer, das freut mich mehr, als Sie sich vorstellen können. Vor allem, da ich Ihnen guten Gewissens sagen kann, daß es keineswegs so war, wie Sie glauben. Nicht, daß das ausgeschlossen wäre. Ich bin nicht moralisch. Sagen wir, ich habe keine Komplexe und bemühe mich nicht sonderlich um die Moral — ich bin nur eben so, wie ich bin, und das ist meistens — anständig.«

»Klar wie Bohnensuppe.«

»Sagen wir: Ich war willig, aber er war schwach.«

»Im Bett?«

»Ja — er weiß selbst nicht, was mit ihm ist. Wie soll ich es da wissen! Er kann es nur mit einer einzigen Frau, Doktor Palmer —«

»Gehen Sie dorthin, wo Sie hergekommen sind.«

Sie ging zurück zum Sofa und fuhr ohne Unterbrechung fort: »Also gut, kommen wir zurück zu dem Tag, als ich Ihnen die Koffer getragen habe und er mich nach College Park gefahren hat. Wir saßen lange Zeit in seinem Wagen, und er kam gleich zur Sache — wie gut ich ihm gefalle, für wie hübsch er mich halte, wie gern er meine Hand in seine Hand nehme. Und so kam es dann dazu, daß er mich gefragt hat, wie es denn mit uns beiden wäre. Ich — ich erwiderte ihm mit der Gegenfrage, ob er das meine, was ich meine. Er sagte ja, genau das. Zuerst gab ich mich zurückhaltend und hatte wohl auch keine große Lust, weil ich bekanntlich eine Schwäche für einen gewissen Doktor der Philologie hege, wie heißt er noch, Palmer, glaube ich. Aber als er dann sagte, ich würde es nicht bereuen, und damit, wie ich vermutete, weltliche Güter meinte, da nahm ich meinen ganzen Mut zusammen und fragte ihn, ob er in diesem Zusammenhang an so etwas wie einen Pelzmantel gedacht hätte. Und er sagte ja, genau an so etwas habe er gedacht. Ich sagte okay, und obwohl ich in Gedanken der Philologie oder wenigstens einem ihrer wesentlichen Sachwalter untreu wurde, fand ich doch, daß ich einigermaßen moralisch handelte. Oder etwa nicht, Doktor Palmer?«

»Weiter — was geschah dann?«

»Endlich interessieren Sie sich ein bißchen für mich.«

»Haben Sie nicht gehört, was ich sagte? Sprechen Sie weiter.«

»Also rief er mich etwa eine Woche danach an, schickte mir seinen Chauffeur und ließ mich in sein Hotel fahren, eines von den großen im Zentrum, wo er sich eine Suite gemietet hatte. Haben Sie gewußt, Doktor Palmer, daß man, wenn das Hotel teuer genug und die Suite groß genug ist, sich jederzeit Mädchen mit aufs Zimmer nehmen kann? Ich meine, ohne irgendwelche Fragen beantworten zu müssen? Ich dachte erst, er selbst sei es — er sei so berühmt, daß niemand es wagte; aber dann kam ich dahinter, daß es nur die Suite war. Also schön, ich war dort, ich lag in seinen Armen, er hielt mich fest, und dann zog er mich aus. Er zog mich aus, bis ich keinen Faden mehr an mir hatte. Und ich erwartete gewisse Reaktionen. Ich meine, wie damals mit Ihnen, Doktor Palmer — es gab doch immerhin den körperlichen Beweis dafür, daß ich Ihnen nicht ganz gleichgültig war —«

»Sie brauchen nicht in die Details zu gehen.«

»Vielleicht will ich gerade das.«

»Fahren Sie fort mit dem, was Sie mir erzählen wollen.«

»Es gab keine Reaktionen — körperlicher Art, meine ich.«

»He, he!«

»Sagen Sie nicht ›he, he‹, Doktor Palmer. Er ist nicht schwul, ich schwöre es. Das ist es nicht. Aber er hat irgendeine Blockierung in Sachen Sex — das hat er mir gegenüber halbwegs zugegeben. Ich meine, ich sollte dann zum Beispiel auf den Händen vor ihm auf und ab gehen, und Sie wissen ja, was das für Wirkungen hat bei einem Mädchen.«

»Ich kann es mir vorstellen. Weiter?«

»Auch das hat nicht geholfen.«

»Was dann?«

»Ende der Stange. Zuletzt haben wir die Sache aufgegeben. Diesen Teil der Sache wenigstens. Aber wir sind gute Freunde geworden, und er hat mir alles eingestanden. Er hoffte, daß ich ihn, da er mich gern hatte, von der Hörigkeit lösen könnte, unter der er offensichtlich litt. ›Hörigkeit‹

nannte er es — sagen Sie, was soll ich in diesem Zusammenhang unter Hörigkeit verstehen?«

»So etwas wie Handschellen, ins Geistig-Erotische übertragen.«

»Ja, ich verstehe; ja natürlich.«

Sie war ganz aufgeregt und fuhr nach kurzer Zeit fort: »Nach dem, was er mir gestanden hatte, muß es genau so etwas sein. Doktor Palmer, ich glaube, er bumst die Schwedin!«

»Er bumst die —«

»Die Schwedin, die seine Haushälterin ist oder so. Ich glaube, er besorgt es ihr morgens, mittags und in der Nacht. Das ist es, was ihm Sorgen macht — wenn sie ihn derart verhext, kann er natürlich nichts anderes mehr machen, auch wenn er wirklich will, wie bei mir. Denn, Doktor Palmer, verstehen Sie mich jetzt nicht falsch — angesichts des geringen Interesses, das Sie für mich gezeigt haben, habe ich es mit ihm wirklich ernst gemeint. Aber ich habe es nicht gemacht mit ihm; *ich habe es nicht gemacht*, haben Sie gehört?«

»Sie haben es schon mehrmals gesagt.«

»Anscheinend sind alle Menschen in irgendeiner Weise hörig. Er ist ihr hörig, und ich bin Ihnen hörig. Während Sie dieser Hortense hörig sind. Und sie Ihnen. *Wenn* sie es ist. Ich frage Sie: Ist sie es?«

»Glauben Sie, ich würde so eine Frage mit Ihnen diskutieren?«

»Schauen Sie, wenn sie doch Ihr Kind im Bauch hat —«

»Wer sagt denn, daß sie ein Kind trägt?«

»Sie, so wie Sie sich verhalten.«

»Also schön . . . Alle Menschen sind hörig, ja. *Ja*!«

Ich glaubte, daß da noch mehr dahintersteckte, aber ich erfuhr nichts mehr an diesem Tag, weil ich ziemlich nervös war, genau wie sie, und weil ich sie nicht weiter ermutigen wollte. Bald danach ging sie, aber am folgenden Tag kam sie wieder, und wir setzten unser Gespräch dort fort, wo wir es abgebrochen hatten. An diesem Tag hatte sie übrigens einen Stoffmantel an, nicht mehr das teure Stück.

»Ich habe ihn nur gestern getragen, damit sie ihn einmal sehen können«, sagte sie. »Ich lasse ihn nämlich zu Hause, es sei denn, ich gehe elegant aus, was selten genug vorkommt. Ich fahre täglich zur Uni, hierher, meine ich — mit dem Wagen, den er mir geschenkt hat. Habe ich Ihnen gesagt, daß er meine gesamten Studienkosten übernommen hat? Und daß er einen Fonds für mich eingerichtet hat? Es sieht natürlich so aus, als ob ich das mit Sünden erkauft hätte, aber es ist nicht wahr. Ich bin rein und unerkannt — zumindest, seit ich diesen Kerl zum ersten Mal sah, dem ich meine Beine zeigte und für den ich mir auf den leisesten Wink noch in diesem Augenblick alles vom Leib reißen würde.«

»Wenn Sie das täten, würden Sie von ihm im nächsten Moment rausgeschmissen werden — obwohl er sich Ihren Anblick ohne alles recht hübsch vorstellen könnte.«

»Okay, nun fangen Sie nicht gleich wieder zu schimpfen an.«

Sie berichtete, daß ihre Mutter sie, als sie den Mantel sah, nicht ins Haus lassen wollte. Sie wollte nichts mit einer Tochter zu tun haben, die sich auf diese Weise einen Pelzmantel — erarbeitet hatte. »Ich brauchte eine Stunde, um sie davon zu überzeugen, daß ich rein geblieben bin, auch wenn das ursprünglich gar nicht meine Absicht gewesen war. Also —«

Sie streckte sich auf der Couch und bewegte die Zehen in den vorne offenen Schuhen.

»Wie kamen Sie darauf, das zu sagen?« fragte ich. »Ich meine, über *sie.* Daß sie —«

»Ach, Sie meinen, daß sie schwanger ist?«

»Ja.«

»Das ist es zumindest, was ihre Mutter annimmt.«

»*Sie kennen Mrs. Mendenhall?*«

»Ja, klar. Wir sind gute Freundinnen.«

»Wie ist das möglich?«

Diese Frage beantwortete sie mir nicht, jedenfalls nicht an diesem Tag oder am darauffolgenden, aber eines Tages sagte sie es mir dann doch.

»Sie kam zu mir, als ich in Wilmington war, in einer Suite im Du Pont Hotel, die er für mich gemietet hat. Ich sollte vielleicht sagen, daß wir den ersten Versuch noch mehrmals wiederholten. Er meinte, wenn er sich Zeit lassen und es sich bequem machen könnte, ohne irgendwelchen Streß und so, dann würde das Verlangen über ihn kommen, ohne daß er sich bemühen müßte. Aber es änderte sich nichts, obwohl ich einige Zeit dort blieb — mindestens ein paar Wochen. Ich habe keine Ahnung, warum er mich bei ihr erwähnt hat — bei Mrs. Mendenhall, meine ich. Vielleicht als Tarnung, um so zu tun, als sei ich es, mit der er bumst, und nicht diese Inga. Jedenfalls hat er bei ihr über mich gesprochen, und eines Tages rief sie mich an und wollte mich besuchen. Neugier bringt die Katze um, Sie wissen ja. Ich sagte okay, sie könnte jederzeit kommen. Sie wollte von mir wissen, warum sie nicht eingeladen worden war zu der Party, bei der auch der Präsident anwesend war. Sie war wütend darüber. Na gut, ich bin ja auch nicht dazu eingeladen worden, aber natürlich wußte ich genau darüber Bescheid, und ich hab' ihr alles gesagt. Schließlich habe ich noch durch Zufall herausgefunden, warum man sie nicht eingeladen hatte. Um ihr zu zeigen, wie vornehm ich bin, habe ich sie zu einer Tasse Tee eingeladen, und als sie ja sagte, habe ich ihr Tee bereitet — auf einem elektrischen Kocher, den ich mir besorgt hatte. Dann, um besonders vornehm zu sein, bot ich ihr an, den Tee mit einem Schuß Kognak zu nehmen, und sie sagte, sie hätte ihn noch nie so getrunken. Aber sie wollte es gern mal probieren. Also hab' ich ihr ein paar Löffel voll hineingetan. Sie kam gegen drei, und um fünf hab' ich sie ins Bett gesteckt, damit sie ihren Rausch ausschlafen konnte. Doktor Palmer, sie ist wirklich eine sehr feine Lady mit einer äußerst vornehmen Art zu sprechen, wie eine Krankenschwester — die sie vor ihrer Heirat war —, aber außerdem ist sie eine Säuferin. Ich sage, wie es ist. Ich jedenfalls hätte sie nicht zu einer Cocktailparty eingeladen, bei der der Präsident erwartet wurde. Also muß ich wohl oder übel zugeben, daß Mrs. Garrett gut beraten war, auf die Einladung ihrer Mutter zu verzichten.«

»Treffen Sie sich noch gelegentlich mit Mrs. Mendenhall, Teddy?«

»Oh, sogar oft. Wir sind dick miteinander wie Schlagsahne.«

»Und worüber unterhalten Sie sich mit ihr?«

»Sie redet meistens, und immer nur über eines — ›Horty‹, wie sie sie nennt. Ich nehme an, sie liebt ihre Horty, aber wenn sie glauben sollte, Horty hätte jemals etwas richtig gemacht, dann hat sie mir das bis jetzt verschwiegen. Sie sagt immer wieder, daß Horty ein ›Genie für falsche Entscheidungen‹ ist, wie sie es nennt. Schon als sie auf die Uni von Delaware gegangen ist statt aufs Vassar College, und dann die Heirat mit Mr. Garrett und der Umzug nach Washington. Aber ich glaube nicht, daß sie etwas von Ihnen weiß. Und ich hab' ihr natürlich keine Silbe davon verraten. Ich wollte ihr nicht eingestehen, daß ich bei Ihnen eine Niete gezogen habe.«

Dann plötzlich: »Bringen Sie mich nun oder nicht?«

»Bringen? Wohin denn?«

»Ins Bett. Was haben Sie denn gedacht?«

»Ich dachte, darüber wären wir hinaus.«

»Dann hebe ich mich von dannen — und ich glaube, ich komme nicht wieder. Es gibt eine gewisse Grenze, von der ab ich es nicht mehr ertragen kann. Träume, die doch nicht in Erfüllung gehen . . .«

Sie stand auf und nahm ihren Mantel. Als ich ihr hineinhelfen wollte, gewann ich Einblick in den hübschen Hosenanzug, den sie anhatte. Einen Augenblick lang spürte ich einen starken Impuls, und um ihn zu bekämpfen, fuhr ich sie an, scharf und unfreundlich: »Wo ist sie?«

»Ich weiß es nicht genau. Aber sie war in Wilmington, zuerst. Dann ist sie nach New York gefahren und danach wieder nach Wilmington. Das berichten jedenfalls seine Schnüffler. Ich meine die von Mr. Garrett. Sie sind ziemlich scharf auf sie, nicht wahr?«

»Das habe ich schon gesagt, oder nicht?«

»Öfter, als ich es hören wollte.«

Kapitel 23

Dann zurück zu den Patiencekarten und zum Nichts, mehrere Tage lang. Vielleicht eine Woche. Eines Abends, als ich den Hörer des Telefons abnahm, sagte eine bekannte Stimme: »Lloyd?«

»Mr. Garrett!« Meine eigene Stimme klang rauh und schwankte ein wenig.

»Ist Hortense da?«

»Nein.«

»Wo ist sie? Wissen Sie es?«

»Ich habe nicht die leiseste Ahnung. Sie ist eines Nachts verschwunden, hat mich einfach sitzengelassen. Seit damals habe ich sie nicht mehr gesehen und auch nichts von ihr gehört. Und damit Sie es nur wissen: Ehe ich auch nur den Finger rühren würde, um sie zu finden, könnte sie meinetwegen in der Hölle schmoren.«

»Lloyd, ich *muß* sie finden.«

»Okay, aber ich nicht, wenn ich das sagen darf.«

»Außerdem muß ich mit Ihnen sprechen. Können Sie heute noch herkommen?«

»Mr. Garrett, es ist wahr, ich habe nichts unternommen, um sie zu finden, aber es wäre natürlich möglich, daß sie mich anruft, und ich meine, für diesen Fall sollte ich zu erreichen sein. Wenn es so wichtig ist, warum kommen Sie dann nicht hierher?«

»Okay, okay, ich komme.«

Er war in knapp einer Stunde hier. Ich erwartete ihn draußen auf dem Korridor. Als er aus dem Lift trat, kam er auf mich zu, und wir schüttelten uns die Hände. Dann gingen wir hinein in die Wohnung, und ich hängte seinen Mantel in den Garderobenschrank; dann folgte ich ihm ins Wohnzimmer. Er ging auf und ab und schaute sich um. Nach einer Weile berichtete er, daß er gerade aus Europa zurückgekommen war. »Aus Brüssel, wo ich ein Zweigunternehmen gegründet habe, das unsere Produkte der NATO anbietet. Ich hätte nicht fliegen sollen, solange Hortense verrückt spielt, aber wenn so etwas sich anbietet, muß man einfach zupacken.« Dann, nachdem er ein paar Fotos betrachtet hatte, sagte er: »Lloyd, als ich zuletzt hier war und Sie mich mit der Wahrheit konfrontierten, habe ich Ihnen nicht alles gesagt. Es war nicht nötig, wie mir schien, und ich habe einen Teil der Wahrheit ausgelassen, einen schrecklichen Teil. In der Nacht, als Hortense ihre Fehlgeburt hatte, trug ich sie hinunter zum Krankenwagen und fuhr mit ihr ins Krankenhaus. Als ich zurückkam, konnte ich mich kaum gerade aufrichten; ich wußte, daß ich mein Rückgrat überbelastet hatte. Inga war natürlich da, und sie hat sich darum gekümmert. Sie ging mit mir in ihr Zimmer, wo sie das Vibrationsgerät bereits eingesteckt hatte, und massierte damit meinen Rücken. Zum ersten Mal wurde mir bewußt, was wir ihr für ein miserables, kleines Loch als Zimmer zugemutet hatten. Aber schlimmer noch, Lloyd — es roch! Es roch ganz stark nach ihr. Während sie mich bearbeitete, entwickelte sich dieser Geruch noch stärker. Wir schmolzen danach geradezu zusammen — das erste Mal, das allererste Mal in meinem Leben, daß eine Frau in dieser Weise auf mich und ich auf sie reagierte. Das wurde mir damals klar ... Und es ist mir seitdem aufs schmerzlichste bewußt. Aber sie war sich dieser Tatsache ebenfalls bewußt, und sie begann zu träumen. Sie träumte davon, mich zu heiraten. Und als ich sie bremste, einen Rückzieher machte und ihr erklärte, daß das unmöglich sei, daß Hortense niemals damit einverstanden wäre und nicht in die Scheidung einwilligen würde, da wußte ich, daß Inga es mir glaubte, und daß ich bald frei sein würde.«

»Frei? Wie denn?«

»Als Witwer. Frei.«

»Können Sie das ein wenig näher erklären?«

»Sie hatte vor, Hortense zu töten.«

»Meinen Sie das im Ernst, Mr. Garrett?«

»Vor einem der Schlafzimmerfenster in meiner Wohnung in Wilmington ist ein Balkon, und ich überraschte Inga dort, wie sie — wie sie sich etwas überlegte. Ein einziger Stoß würde genügen, und wer konnte danach beweisen, daß Hortense sich nicht selbst hinuntergestürzt hatte?«

»Was haben Sie gemacht?«

»Ich habe Inga gefeuert, habe sie nach London geschickt und mich dort mit ihr getroffen. Hortense sagte ich, sie sei zurück nach Stockholm. Dann traten Sie auf die Bildfläche. Hortense zog hierher zu Ihnen, und ich holte Inga zurück. Aber jetzt ist Hortense wieder da. Sie war in der vorletzten Woche in Wilmington und hat im Du Pont gewohnt, aber Inga in der Wohnung besucht. Anschließend flog sie nach New York, und Inga hat sie begleitet. Dann zurück nach Wilmington, die beiden noch immer beisammen, und zuletzt hierher nach Washington, in unser Watergate-Apartment. Und hier hat er sie heute abend aus den Augen verloren, dieser Detektiv, den ich angeheuert habe, damit er sie beschattet. Deshalb habe ich Sie angerufen: wegen der Möglichkeit, daß sie zu Ihnen zurückgekommen ist. Ich habe ihm übrigens Ihre Nummer gegeben, so daß er mich erreichen kann, falls das nötig sein sollte. Ach ja, das hätte ich fast vergessen: Auch die Watergate-Wohnung hat einen Balkon, ganz ähnlich wie die in Wilmington. Lloyd, ich habe Angst. Ich fühle, daß sich da etwas zusammenbraut, aber ich bin hilflos und kann nichts dagegen unternehmen.«

Er schwieg und ging wieder auf und ab. Ich öffnete schon den Mund, um zu sagen, daß das, was Teddy mir berichtet hatte, genau dazu paßte, aber dann entschloß ich mich anders.

Bald danach setzte er sich mir gegenüber auf eines der Sofas. Ich muß ziemlich erschüttert dreingeschaut haben, denn er sagte: »Es tut mir leid, Lloyd; es fällt mir schwer, zu erkennen, daß noch jemand anders — nämlich Sie — ebenso besorgt ist wie ich. Für mich gibt es nur eine Hortense, und —«

»Eine Frau wie Hortense gibt es nicht zweimal, auch nicht für mich.«

Dann, nach einer Pause, fügte ich hinzu: »Aber ich denke gerade daran, daß Sie möglicherweise etwas übersehen haben. Sie machen sich Sorgen über Ingas Interesse an Balkonen. Kehren Sie den Gedanken doch einmal um. Vielleicht ist auch Hortense schon einmal die Idee gekommen —«

»Ich begreife Sie nicht.«

»Auch Hortense könnte Inga mit einem einzigen, kleinen Stoß —«

»Jesus Christus!«

»Es würde ihr zwar nicht gleichsehen.«

»Von wegen. Es würde ihr hundertprozentig gleichsehen.«

Wir saßen eine Weile da und betrachteten unsere Füße. Er wollte etwas sagen, aber ich hielt ihm abwehrend die Hand entgegen. Ich hatte gehört, wie sich der Lastenaufzug in Bewegung setzte. Es war nach Mitternacht, also eine höchst ungewöhnliche Zeit für jemanden, den Aufzug zu benützen — bis auf eine Person. Er summte und summte und summte. Dann hielt er an. Nach dem Geräusch zu urteilen, in meinem Stockwerk. Danach hörten wir das Geräusch eines Schlüssels, und meine Wohnungstür wurde geöffnet. Die Person, die hereinkam, war klein und unscheinbar, etwa vierzig, mit einem relativ hübschen Gesicht, einem schwarzen Wintermantel und einem kleinen, schwarzen Hut. Sie sah irgendwie ausländisch aus. Hinter ihr kam Hortense, in ihrem Pelzmantel ohne Hut, und sie schloß, nachdem sie die Wohnung betreten hatte, die Tür von innen. Mein Herz setzte ein paar

Schläge aus, als ich sie sah, wie sich der Mantel vor ihrem Körper ausbeulte. Sie ging voraus ins Wohnzimmer, und als sie vor den beiden Sofas angekommen war, blieb auch die andere Frau stehen und machte zwei ›Knickse‹.

Bis dahin hatte sich Garrett nicht von der Stelle gerührt, ebensowenig wie ich. Plötzlich brach Hortense wütend aus und starrte uns beide mit zornfunkelnden Augen an. »Es ist üblich, daß sich Gentlemen von ihren Sitzen erheben, wenn Ladys einen Raum betreten — oder seid ihr keine Gentlemen?«

»Wir stehen natürlich auf, wenn Ladys den Raum betreten«, erwiderte ich viel zu laut, »aber wenn Clowns hereinkommen, vergessen wir das gelegentlich. Was war das für eine großartige Idee, uns einfach so sitzenzulassen? Warum hast du uns nicht wenigstens einmal angerufen? Hast du nicht mehr genug Geld fürs Telefon gehabt? Wozu das alles?«

»Sprich nicht so mit mir!«

»Es ist meine Wohnung. Ich spreche hier so, wie ich es für richtig halte.«

»Es ist auch mein Zuhause, und —«

»Das hast du wohl gedacht.«

Sie schrie, dann kam sie von hinten an mein Sofa heran und schlug mir ins Gesicht. Zugleich bellte sie Garrett an: »Warum stehst *du* nicht auf?«

Er hatte sich noch immer nicht bewegt. Jetzt gähnte er, ein falsches Gähnen, das er hinter seinem Handrücken verbarg. »Ich wäre sicher aufgestanden«, sagte er, »aber ich war mir nicht ganz sicher, wo ich bin. Ich dachte schon, ich sei vielleicht gestorben oder hätte mich in Luft aufgelöst wie ein Gespenst. Seit ihr beide hier hereingekommen seid, habt ihr kein Wort mit mir gesprochen und kaum bemerkt, daß ich noch existiere.«

»Ich spreche doch mit dir — jetzt, zum Beispiel.«

»O ja, aber ich meine — du hast mich nicht begrüßt. Auch ich habe Gefühle, und die sind verletzlich und zart wie junger

Spargel. Und —«

»Also gut. Hallo.«

Sie sagte es schnippisch, aber Garrett stand trotzdem auf. »Hallo«, sagte er und zeigte ein kaltes Lächeln. »Was willst du?«

»Von dir — gar nichts. Wir besuchen Lloyd Palmer, also halte dich da raus, wenn es recht ist, bis dich jemand nach deiner Meinung fragt. Da das, was gesprochen wird, auch dich betrifft, kannst du hierbleiben, damit du weißt, was zu geschehen hat. Danach werden wir vielleicht miteinander reden.«

»Dann setze ich mich wieder, wenn du nichts dagegen hast.«

Nachdem Hortense ihn einen Augenblick lang angefunkelt hatte, wandte sie sich an mich. »Lloyd«, begann sie hochdramatisch, »würdest du für Inga wiederholen, was du zu mir gesagt hast, nämlich daß du bereit bist, mich zu heiraten — falls du das jetzt noch möchtest.«

»Ist das Inga?«

»Ja, natürlich ist es Inga — wer sonst?«

»Warum machst du uns dann nicht miteinander bekannt?«

So erschüttert ich war über das Wiedersehen, war ich doch auch äußerst verärgert und zeigte es deutlich, nicht zuletzt wegen der Art, wie sie Inga behandelte, sich zum Beispiel nicht einmal die Mühe machte, sie mir vorzustellen — vermutlich aus demselben Grund, aus dem Garrett eine Heirat mit ihr ausgeschlossen hatte: weil sie eben ein Dienstbote war. Aber was mich betraf, war sie ein Gast in meiner Wohnung wie jeder andere, und ich befolgte, was Gäste betraf, immer noch gewisse Regeln des Anstands.

»Na schön«, zischte Hortense, »wenn du es so förmlich haben willst: Inga — Doktor Palmer; Doktor Palmer — Inga.«

»Hat Inga eigentlich einen Familiennamen?«

»Ich habe dir eben ihren Namen genannt.«

»Ich sagte Familiennamen.«

Hortense schaute mich verständnislos an.

»Ich heiße Bergson«, sagte Inga.

»Miss oder Mrs.?«

»Miss, Doktor Palmer.«

»Miss Bergson, es ist mir eine Ehre. Bitte, nehmen Sie doch Platz.«

»Danke, danke.« Sie machte wieder einen Knicks, blieb aber stehen. Wenn Hortense schon nicht vergaß, welche Stellung Inga im Leben einnahm, und wenn auch Garrett das nicht vergessen konnte, dann war sie selbst sich dieser ihrer Stellung ebenso bewußt. Ich ließ es dabei, trat statt dessen zu Hortense, die sich neben dem Bücherregal am Kamin aufgebaut hatte.

»Und was die Beantwortung deiner Frage betrifft«, sagte ich, »natürlich möchte ich dich heiraten, und je eher, desto besser.«

»Warum heiratest du mich dann nicht?«

»Weil du bereits verheiratet bist — mit Mr. Garrett, falls du das vergessen haben solltest.«

»Ist das meine oder seine Entscheidung?«

Ich zögerte, ehe ich antwortete, und wandte mich dann an Mr. Garrett. »Sir«, sagte ich sehr steif, »wir haben einander in der letzten Zeit gelegentlich die Hände geschüttelt, und ich habe alles getan, was ich konnte, um meine Gefühle Ihnen gegenüber deutlich zu machen. Dennoch muß ich wiederholen, was Sie mir hier in diesem Raum gesagt haben, als wir zuletzt das Thema besprachen: Sie weigerten sich, Hortense freizugeben, ihr die Scheidung zu ermöglichen, die sie verlangt und die Ihnen die Möglichkeit eröffnet, Miss Bergson zu heiraten. Sie glaubten nicht, daß Sie dazu bereit seien, sagten sie; aber zugleich fürchteten Sie, daß Sie es dennoch tun würden und daß Sie es einfach nicht verwinden könnten, da es sich bei Miss Bergson um eine Hausangestellte handelt. Wenn sie gestohlen oder sonst irgendein Verbrechen begangen hätte, könnten Sie darüber hinwegkommen, haben Sie gesagt — aber eine Hausangestellte könnten Sie unter keinen

Umständen als Ehefrau akzeptieren. Daher verweigerten Sie Hortense die Scheidung und drohten ihr damit, das Gericht davon in Kenntnis zu setzen, daß sie das Kind eines anderen Mannes erwartet — mein Kind, um genau zu sein —, falls sie ihrerseits die Scheidung einreichen würde. Ich nehme an, ich zitiere sie richtig.«

»Richard?«

Hortense flüsterte seinen Namen, dann wartete sie, während er kalkweiß wurde. Nach ein paar Sekunden fuhr sie fort, diesmal zu Inga: »Es ist nicht wahr, was er Ihnen gesagt hat, daß ich diejenige bin, die die Scheidung blockiert, daß ich Mrs. Garrett bleiben wolle, auch wenn ich das Kind eines anderen Mannes bekomme, und daß ich, falls er die Scheidung erzwänge, dem Gericht über Sie, Inga, reinen Wein einschenken würde. Es ist eine Lüge; er hat Sie angelogen, Inga. Sind Sie jetzt überzeugt? Glauben Sie mir jetzt?«

»Ja, Mrs. Garrett. Danke, Mrs. Garrett.«

Aber Mr. Garrett fuhr dazwischen, mit einer sonderbaren, gedämpft klingenden Stimme. »Warum hörst du ihnen zu, Inga, ihr und ihm? Es ist alles Lüge, was sie sagt — genau wie das, was Doktor Palmer sagt. Sie ist diejenige, die meine Freiheit blockiert, ganz gleich, was sie jetzt behauptet. Wenn sie mich später anruft, wird sie alles ungesagt machen, sie wird sagen, okay, ich könnte gern die Scheidungsklage einreichen, aber sie würde natürlich keinesfalls ein Gericht irreführen und ausführlich über mein Verhältnis zu dir berichten. Und das ist alles, was sie tun muß, um eine Scheidung zu verhindern. Weißt du jetzt, Inga, wer hier lügt?«

»Ja, Mr. Garrett. Sie.«

Er öffnete den Mund, um etwas zu sagen, doch dann brachte er kein Wort hervor. Saß nur da, und seine Gesichtsmuskeln waren ganz schlapp, während Hortense ihn anstarrte, Inga ihn anstarrte und — ja, ich starrte ihn ebenfalls sprachlos an. Plötzlich zirpte Hortense sehr manieriert: »Fein. Soll ich weitermachen.«

»Biiite, Mrs. Garrett, jaa.«

Hortense trat neben das Sofa auf unserer Seite des Tisches, setzte sich, öffnete ihre Tasche und nahm etwas heraus, das wie ein Blankoscheck aussah. Sie wandte sich wieder an Inga und sagte: »Also schön, wir waren in New York. Wir haben mit Sven gesprochen, und der ist bereit, Sie zu heiraten, vorausgesetzt, ich gebe Ihnen eine Mitgift, was ich auch tun werde, und zwar aus meinem eigenen Vermögen, dem Geld, das mir mein Onkel vermacht hat, nicht aus dem, was ich durch die Heirat mit dir, Richard, bekommen habe. Ich werde Ihnen eine Viertelmillion in bar bezahlen, heute abend hundertfünfundzwanzigtausend und den Rest, sobald mein Anlagenberater meine Aktien verkauft hat. Aber die Sache hat einen kleinen Haken, Inga, eine Bedingung, die daran geknüpft ist. Der Scheck, den ich Ihnen ausschreibe, wird auf den Namen Inga Nordstrom lauten, nicht auf Inga Bergson.«

An diesem Punkt entstand eine Pause, die einige Minuten andauerte. Mr. Garrett sprang auf und benahm sich nachgerade hysterisch, in einer Weise, die genau dem entsprach, was mir Teddy berichtet hatte — über das, was Inga ihm bedeutete, und wie er ihr in erotischer Weise völlig hörig sei.

»Du wirst das doch nicht tun, Inga?« fragte er und ging auf sie zu, vorbei am Tisch, versuchte dann, sie am Arm zu pakken. Aber sie trat mit ein paar raschen Schritten zurück und streckte ihren Arm aus wie ein Footballspieler, der einen Angreifer abwehrt. Das dauerte wieder eine Minute oder so, dann fragte er, ob es wirklich wahr sei und ob sie sich schon entschlossen habe, worauf sie ihm keine Antwort gab, und nach einer weiteren Pause fragte er sie, ob sie denn glaube, was ich gesagt habe — worauf sie immer wieder erwiderte: »Jaa, Mr. Garrett, jaa. Ich glaube. Ich glaube Doktor Palmer. Sie lügen. Sie lügen mich an, jaa.«

»Hören Sie schon auf damit«, sagte ich zu ihm, »und setzen Sie sich wieder.«

Er ging zurück zu seinem Sessel, und Inga trat zu einem anderen, den ich ihr bereitgestellt hatte, blieb davor stehen, schürzte die Lippen und schluckte mehrmals. Hortense, die

die Szene ohne Kommentar verfolgt hatte, wandte sich jetzt an mich und fragte: »Borgst du mir einen Füllfederhalter, Lloyd?«

»Oh, biiite, Mrs. Garrett, nehmen Sie meines.«

Inga öffnete den Reißverschluß ihrer Handtasche und langte hinein. Aber das, was sie danach herauszog, war kein Füllfederhalter. Es war ein Revolver, ein kurzläufiges Ding, wie man es unter der Bezeichnung ›Saturday Night Special‹ kennt. Sie ließ noch die Tasche auf den Stuhl fallen, hob dann die Waffe an und zielte auf Mr. Garrett.

»Jetzt, Sir, sterben — biiite«, und sie machte einen letzten Knicks zu ihm.

Der Revolver sprach mit betäubendem Knall, man sah einen gelben Blitz und gleich danach eine graue Rauchwolke. Mr. Garrett blieb noch einen Augenblick lang stehen, dann stürzte er gegen den Couchtisch und rollte auf den Boden.

Hortense lief um den Tisch herum auf ihn zu, warf sich neben ihm auf die Knie und begann mit leiser, zitternder Stimme auf ihn einzureden: »Richard, Richard; nein, nein, nein. Geh nicht von mir, reiß dich zusammen. Nein, ich bin es. Schau mich an. Oh, Darling, Darling, Darling . . .«

Sie sprach noch mehr in dieser Art, alles, was ich einerseits zu hören hoffte und was mich andererseits zutiefst schmerzte wegen der Intimität des Gesagten. Um einen so persönlichen Augenblick nicht zu stören, wandte ich mich ab und warf einen Blick zu Inga, die neben dem Sessel stand, den Revolver an der Seite, ihre ganze Gestalt wie erstarrt. Hortense redete und redete. Dann merkte ich an der Veränderung ihrer Stimme, daß es vorüber sein mußte, daß Mr. Garrett tot war. Jetzt klang ihre Stimme hart, bitter und rauh. »Du gemeines, kleines Luder —«

Aber der Ton und die Art, wie sie plötzlich abbrach, machten mich stutzig; ich drehte mich herum und sah, daß Inga erneut zielte, diesmal auf Hortense. Sie stand mit dem Rücken zu mir, und ich reagierte automatisch und so schnell, wie Gott es mir gestattete. Ich holte aus und zielte mit der Handkante auf Ingas kurzen, kleinen Nacken. Es krachte, als sie zu meinen Füßen zusammenbrach, aber zuvor noch krachte der Revolver — und da war die große Liebe meines Lebens: die Augen, glasig, die nach mir suchten, mich schließlich fanden ...

Ich war in zwei Sätzen bei ihr und hielt sie fest, bevor sie zu Boden sinken konnte. Ich hatte irgendwo gelesen, daß man Personen, die überraschend verletzt wurden, flach auf den Boden legen sollte. Also schob ich den Tisch beiseite, um Platz zu machen für sie, und legte sie dann sachte nieder, nahm ein Kissen vom Sofa und schob es unter ihren Kopf; das alles, ohne ein Wort zu sprechen. Sie wollte etwas sagen, bewegte aber nur den Kopf ein wenig, als versuchte sie zu nicken. Ich sah nicht, wo sie getroffen worden war, konnte vorläufig auch nichts für sie tun.

»Darling«, sagte ich jetzt, »ich muß telefonieren — einen Krankenwagen, damit wir dich in eine Klinik transportieren können. Ich bin gleich wieder da.«

Sie bewegte noch einmal den Kopf, und ich sprang hinüber zum Telefon. Inzwischen war Miss Nettie längst von dem Wachmann abgelöst worden, der den Eingang bis zum frühen Morgen bewachte, und der war so müde und langsam, als ich ihm sagte, er solle die Polizei benachrichtigen, daß ich gleich darauf den Hörer auf die Gabel knallte und selbst die Nummer der Polizei wählte.

»Um Himmels willen, machen Sie schnell«, sagte ich. »Hier ist eine Frau mit einer Schußwunde; sie kann gerettet werden, wenn ihr euch beeilt —«

»Immer mit der Ruhe, Mann«, sagte die Stimme an anderen Ende. »Wir sind schon unterwegs.«

Ich öffnete die Tür zum Korridor und ging dann zurück zu Hortense. Redete auf sie ein, doch dann fand ihre Hand die meine und sagte mir, daß ich schweigen solle. So saßen wir eine Ewigkeit da und unterhielten uns schweigend und Hand in Hand ...

Kapitel 24

Plötzlich gingen die Lifttüren auf, es klopfte an der offenen Wohnungstür und die Beamten der Staatspolizei trafen ein, drei oder vier, geführt von einem Sergeant. Außer ihnen kamen ein paar Sanitäter in grünen Schürzen, zwei Krankenpfleger und ein Arzt, der wie ein Student aussah. Er bahnte sich einen Weg durch die verlegen dastehenden Polizeibeamten, kniete sich neben Inga und machte sofort eine Handbewegung, die andeutete, daß sie tot war. Er befahl den Krankenpflegern, die Tote auszustrecken. Dann ging er hinüber zu Mr. Garrett, wedelte wieder mit seiner Hand und gab den Pflegern einen Wink. Schließlich kniete er sich neben Hortense, fühlte ihren Puls, hob ein Lid mit dem Daumen an und sagte zu den Pflegern: »Kümmert euch nicht um die anderen; helft mir, sie hinunterzubringen — sofort.« Er gab dem Tisch einen Schubs, und sie stellten ihn auf das Sofa, so daß etwas mehr Platz entstand. Dann nahm der Arzt eine Decke von dem Stapel, den die Pfleger hereingebracht hatten, und legte sie ordentlich neben Hortense. Er schob einen Rand der Decke unter ihren Körper und rollte sie dann auf die andere Seite. Dann rollte er sie zurück, zog die Decke ganz durch und machte den Pflegern wieder ein Zeichen. Sie stellten die Bahre neben die Decke und hoben Hortense hinauf.

»Okay«, sagte er, und sie trugen sie rasch zum Lift. »Moment«, rief er hinaus und sagte dann zum Sergeant: »Ich muß sie so schnell wie möglich einliefern, wenn sie eine Chance haben soll. Laßt euch Namen und sonstige Informationen von den anderen geben; wir treffen uns in der Leichenhalle des Krankenhauses, wo ich die Totenscheine ausstellen kann. Die zwei sind Fälle fürs Gerichtsmedizinische, aber der Bericht kommt getrennt.«

»Okay, Doktor, nehmen Sie sie mit.«

Durch die Tür sah ich, wie sie die Bahre in den Lift manövrierten; Hortenses Gesicht war so blaß wie das Licht, das darauffiel. Und sie war wunderschön. Als sie fort waren, wandte ich mich an die Polizeibeamten, die die Arbeit der Krankenpfleger übernommen, die beiden Toten ausgestreckt hatten und jetzt auf die Mannschaft des nächsten Krankenwagens warteten; sie breiteten inzwischen Decken über die Toten. Der Sergeant, der sich als Herberts vorstellte, setzte sich auf ein Sofa und bedeutete mir, zu ihm zu kommen. Der ganze Raum kam mir völlig fremd vor; alles war durcheinander und nicht so, wie es sein sollte.

»Einen Augenblick, ich möchte ein bißchen aufräumen«, sagte ich. Dann holte ich den Tisch, stellte ihn wieder an seinen Platz und schob das Sofa wieder so, wie ich es gewohnt war.

»Okay«, sagte der Sergeant. »Fangen wir an.«

»Womit?«

»Ich schlage vor, Sie erzählen mir erst einmal, was hier geschehen ist.«

»Da gibt es nicht viel zu erzählen. Miss Bergson — die Frau dort drüben —, Miss Inga Bergson hat Mr. Garrett, den Mann, der neben ihr liegt, erschossen. Und dann hat sie auf Mrs. Garrett geschossen.«

»Kennen Sie die Adressen der einzelnen Personen?«

»Ich glaube, ja.«

»Okay — aber zuerst noch eine Frage: Wer hat diese Inga Berg- wer hat die Frau erschossen?«

»Niemand.«

»Wieso ist sie dann tot?«

»Fragen Sie mich nicht. Ich wußte nicht, daß sie tot ist, ehe dieser Arzt es festgestellt hat. Wahrscheinlich habe ich ihr das Genick gebrochen.«

»Sie haben — was?«

Ich erklärte ihm, was ich getan hatte. Er brauchte ein paar Sekunden, um sich zu fassen. Bis dahin hatte er offenbar angenommen, auch Inga sei erschossen worden.

»Ich habe ihr Genick mit der Handkante getroffen«, erklärte ich; »mit einem Karatehieb. Aber zuerst ist ihr Revolver losgegangen. Und als ich sah, daß Mrs. Garrett getroffen war, kümmerte ich mich nicht mehr um Miss Bergson — und auf den Revolver habe ich völlig vergessen.«

Er machte eine Handbewegung in Richtung auf die Aktentasche, die er auf das andere Sofa gestellt hatte, und sagte: »Den habe ich. Er lag auf dem Boden neben ihr. Also zurück zu den Namen.«

»Einen Augenblick.«

Erst jetzt wurde mir klar, daß ich einen Menschen getötet hatte, und das Gefühl breitete sich wie schwerste Übelkeit in meinem Magen aus. Als ich dem Sergeant mitteilte, daß mir übel geworden sei, antwortete er: »Lassen Sie sich ruhig Zeit. Wir haben die ganze Nacht zur Verfügung.«

»Nein — Sie vielleicht, Sergeant, aber ich nicht.« Inzwischen hatte ich mich wieder einigermaßen unter Kontrolle und erklärte ihm, er solle schnell machen, da ich nach Cheverly ins Krankenhaus fahren müsse, um festzustellen, wie es Hortense gehe.

»Beruhigen Sie sich erst einmal«, sagte er. »Immer mit der Ruhe und immer eins nach dem anderen. Sie sind der einzige, der weiß, was wirklich geschehen ist, und ich muß schließlich einen Bericht abliefern. Also — eins nach dem anderen. Die Namen, wenn ich bitten darf, die Adressen und die Berufe, wenn Sie sie wissen. Fangen wir mit dem Toten hier an —«

Ich nannte ihm die Namen der Garretts und die Adresse in Wilmington als ihren gemeinsamen Wohnort, dazu die Watergate-Adresse als Hortenses zusätzliche Adresse. Er sagte: »Moment mal — man kann doch nicht gleichzeitig an zwei Orten wohnen.«

»Wenn man reich genug ist, kann man es.«

Zum ersten Mal schien er sich zu überlegen, was er da niedergeschrieben hatte. »He!« rief er plötzlich, »die Namen hab' ich doch in der Zeitung gelesen. Die haben eine Party gegeben, bei der auch der Präsident erschienen ist. Sind das dieselben Garretts?«

»Sie haben eine Party gegeben, ja; und der Präsident war auch da.«

Er schaute erst mich an, dann sein Notizbuch. »Wann sind diese Leute heute abend hier eingetroffen?« fragte er.

»Ich weiß es nicht. Ich habe nicht darauf geachtet.«

»Warten Sie.«

Er ging zum Telefon und rief den Wachmann unten in der Lobby an. Als er zurückkam, sagte er: »Mr. Garrett ist um elf Uhr zweiundfünfzig eingetroffen, aber der Wachmann sagt, er hat keine Frauen eingelassen.«

»Dann haben sie eben den Hintereingang benützt.«

»Was ist das für ein Hintereingang?«

Ich berichtete ihm von der Tür, die vom Parkplatz zum Lastenaufzug führt, und von diesem Aufzug, den man bis zu meinem Stockwerk benützen könne.

»Steht die Tür denn offen?« fragte er.

»Nein, ich glaube, die ist immer zugesperrt.«

»Und die Frauen hatten einen Schlüssel?«

»Mrs. Garrett hatte vermutlich einen, ja.«

»Wozu? Damit sie hier jederzeit herkommen konnte?«

»Richtig. Sie hat ihn sich gelegentlich ausgeliehen, weil sie telefonieren wollte oder so, und sie hat ihn vermutlich aus Versehen behalten.«

»Okay — berichten Sie jetzt weiter, was geschehen ist, Mr. Palmer.«

»Ich dachte, ich hätte es Ihnen bereits berichtet.«

»Nun, ich — ich finde das gar nicht. Hören Sie, wenn Sie diese Frau niedergeschlagen und ihr das Genick gebrochen haben, um sie vor einem weiteren Mord zurückzuhalten, dann habe ich nichts dagegen, und das Gesetz steht vermutlich auch auf Ihrer Seite. Ich habe keinen Anlaß, Sie in Haft zu nehmen — vorausgesetzt, es gibt nichts, was Sie zusätzlich belastet. Wenn Sie einen Anwalt anfordern, ist das Ihre Sache — aber das können Sie nur unter der Voraussetzung, daß das, was Sie zu sagen haben, Sie in irgendeiner Weise belasten könnte. Ist das der Fall?«

»Nicht, daß ich wüßte.«

»Dann müssen Sie jetzt berichten. Also fangen wir an mit dem Protokoll.«

»Lassen Sie mir eine Minute Zeit, damit ich mich erst ein wenig fassen kann.«

»Eine Minute oder mehr — lassen Sie sich ruhig Zeit.«

Danach begann ich, alles herunterzuhaspeln, beginnend mit meiner ersten Begegnung mit den Garretts. Er saß da und schaute mich an, und erst nach einer Weile merkte ich, daß ich in einen Rekorder sprach, den er zwischen uns aufgebaut hatte. Ich berichtete weiter und kam zu Mr. Garretts heutigem Besuch, erläuterte, weshalb er gekommen war, und sprach von seiner Angst, Inga könnte Hortense von einem Balkon stoßen. Dann erzählte ich von der Ankunft der beiden Frauen, erklärte auch, daß sie gekommen waren, ohne zu wissen, daß sie Mr. Garrett hier vorfinden würden. Ich erzählte von dem Streit, versuchte, so kurz wie möglich zu bleiben, aber zugleich ein deutliches Bild zu zeichnen. Ich kam zu der Schießerei, meinem Versuch, Inga vor dem zweiten Schuß zurückzuhalten, und war auch schon am Ende. Er schien zufrieden zu sein.

»Okay, Mr. Palmer«, sagte er sehr respektvoll und nahm den Rekorder vom Tisch. »Jetzt muß ich Sie allerdings bitten, mit mir zu kommen, damit ich das hier ins Protokoll tippe. Wir fahren zu unserem Büro im County Building.«

»Ich habe eine Schreibmaschine hier, wenn Ihnen das hilft.«

»Ja — wenn ich sie mir ausborgen darf . . .«

»Gerne. Ich hole sie herüber.«

Ich benützte die Schreibmaschine nur selten, daher stand sie im Gästezimmer. Jetzt holte ich sie und stellte sie vor ihn auf den Tisch. Er spannte Papier ein, dann startete er das Tonbandgerät. Ich ging zurück in mein Schlafzimmer, das ich so lange Zeit mit Hortense geteilt hatte, und legte mich, ohne das Licht einzuschalten, auf das Bett. Dann hörte ich, wie jemand hereinkam in die Wohnung, und ging wieder hinaus, wo weitere Polizeibeamte eingetroffen waren und ein neues Team von Sanitätern die Toten abtransportierte. Es ging alles ganz schnell, und danach war ich wieder allein mit dem Sergeanten, der sein Protokoll tippte, begleitet von meiner krächzenden, hohl klingenden Stimme auf dem Tonband. Ich ging wieder hinüber ins Schlafzimmer. Nach einer Weile rief mich der Sergeant. Er schien fertig zu sein und las gerade noch einmal durch, was er geschrieben hatte.

»Und was machen Sie jetzt damit?«

»Ich reiche es ein.«

»Werden die Zeitungsleute Zugang haben zu meinem Protokoll?«

»Das ist ja mehr oder weniger Sinn und Zweck der Sache. Sie haben das Recht dazu, das ist ihnen vom Gesetzgeber zugestanden. Sobald wir Kopien haben, wird eine davon auf dem Gang vor der Wachstube hängen, wo jeder die Möglichkeit hat, sie zu studieren, einschließlich der Presse.«

»Sie scheinen die nicht besonders gern zu haben.«

»Wer kann die von der Presse schon leiden?«

Er bat mich, daß Protokoll noch einmal ›nach Fakten‹ durchzusehen, also las ich es. Es stand alles da, im Sprachgebrauch der Polizei, von meinem ersten Besuch bei den Garretts bis zur Untersuchung der beiden Toten durch den Arzt, einschließlich der ›intimen Beziehungen‹ zwischen Garrett und Inga, die besonders hervorgehoben worden waren. Aber es war mir gelungen, eine Sache zurückzuhalten. Wenn der Sergeant es vermutet hatte, so zeigte sich das weder während meines Verhörs noch hier im Protokll, und als ich es zu Ende gelesen hatte, sagte ich: »Fein. Sieht so aus, als ob es in Ordnung wäre.«

Er stand auf, bat mich, zur Verfügung zu stehen, ›nur für alle Fälle‹, was bedeutete, daß ich die Stadt nicht verlassen durfte, ehe der Fall abgewickelt war. Dann ging er. Ich blieb eine Minute lang sitzen, fuhr dann mit dem Lift nach unten, stieg in den Wagen und fuhr nach Cheverly, wo sich das Zentralkrankenhaus des Prince George Countys befand.

Das Mädchen hinter dem Empfangsfenster sprach mich mit meinem Namen an.

»Kennen wir uns?« fragte ich sie.

»Eigentlich nicht. Nicht richtig, Doktor Palmer. Ich war vor ein paar Jahren in Ihrer Poesievorlesung, nur dreimal, genau gesagt, bevor ich das Studium gewechselt habe. Aber ich erinnere mich trotzdem gut an Sie. Was kann ich für Sie tun?«

Ich sagte, daß ich hier sei »wegen Mrs. Garrett, Mrs. Richard Garrett — um zu fragen, wie es ihr geht, und ob ich sie zu dieser Stunde besuchen darf.«

»Ich fürchte, das wird nicht —« Sie ließ den Finger über eine Kolonne von Namen gleiten. »Ah, da ist sie — ja, sie liegt auf der Intensivstation. Ihr Zustand ist bedauerlicherweise sehr kritisch.«

»Danke. Wann kann ich sie besuchen?«

»Heute nachmittag um zwei — aber nur für zehn Minuten, vorausgesetzt, daß der behandelnde Arzt Besuche nicht ganz verbietet.«

Kapitel 25

Ich fuhr nach Hause und bestellte den telefonischen Weckdienst bei der Western Union für zwölf Uhr mittags. Dann ging ich zu Bett, und als das Telefon klingelte, stand ich auf. Ich glaube, ich habe zwischendurch mehrmals geschlafen oder wenigstens gedöst. Als ich mich angezogen hatte, fuhr ich ins Foyer, holte mir die Zeitung und las sie gleich unten, zumindest die Schlagzeilen. Es stand alles auf Seite eins und wurde noch auf ein paar Seiten im Inneren fortgesetzt, mit Fotos von mir, Hortense und Mr. Garrett. Von Inga fehlte ein Bild, vermutlich, weil die Zeitungen keines zur Verfügung hatten. Als Dienstbote hat man nicht einmal dann ein Foto von sich in der Zeitung, wenn man einen Mord begangen hat. Meine Beziehung zu Hortense wurde zum Glück mit keinem Wort erwähnt — das heißt, soweit es über die offizielle hinausgegangen wäre —, und auch meine Kündigung war in den ansonsten recht ausführlichen Berichten nicht enthalten. Meine Stellung — oder besser: vermeintliche Stellung — als Leiter des Instituts, das Hortenses Namen trug, schien als Erklärung dafür auszureichen, daß ich zu so später Nachtzeit noch diese drei ominösen Besucher empfangen hatte. ›Weigerung von seiten Mr. Garretts, eine Scheidung einzureichen und Miss Bergson zu heiraten‹, lautete die Erklärung für die Schießerei.

Es dauerte zwanzig Minuten, bis ich alle Artikel durch war. Während der ganzen Zeit sagte Miss Nettie keinen Ton, obwohl wir doch gute Freunde waren. Aber als ich aufstand, um ins Krankenhaus zu fahren, bemerkte sie: »Na, Sie haben ja einen schönen Abend hinter sich.«

»Das können Sie zweimal sagen«, knurrte ich.

»Sie müssen mir alles darüber erzählen.«

»Vielleicht — aber nicht jetzt, wenn ich bitten darf. Ich bin jetzt nicht in der Stimmung für einen ausführlichen Bericht.«

»Das kann ich Ihnen nachfühlen.«

Um Viertel vor zwei war ich im Krankenhaus, sprach wieder mit einer Schwester und erhielt die gleiche Auskunft wie am frühen Morgen. »Sie liegt auf der Intensivstation. Ihr Zustand ist kritisch. Sie können sie zehn Minuten lang besuchen, vorausgesetzt, der behandelnde Arzt läßt es zu.« Also folgte ich ihren Anweisungen, fuhr mit dem Lift nach oben, ging durch einen langen Korridor und stand schließlich mit einem Dutzend Leuten vor einer weißlackierten Tür. Die anderen schienen zu warten, und bei ihnen stand eine Schwester, die eine Karteikarte in der Hand hielt. Als ich vor ihr stehenblieb, fragte sie mich, wen ich denn besuchen wollte, dann warf sie einen Blick auf ihre Karte und sagte: »Sie können zehn Minuten bleiben. Wenn Sie hier herüberkommen wollen, bitte.« Und sie deutete auf das Ende der Warteschlange. Ich ging dorthin, aber eine Frau hatte aufgeblickt, als der Name von Hortense gefallen war, und jetzt kam sie zu mir her.

»Sie müssen Doktor Palmer sein«, sagte sie. »Horty hat mir von Ihnen erzählt, und außerdem war Ihr Foto in den Zeitungen.«

Ich fragte mich, wer sie sein mochte, aber gleich danach erklärte sie ein wenig hochtrabend: »Ich bin Mrs. Mendenhall — Hortys Mutter.«

Also lernte ich sie endlich doch noch kennen, und ich kannte auch den Grund für ihre etwas allzu roten Wangen, nach dem, was Teddy mir erzählt hatte. Ich versicherte ihr sofort: »Ja, natürlich — Hortense hat oft von Ihnen gesprochen. Wie geht es ihr?«

»Kritisch, wie man sagt, und das klingt schlecht — wahrscheinlich geht es ihr auch dementsprechend. Die Zeitungen geben auch keine brauchbaren Auskünfte. Sie waren noch bei der Operation, als die Berichte in den Satz gegangen sind.«

»Da bleibt uns nicht mehr, als ihr die Daumen zu drükken.«

»Ja, das ist alles, was wir tun können.«

Wir standen weitere zehn Minuten da, tote Zeit an einem Tag, der ohnehin tot zu sein schien. Ich hatte noch nicht einmal gefrühstückt — vielleicht war das der Grund, weshalb ich mich wie betäubt fühlte. Aber natürlich kam dazu der mangelnde Schlaf und die Reaktion auf das, was passiert war — oder, genauer gesagt, das Fehlen der erwarteten Reaktion. Obendrein wußte ich noch nicht einmal, wo ich in dieser Sache eigentlich stand, wo ich zu stehen hatte. Zunächst einmal stand ich vor dieser Tür, stand dort zeitweise auf dem einen, zeitweise auf dem anderen Fuß.

Endlich öffnete sich die Tür, und eine Schwester flüsterte der Schwester, die bei uns stand, etwas zu. Dann führte man uns, einen nach dem anderen, wie wir auf der Karteikarte eingetragen worden waren, in einen großen Raum mit vielen Betten entlang den Wänden. In der Mitte des Raumes stand ein Arzt im weißen Kittel und ging auf und ab; die Schwester, die herausgekommen war, führte die Besucher zu den jeweiligen Patienten. Sie sagte etwas zu Mrs. Mendenhall und führte uns dann zu einem Bett am Ende des Raumes, und schließlich sahen wir Hortense — wenn das Gespenst, das da klein und armselig vor uns lag, Hortense war. Sie war so blaß, daß ich sie kaum erkannte. Ihr Haar war seltsam und unnatürlich aus dem Gesicht gekämmt; sie trug eine Pyjamajacke des Krankenhauses; zwei Schläuche führten von ihren Armen zu Flaschen, die an Stativen über ihrem Kopf festgemacht waren. Mrs. Mendenhall flüsterte ihr zu: »Horty, deine Mutter ist hier, und Doktor Palmer.«

Sie tätschelte die eine ihrer Hände, und ich tätschelte die andere. Hortense öffnete nicht die Augen, aber ich wußte, daß sie hörte, was wir sagten, und fühlte, was wir taten.

»Wir drücken dir die Daumen«, sagte ich leise. »Ich liebe dich.«

»Ja, wir beide«, ergänzte Mrs. Mendenhall.

Das machte aus einer persönlichen eine familiäre Sache, aber ich ließ es dabei. Dann kam ein Arzt herein, hielt seinen Arm mit der Uhr demonstrativ hoch, und wir gingen, nachdem wir ihr noch zugeflüstert hatten: »Bis heute abend.« Dann waren wir draußen auf dem Korridor. Ich gestand Mrs. Mendenhall, daß ich noch nicht gefrühstückt hatte, und fragte sie, ob sie mir nicht Gesellschaft leisten wolle. Aber sie meinte, sie müsse nach Watergate fahren. »Wissen Sie, ich muß mich dort erst einmal einrichten. Sie haben mich in Chester benachrichtigt — allerdings muß ich sagen, daß es mich nicht sehr überrascht hat, da ich wußte, daß Richard mit dem Feuer spielte, was ich ihm übrigens nicht nur einmal gesagt habe. Aber wenn so etwas in Wirklichkeit passiert, ist es doch, als ob einem ein Ziegelstein auf den Kopf fällt. Ich bin so, wie ich war, hierhergefahren — bis jetzt bin ich noch nicht einmal in der Wohnung gewesen.«

Sie schien sich auszukennen, und ich folgte ihr durch das weitläufige Krankenhaus, ohne darauf zu achten: eine Treppenflucht nach unten und durch einen weiteren Korridor zu einem großen Fenster mit einem hellerleuchteten Raum dahinter. Sie klopfte an das Glas, und drinnen tauchte eine Schwester auf. Die Schwester verschwand wieder, kam bald darauf zurück und hatte eine Korbwiege auf den Armen. Und dann starrten wir hinunter auf einen winzigen, schlafenden Säugling unter einer blauen Decke.

»Er ist einfach bildschön«, sagte Mrs. Mendenhall. »Das Abbild von Richard.«

Zu sagen, daß ich perplex war, wäre die Untertreibung meines Lebens gewesen. Ich begriff nach und nach, was Mrs. Mendenhall als ehemalige Krankenschwester natürlich gewußt haben mußte: daß man Hortense, ehe sie operiert werden konnte, erst das Baby entfernen mußte. Meine Gedanken hielten sich länger mit der Bemerkung auf, die sie über die Ähnlichkeit des Babys mit Richard Garrett gemacht hatte — was besagte, daß sie keine Ahnung hatte von den wahren Tatsachen. Ich stand noch immer wie angewurzelt da. Plötzlich sagte Mrs. Mendenhall: »Ich komme gleich wieder«, und flatterte über den Korridor. Und dann war sie zurück, aber ihr Atem sagte mir deutlich, was sie getan hatte, auch wenn sie die Fahne mit Parfüm zu überdecken versuchte.

Kapitel 26

Der Besuch am Abend war eine Wiederholung des Besuches am Nachmittag, aber am nächsten Tag um zwei stand ich wiederum in der Schlange vor der Tür zur Intensivstation. Und ich stand noch keine Minute da, als Mrs. Mendenhall auftauchte, in einem schicken, marineblauen Kostüm, das ihre sehr gute Figur zum Ausdruck brachte, die der von Hortense ähnlich war, wenngleich in den Proportionen noch edler und mit großartigen Kurven versehen. Sie sah wahrhaftig nicht schlecht aus! Und sie kam gleich auf mich zu und teilte mir mit, was ihr der Arzt berichtet hatte: über die Operation, die durch die Schußverletzung notwendig geworden war, und die Notwendigkeit, erst einen Kaiserschnitt anzuwenden, um das Kind zur Welt zu bringen.

»Der Schock war natürlich entsetzlich«, flüsterte sie mit professioneller Erfahrung. »Er mußte den ganzen Dünndarm herausnehmen und durch die Finger gleiten lassen, dabei alle Perforationen, auf die er bei der Untersuchung stieß, gleich schließen. Aber die eigentliche Krise kommt erst in drei Tagen — die Gefahr einer Bauchfellentzündung, Sie wissen schon. Das, was bis zur Operation aus dem Darm ausgetreten ist, hat natürlich die ganze Bauchhöhle infiziert, und die kann man nicht ordentlich säubern. Der Chirurg hat sicher sein Bestes gegeben. Jetzt kann uns nur die Zeit helfen. Die Temperatur wird natürlich steigen — das ist dann ein Test für die Energie, die in unserer Horty steckt.«

»Ich glaube, ich habe kapiert.«

Wir gingen hinein. Es krampfte mein Herz zusammen, Hortense in diesem Zustand liegen zu sehen. Ihre Temperatur war bereits gestiegen, das erkannte man auch ohne Fieberthermometer, und sie wimmerte, ja, wimmerte, wenn wir sie berührten, besorgt und voller Angst um sie. Dann waren wir wieder draußen auf dem Korridor und unten in der Entbindungsabteilung. Mrs. Mendenhall redete schon wieder davon, wie sehr das Baby Mr. Garrett gleichsehe, obwohl ich fand, daß man bei diesem winzigen Wurm von Ähnlichkeit mit irgendeinem Menschen eigentlich nicht sprechen konnte. In meinen Augen war das ein Säugling, der nicht irgendwie besonders aussah, sondern eben so, wie Säuglinge aussehen.

Danach gingen wir unsere Wege und trafen uns erst wieder am Abend. Diesmal kam sie mit dem Taxi, wie sie mir erzählte, weil ihr Wagen in Reparatur gebracht werden mußte.

Also fuhr ich sie nach unserem Besuch hinüber nach Watergate, und als sie mich nach oben bat, schlug ich es nicht aus. Anscheinend hatte ich einen Horror davor, allein sein zu müssen.

Es war das erste Mal, daß ich Hortenses Wohnung sah, und das gab mir ein sonderbares, beunruhigendes Gefühl. Überall standen Fotos — von Hortense, von Mr. Garrett, von Mrs. Mendenhall — und von mir. Meistens im Footballdreß, mit bloßem Nacken.

Wir waren kaum drinnen, als Mrs. Mendenhall sagte: »Ich muß erst einmal diese Kleider loswerden und mir etwas Bequemes anziehen. Wenn Sie mich bitte entschuldigen wollen.« Und sie verschwand durch ein Speisezimmer jenseits eines großen Bogenganges. Dann rief sie »Huu-huu« herüber. »Sie können mir Gesellschaft leisten, Doktor Palmer.«

Ich dagegen hatte mich entschlossen, zu gehen.

Als ich eines Tages meinen Platz im Korridor eingenommen hatte, winkte mich die Schwester zu sich herüber. »Sie ist verlegt worden«, sagte sie und nannte mir die Zimmernummer. Ich fand mich dorthin durch und klopfte an die Tür. Mrs. Mendenhall kam heraus.

»Es geht ihr besser«, flüsterte sie. »Das Fieber ist gesunken, und sie hat die Krise hinter sich, aber sie scheint fürchterlich deprimiert zu sein. Sie redet dauernd über ihr Baby, das sie verloren zu haben glaubt. Wir haben es ihr bis jetzt noch nicht gesagt — wir dachten, die Überraschung wäre um so größer, wenn wir sie hinunterbringen, damit sie das Kind dann gleich sehen kann, sehen, was der brave Onkel Doktor ihr gerettet hat.«

Ich stimmte zu, das es das Beste wäre, Hortense die Sache jetzt beizubringen, dann gingen wir wieder hinein. Hortense schien kaum zur Kenntnis zu nehmen, daß ich da war.

»Ich bin nur noch ein Ding«, jammerte sie. »Eine leblose, tote Sache. Keine Frau mehr. Ich sehe vielleicht aus wie eine Frau, aber ich bin keine mehr. Mein süßes kleines Baby —

das letzte, das ich haben konnte . . . Sie haben es mir genommen, in dieser schrecklichen Nacht. Es ist nicht mehr in mir. Ich fühle es mit den Händen — es ist nicht mehr da. Und ich kann nie mehr —«

Sie fuhr so fort, bis ich Mrs. Mendenhall einen Wink gab, »Okay, Horty«, sagte sie, »ich nehme an, es geht dir gleich besser. Wir fahren jetzt mit dir spazieren. Eine kleine Spazierfahrt, zur Ablenkung. Ist das nicht fein?«

»Meinetwegen«, sagte Hortense desinteressiert.

Die Schwester teilte ihr ausführlich mit, was zu tun war, nachdem sie den Rollstuhl hereingefahren hatte: erst die Hände hinter dem Nacken verschränken und dort lassen, während die Schwester sie hineinheben würde. »Und dann —«

»Moment«, sagte ich. »Ich habe eine bessere Idee.«

Ich schlug die Decke zurück, setzte mich neben Hortense, legte ihr einen Arm um den Rücken, den anderen unter die Knie, und hob sie hoch, genau so, wie ich sie damals hochgehoben hatte, um sie vom Wohnzimmer hinüber in mein Schlafzimmer zu schleppen. Und wieder klappte es vorzüglich. Ich konnte sie ohne Mühe in den Rollstuhl gleiten lassen und hoffte, sie würde dabei mein Knie tätscheln, mir einen Puff geben, vielleicht auch einen Kuß — oder irgend etwas, was mir sagte, daß sie sich an damals erinnerte. Aber sie zeigte keinerlei Reaktion. Die Schwester karrte sie hinaus auf den Korridor, wo Mrs. Mendenhall und ich zu ihr traten, und dann ging es mit dem Lift nach unten und durch den Korridor zum Fenster der Babykrippe, das ich nun schon gut kannte. Als die Schwester drinnen auftauchte, hielt sie eine Karte hoch. Die andere Schwester nickte und verschwand. Dann kam unsere Schwester zurück und schob Hortense näher ans Fenster. Die Schwester drinnen war zur Stelle und schob diesmal einen kleinen Kinderwagen, in dem der Säugling lag. Mrs. Mendenhall sagte: »Okay, Horty, das ist die große Überraschung, die wir für dich bereit haben. Du hast dein Kind nicht verloren. Sie haben es gerettet, und da ist es, vor dir, vor deinen Augen. Da ist er, dein kleiner Sohn.«

Hortense starrte ihn nur an.

»Ist er nicht schön?« Und dann, wie sie schon zweimal gesagt hatte: »Das genaue Abbild von Richard.«

»Um Himmels willen, Mutter«, fuhr Hortense sie an, »es ist nicht Richards Kind, sondern das von Lloyd. Sei doch nicht albern, ich bitte dich.«

Mrs. Mendenhall warf einen raschen Blick auf die Schwester und sagte dann: »Horty, hier in diesem Krankenhaus ist er Richards Sohn — das rate ich dir jedenfalls, wenn du weißt, was für dich und das Kind gut ist. Er ist als Richards Sohn ins Geburtsregister eingetragen, und jegliche Veränderung wird soviel Dreck aufwirbeln, daß der Kleine sein Leben lang daran zu schlucken hat. Wenn du also nicht willst, daß seine Zukunft schon heute ruiniert wird —«

»Schon gut.«

Unsere Überraschung war gründlich danebengegangen.

Als wir zurückkamen in ihr Krankenzimmer, fanden wir Sam Dent vor. Hortense schien sich erst über seinen Anblick zu freuen, ja, sie lächelte sogar ein wenig, als sie ihn bat, sich umzudrehen, während ich sie wieder hineinschob ins Bett. Aber nach ein paar freundlichen Augenblicken, während er sich nach ihrem Befinden erkundigte und sie sagte: »So gut, wie es den Umständen entsprechend möglich ist«, da explodierte wieder einmal alles, als er sich räusperte und begann: »Hortense, sobald Sie in der Lage dazu sind, darf ich Sie bitten, ein paar Akten und dergleichen durchzusehen. Es sind da ein paar Fragen aufgetaucht, die wir —«

Weiter kam er nicht. Sie ließ ihn nicht einmal den Satz beenden, sondern schrie ihn nieder, mit einer schwachen Stimme, die um so stärker wirkte, als sie so unheimlich klang.

»Müssen Sie mich jetzt damit plagen? Muß ich denn bei euch um Verständnis betteln? Wissen Sie, was es heißt, von einer Wahnsinnigen niedergeschossen zu werden, sich ein Kind herausoperieren zu lassen und fünf Tage an der

Schwelle des Todes dazuliegen —«

»Drei Wochen«, korrigierte Mrs. Mendenhall.

»Wissen Sie, was es heißt, fast einen Monat lang einen Fuß schon im Grab zu haben? Glauben Sie, ich kann mich jetzt einfach herumdrehen und damit beginnen, die Geschäftsakten zu studieren, die Sie mir anschleppen? Und das alles nur, damit ihr mit irgendeinem Geschäft weiterkommt?« Sie sagte noch mehr, aber Mrs. Mendenhall und die Schwester versuchten sie zu beruhigen, und Sam erklärte immer wieder: »Es tut mir leid, Hortense, bitte vergessen Sie es. Ich wollte Sie nicht aufregen.« Als er mit mir danach draußen auf dem Korridor stand, versuchte er, mir klarzumachen, warum er zu diesem unglücklichen Zeitpunkt mit geschäftlichen Dingen daherkam.

»Lloyd«, sagte er, »ich hatte keine andere Wahl. Legal ist sie jetzt die Inhaberin der Gesellschaften. Sie ist die einzige, die entscheiden kann, wie die Probleme gelöst werden, die aufgetaucht sind und auch in Zukunft ständig auftauchen werden. Da Mr. Garrett kein Testament hinterlassen hat —«

»Er hat *kein Testament hinterlassen*? Ich dachte doch.«

»Er hat immer so dahergeredet, als sei für den Notfall alles geregelt, und er hatte auch die Absicht, etwas zu unternehmen, aber er ist damit nicht weitergekommen als bis zu Notizen auf seinem Block — eine Aktennotiz über das, was er in sein Testament setzen wollte. Das jedoch reicht nicht — und damit hat Hortense automatisch die Kontrolle über alles, was in den einzelnen Gesellschaften vorgeht. Zum Beispiel die Schuldverschreibungen auf die Motorräder — sicher, es ist eine Möglichkeit, an arbeitendes Kapital heranzukommen, aber man kann das nicht regeln, ehe sie nicht den Auftrag dazu gegeben und unterschrieben hat.«

»Kennt sie Mr. Garretts Entwurf eines Testaments?«

»Ich habe ihr eine Kopie gegeben. Es war eine Aktennotiz an mich, daher habe ich das Original aufbewahrt. Vielleicht ist es das, was ihr Gedanken macht. Ich denke seitdem daran, daß es vielleicht nicht gut war, ihr die Kopie zu geben. Aber wenn sie das tun will, was Richards Absicht war — ich meine, wenn sie seinen letzten Wunsch ausführen will . . .«

»Was steckt da noch dahinter?«

»Sie meinen den Grund, weshalb ich ihr den Testamentsentwurf nicht hätte geben sollen?«

»Ja — ich hätte gern gewußt, was darin steht.«

»Sagt Ihnen der Name Teddy Rodriguez etwas?«

»Sicher. Teddy ist gut befreundet mit mir.«

»Er hatte die Absicht, ihr eine Million zu hinterlassen.«

»Eine Million? Autsch!«

»Aber ich mußte es ihr zeigen. Ich meine, wenn sie die Absicht hat, seinen Willen auszuführen, wie sie das mehrfach erklärte. In diesem Fall ist es ganz gleich, ob er ein endgültiges Testament gemacht hat oder nur diesen Entwurf . . .«

»Wer ist sonst noch in diesem Testament bedacht?«

»Eine Million für mich, eine für Sie, eine für Mrs. Mendenhall, eine für das Kind, wenn es geboren wird und lebt, einen Treuhandfonds in Höhe von fünf Millionen für Inga, endend mit ihrem Tod. Aber ohne Testament geht alles an Hortense — und sie muß ihre Entschlüsse treffen, sonst geht es rasch abwärts mit der einen oder anderen der Gesellschaften, die hinter der ARMALCO stehen.«

»Ich glaube, jetzt kann ich mir ein Bild machen.«

»Er hat mit Millionen nur so um sich geworfen.«

»Nein — er hatte die Absicht, mit Millionen um sich zu werfen.«

»Richtig — Korrektur vermerkt.«

Kapitel
27

Am nächsten Tag kam Sam wieder mit einer anderen Nuß, die sie knacken mußte. Es stellte sich heraus, daß Sol Novak von den ›Novak Bros.‹, einer Tochtergesellschaft in Akron, in die ARMALCO einverleibt werden wollte, doch dazu brauchte er Hortenses Zustimmung.

»Es ist wichtig, zur Sicherheit von ARMALCO«, erklärte ihr Sam, »weil die Partnerschaft, so, wie sie besteht, auf einem Zwei-zu-eins-Vertrag beruht, also jeweils zwei Anteile für Sol und einen für seinen Bruder Al. Vielleicht ist Sols Entscheidung die richtige, geschäftlich gesehen, aber es könnte auch sein, daß er seinen Bruder einfach hinauskatapultieren will. Wir können, wenn wir unser Einverständnis dazu geben, nichts dem Zufall oder Treu und Glauben überlassen. Wenn wir Sol zustimmen, und er will seinen Bruder betrügen, haben wir im Nu eine Untersuchung auf dem Hals, und die kann uns viel kosten. Sosehr ich es hasse, Sie wieder belästigen zu müssen, Hortense —«

Sie gab keine Antwort, jedenfalls keine in Worten. Sie schrie nur wieder, öffnete einfach den Mund und ließ schreckliche Laute heraus, einen nach dem anderen. Doch sie wurden schwächer und schwächer, bis sie schließlich keine Luft mehr hatte. Danach zeigte sie sogar so etwas wie Entgegenkommen.

»Ich verstehe jetzt«, sagte sie. »Es ist alles klar. Es heißt, ich soll sterben. Wen die Götter vernichten, den lassen sie träumen und sehen zu, daß dieser Traum Wirklichkeit wird. Ich hatte meinen Traum, jede Nacht hatte ich ihn. Ich wußte genau, was auf mich zukommt, jedesmal war es dasselbe. Er war tot — mein Mann. Und ich war die reichste Frau der Erde. Ich hatte eine Jacht wie Tina Onassis, ein Villa wie Jane Du Pont, einen Pelzmantel wie Frances Vanderbilt. Ich konnte alles haben, was ich wollte, brauchte nur mit den Fingern zu schnippen, alles, was ich wollte, wirklich alles. Doch dann wachte ich auf, und er lag im Bett nebenan und schnarchte. Aber im Traum war ich glücklich, so glücklich, daß ich am liebsten geflogen wäre.«

»Horty, hör auf, so zu sprechen«, unterbrach sie Mrs. Mendenhall. »Du weißt, daß das nicht wahr ist. Du hast niemals solche Dinge geträumt.«

»*Ich weiß doch, was ich geträumt habe*!«

»Lassen Sie sie reden«, fuhr ich ihre Mutter an. »Wenn Sie mit sich Frieden machen will, müssen Sie sie reden lassen.«

»Schuldverschreibungen — was ist das? Und Körperschaft. Ich habe nicht die leiseste Ahnung, was das eigentlich ist.«

»Gesellschaft«, korrigierte Sam.

»Also gut, Gesellschaft meinetwegen. Hören Sie, Sam, ich bin die Gefangene meiner Träume, und das wird mich töten. O ja, ich weiß genau, was mir bevorsteht.«

Und so ging es weiter und weiter, aber schließlich war sie erschöpft und schwieg. Dann gingen Sam und ich hinaus, und wir unterhielten uns draußen auf dem Korridor. Wir setzten uns auf eine Bank, und er wischte sich die Augenbrauen, die schweißnaß waren. Dann brach es aus ihm hervor: »Sie hat also geträumt, er war tot — na und? Das ist nichts Neues, und damals hat sie sich keine Gedanken darüber gemacht. Sie fand es nur komisch.«

»Woher wissen Sie, was sie dachte?« fragte ich, obwohl ich es eigentlich besser wissen und Sam besser hätte kennen müssen. Die Frage klang auch ziemlich blöde.

»Ich weiß nur, was sie darüber erzählt hat.«

»Vor Ihnen? Sie hat ihren Traum mit Ihnen diskutiert?«

»Nicht mit mir, nein, nein. Aber mit ihrer Mutter. Und Mrs. Mendenhall hat gelegentlich — Stimmungen, in denen sie zum Reden aufgelegt ist. Hortense träumt häufig, Mr. Garrett sei tot, und sie sei geradezu unanständig reich.«

»Meines Wissens gibt es kein Gesetz gegen solche Träume.«

»Und auch keinen Anlaß dafür — bis auf einen.« Ich fragte ihn nicht danach. Aber er sparte mir die Mühe. »Sie wollte, daß er stirbt«, erklärte er düster.

Dieser Satz beendete die Diskussion, zumindest was das Thema ›Hortenses Träume‹ betraf. Vielleicht um es zu wechseln, fragte Sam: »Wann kommen Sie wieder zur Arbeit?«

»Zur Arbeit? Wie meinen Sie das?«

»Ins Institut. Nun, Sie haben schließlich die ganze Sache in Gang gesetzt, nicht wahr? Und Sie haben ausgerechnet diesen Davis ausgesucht, der das ganze Projekt in ein Chaos führt. Er hat jetzt schon alles durcheinandergebracht. Das einzige, was er kann, ist eine Intrige nach der anderen anzuzetteln. Er ist der geborene Unruhestifter und nicht in der Lage, irgend etwas selbständig zu leiten. Also, wann kommen Sie wieder zur Arbeit?«

»Man hat mich bis jetzt noch nicht darum gebeten.«

»Ich bitte Sie.«

»Und — Sie sind der Mann, der dazu berechtigt ist? Das ist mir neu.«

»Okay, Sie haben gewonnen. Die einzige Person, die dazu berechtigt ist, möchte ich nicht danach fragen. Gott helfe mir — soweit ist es gekommen. Sie ist die einzige, die solche Entscheidungen treffen kann, und wenn sie etwas sagt, bringt ihr das nach ihrer eigenen Ansicht den Tod.«

»Hören Sie, sie ist noch immer sehr krank.«

»Aber das allein ist es nicht.«

Er saß da und schüttelte den Kopf, aber wir wußten beide, daß wir den Kern des Problems nicht angesprochen hatten. Die ganze Geschichte, der Grund, weshalb sie mit ihren Träumen und all dem anderen Unsinn herausgerückt war, hatte eine einzige Ursache: den Satz in Mr. Garretts Testamentsentwurf, der da lautete: ›Für Teddy Rodriguez eine Million.‹ Wir saßen eine ganze Weile da, ohne darüber zu sprechen. Dann platzte ich mit dem heraus, was mich quälte; es war fast, als wollte ich mich an Sams Schulter ausweinen. »Sam«, fragte ich ihn, »was ist nur in sie gefahren? Schön und gut — sie ist krank. Sie ist noch schwach nach dem, was mit ihr passiert ist. Sie ist nicht diejenige, die sie früher war. Das wissen wir. Aber das ist sie schon länger nicht mehr. Es begann in der Nacht, in der er es ihr gesagt hat, die Nacht, in der Mr. Garrett ihr mitteilte, daß es keine Scheidung geben würde, und warum. In dieser Nacht ist sie verschwunden. Als ich einschlief, lag sie noch neben mir, und als ich aufwachte, war sie weg. Seit damals ist nichts mehr so, wie es früher war. Sie kennt mich nicht einmal mehr — jedenfalls nicht so, wie sie mich früher kannte. Etwas nagt mehr an ihr als alle Träume, die sie vielleicht gehabt hat, vielleicht auch nicht — diese Träume stammen nämlich noch aus der Zeit, ehe ich sie kennenlernte, und solange wir beisammen waren, gab es meines Wissens keine derartigen Träume.«

»Vielleicht ist es falsch gemacht worden — ich meine die Sache mit dem Kind.«

»Was meinen Sie mit ›falsch gemacht‹?«

»Das man es ihr nicht früher gesagt hat. Das war natürlich Mrs. Mendenhalls Idee. Zu bestimmten Zeiten ist Mrs. Mendenhall nicht besonders — zuverlässig. Man hätte es ihr gleich sagen sollen.«

»Ich finde, es war ganz richtig, so, wie es gehandhabt wurde.«

»Ach? Sie meinen das auch?«

»Man hätte es ihr in den ersten Tagen nicht sagen können.«

»Sie meinen, ihr Zustand hätte es nicht erlaubt?«

»Sie war ja nur gelegentlich bei Bewußtsein, Sam.«

»Dann nehme ich das zurück.«

»Aber da muß etwas sein, womit sie nicht fertig wird.«

»Und es hängt mit dem Namen Teddy Rodriguez zusammen.«

»Genau.«

So ging es noch mehrere Tage weiter; sie redete über ihre Träume, daß sie sie nicht zu Ruhe und Frieden kommen lassen und sie früher oder später töten würden. Dann, ganz plötzlich, ging sie auf mich los.

»Sie wollen dich also haben!« schrie sie. »Warum gehst du dann nicht zu ihnen? Was hält dich auf? Schließlich zahlt man dir doch genügend Geld dafür, oder?«

»Okay«, sagte ich nach ein paar Sekunden. »Da du es in dieser Weise vorbringst, muß ich es mir überlegen. Es ist richtig, ich habe das alles erst in Gang gebracht. Und ich habe Mr. Garrett dazu überredet, das Institut nach dir zu benennen. Ich werde dich meine Entscheidung wissen lassen.«

»Nach mir benannt? Ich rede von der ARMALCO.«

»Von der ARMALCO? Das kapiere ich nicht.«

»Du könntest ihr Präsident sein. Und du könntest mich von ihm befreien, von diesem Sam Dent. Er sitzt mir im Nakken, Tag und Nacht — auch jetzt. Du könntest mir sagen, was ich von den einzelnen Dingen halte, und dann könnte ich es an ihn weitergeben. Du könntest es, wenn du auch nur einen Funken Verständnis und Mitgefühl aufbrächtest für mich.«

»Wer sagt, daß ich Präsident der ARMALCO sein könnte?«

»Mein Mann hat es gesagt — Mr. Garrett.«

»*Er* hat es zu *dir* gesagt? Daß ich imstande wäre, als Präsiden —«

»Muß ich brüllen? Bist du taub? Er hat ununterbrochen davon gesprochen, wie schlau du bist, und was er für große Pläne hätte mir dir, und —«

»Das muß ich mir erst einmal überlegen.«

»Aber es hängt eine Bedingung daran.«

Sam schaute mich an. Ich sagte: »Keine Bedingungen, Hortense. Wenn ich Präsident der ARMALCO bin und dir sagen soll, was du denkst, dann stelle ich die Bedingungen, nicht du.«

»Ich stelle sie, *ich stelle sie*!«

»Und damit wären wir wieder bei Teddy Rodriguez angelangt«, knurrte Sam draußen auf dem Korridor, als wir zum Lift gingen.

»Sie meinen, das ist die Bedingung?«

»Nachdem Sie die Präsidentschaft der ARMALCO angenommen haben, müssen Sie sich unterwerfen und sich weigern, diese Million auszubezahlen. Das wird ihre Art sein, mit Teddy fertig zu werden — und mit Ihnen.«

»Ich halte nicht so still, daß man leicht mit mir fertig wird.«

»Für Ihre Million und den Job, den man Ihnen bietet?«

Kapitel 28

Ein paar Tage danach rief Mrs. Mendenhall in meiner Wohnung an und berichtete mir: »Wir sind auf Bewährung aus dem Krankenhaus entlassen worden. Wir dachten erst, wenn wir für beide Betten bezahlen, könnte sie das Zimmer für sich allein behalten, aber aus irgendwelchen Gründen war das nicht möglich, und als sie eine andere Frau zu ihr legten, haben wir uns entschlossen, zu entwischen. Jetzt sind wir hier in der der Watergate-Wohnung.«

»Ich komme gleich hin — vorausgesetzt, Sie haben nichts dagegen.«

»Aber Lloyd, ich bitte Sie!«

Ich fuhr hin, parkte den Wagen im Tiefgeschoß und fuhr mit dem Lift hinauf. Eingelassen wurde ich durch ein Mädchen, das mich mit einem Knicks begrüßte und mir irgendwie bekannt vorkam. Dann erinnerte ich mich daran, daß es Karen war, die mich bei meinem ersten Besuch in Wilmington ebenfalls eingelassen hatte. Außer ihr war Mrs. Mendenhall anwesend und ein Mädchen namens Winifred, das ich zwar nie zuvor gesehen hatte, aber, wie ich wußte, Hortenses Privatsekretärin war. Und das Baby war da, mit einer Kinderschwester, die an der Wiege saß. Neben der Wiege stand ein kleiner Tisch mit den Flaschen darauf, die eine Kinderschwester braucht, und auf der anderen Seite stand ein Kühlschrank. Natürlich war auch Hortense da. Sie blickte nicht auf, als ich zu ihr hineinging, sondern lag teilnahmslos in einem Lounge Chair, während die anderen um sie herumsaßen, ohne zu sprechen. Sie sagte nichts und reagierte auch nicht, als ich ihr einen Klaps gab. Niemand forderte mich auf, ich solle mich setzen, aber ich setzte mich und wartete. Nichts geschah. Sam Dent kam herein. Da Hortense auch ihn ignorierte, ging er auf Zehenspitzen zu einem Stuhl neben mir und setzte sich. Noch immer rührte sich nichts. Sie saßen alle schweigend da, genau wie Hortense. Allmählich wurde ich wütend. Ich stand auf, pflanzte mich vor ihr auf und sagte: »Es ist Sitte unter gebildeten Menschen, daß die Gastgeberin ein paar Worte sagt, irgendeine nette Bemerkung, damit sich die Leute wohl fühlen, sich entspannen, reden und normal handeln.«

»Willst du mir Benehmen beibringen?«

»Wenn du nicht gleich etwas sagst, verpasse ich dir einen Kinnhaken — falls du es so lieber hörst.«

»Was soll ich denn sagen?«

»Schönes Wetter heute, oder so — das reicht.«

»Reicht? Für wen?«

»Spuck' es schon aus, verdammt noch mal, sonst —«

Ich trat vor sie hin und war bereit, ihr ein paar Ohrfeigen zu verpassen, krank oder nicht, während Sam versuchte, mich davon abzuhalten — er sprang auf und trat zwischen uns. Aber sie wimmerte: »Bitte, bitte, bitte!«

»Das reicht«, hörte ich mich grollen. »Ich würde es nicht unbedingt als freundlich bezeichnen, aber es waren immerhin drei Worte — menschliche Worte.«

»Sam, Sie werden doch nicht zulassen, daß er —«

»Ich bin stärker als Sam. Denk nur an meine starken Halsmuskeln.«

»Ach ja, sie nannten Sie den Stiernacken, war es nicht das?« warf Mrs. Mendenhall ein. »Horty hat es mir gesagt. Das hast du doch gesagt, Horty, oder nicht?«

»Mutter, genug.«

Danach war die Konversation wieder ein paar Sekunden lang unterbrochen. Dann räusperte sich Sam Dent und rückte heraus, weshalb er gekommen war: die Taufe des neuen Kabinenkreuzers in der Werft der ›Delaware Water Cap‹. »Wenn Sie dazu Lust hätten, Hortense«, sagte er; »ich würde mich sehr freuen —«

Aber schon wieder explodierte sie. »Sie versuchen, mich umzubringen, das ist es! Und es sieht ganz so aus, als ob es Ihnen gelingt!«

»Hortense, niemand versucht hier, irgend etwas zu tun als das, was nach dem Gesetz vorgeschrieben ist. Wenn Sie wollen, daß jemand anders die Taufe übernimmt, dann können Sie ihm die Vollmacht erteilen —«

»Ich will nichts als *Frieden*!«

»Also schön, aber zuvor —«

Sie begann wieder zu schreien, keine Worte, nur Laute, und ich sah, wie Sam das, was er sagen wollte, hinunterschluckte. Er war sicherlich einer der freundlichsten und geduldigsten Menschen dieser Erde, aber jetzt schien er den Punkt erreicht zu haben, wo er einfach den Kanal vollhatte. Was er ihr erwidert hätte, bekam sie allerdings leider nicht zu hören, denn in diesem Augenblick klingelte das Telefon, und Winifred ging hinaus, um zu antworten. Sie kam nach kurzer Zeit zurück, beugte sich über Hortense und sagte etwas. Dann wandte sich Hortense an mich. »Ich habe Miss Rodriguez hergebeten«, sagte sie, »aufgrund einer geschäftlichen Angelegenheit, die es zu regeln gilt; aber sie kann heute leider nicht. Darf ich Sie alle also noch einmal belästigen? Paßt Ihnen morgen?«

»Es ist keine Belästigung«, antwortete ich. »Und — morgen paßt gut.«

»Gegen zwei?«

Sie gab dem Mädchen ein Zeichen, woraufhin es davontrottete, gleich danach zurückkam und Hortense verkündete: »Sie sagt, es ist in Ordnung.«

Ich kam gegen fünf nach Hause und versuchte sofort, Teddy anzurufen. Von Miss Nettie erfuhr ich, daß sie mich schon mehrmals zu erreichen versucht hatte, über meinen Privatanschluß und über die Zentrale im Haus. Als ich sie schließlich erreichte, kam sie gleich zur Sache und fragte mich, was denn los sei und was Hortense von ihr wolle. Ich sagte ihr, ich wisse es nicht, aber es könne sein, daß es darum gehe, was Mr. Garrett in sein Testament habe setzen wollen — obwohl er dann leider nicht mehr dazu gekommen sei. »Ich will ja nicht übertreiben«, sagte ich, »aber ich schlage vor, Sie machen sich so hübsch wie möglich; vielleicht schminken Sie sich so, daß Ihr Gesicht auch ohne Lächeln freundlich wirkt, und dann seien Sie nett zu dieser Lady, so nett, wie Sie nur sein können. Denn, begreifen Sie, Teddy, er hat Notizen für ein Testament hinterlassen, das Sam Dent hätte aufsetzen sollen. Sam ist nicht mehr dazu gekommen. Also gibt es kein gesetzlich gültiges Testament. Es könnte aber durchaus sein, daß die bewußte Lady das Bedürfnis empfindet, den letzten Willen ihres Mannes zu erfüllen, und daß ihre Einladung an Sie damit zusammenhängt. Es kann sein, daß sie sich Ihnen gegenüber ausgesprochen ekelhaft benimmt und Ihnen sagt, es tue ihr leid, sie könne oder wolle Ihnen nichts auszahlen. Aber wie ich sie und ihre Gefühle kenne, würde ich sagen, daß eher das Gegenteil zutreffen wird. Sie ist bereit, Ihnen das auszuzahlen, was er Ihnen zugedacht hat, damit sie ihren Frieden mit sich schließen kann. Und aus irgendeinem Grund möchte sie zuvor mit Ihnen sprechen, oder was weiß ich. Sie ist noch sehr krank, und Kranke verhalten sich oft seltsam. Aber in Ihrer Position kann ein einziges freundliches Lächeln den Unterschied zwischen einem Platz auf der sonnigen Seite der Straße oder dem Gegenteil bedeuten. Haben Sie verstanden, was ich sagte, Teddy?«

»Ja, Doktor Palmer, natürlich.«

»Und was sagen Sie?«

»Ich sage okay.«

»Also keine frechen Redensarten. Versprechen Sie mir das?«

»Bevor ich das tue, müssen Sie erst mal auspacken. Wieviel ist denn drin für mich?«

»Viel. Er war nicht knausrig, Teddy.«

»Sie meinen, vielleicht sogar eine sechsstellige Zahl?«

»Mindestens.«

»Dann denke ich nicht daran, die Sache platzen zu lassen. Auf keinen Fall.«

»Also dann, okay. Alles Liebe.«

»Doppelt zurück.«

Als ich am nächsten Tag ankam, war schon alles versammelt: Sam, die Sekretärin Winifred, die Kinderschwester ohne Namen, das Baby und Mrs. Mendenhall. Und natürlich Hortense — noch immer in ihrem Lounge Chair ausgebreitet und bleich, schwach und tragisch aussehend. Ich verbeugte mich, setzte mich dann an ihre Seite und wartete. Wir alle warteten, ohne ein Wort zu sagen. Aber anstatt Hortense Vorwürfe zu machen, blieb ich diesmal ruhig sitzen. Ich glaube, es dauerte mindestens eine halbe Stunde, ehe der Türsummer ertönte und Winifred hinausging. »Schicken Sie sie rauf«, sagte sie über die Sprechanlage. Dann hatte Teddy ihren Auftritt — und niemand soll sagen, daß das kein Auftritt war!

Sie trug den Pelzmantel, darunter eine beigefarbene Hose, und hatte sich ein dunkelkarminrotes Tuch ums Haar gebunden, das in der Farbe genau zu den karminroten Pumps paßte. Mit ihrem dunklen Haar und den schwarzen Augen sah sie sehr spanisch aus, was ihrer Erscheinung zusätzlich eine gefährliche Note verlieh. Ich meine angesichts der spanischen Tänzerinnen und was man über sie gehört hat; daß sie nämlich, wenn sie einem in die Augen schauen, den Partner ebenso gut küssen wie erdolchen können. Zu Hortense war sie zuckersüß und lieb, machte ihr gegenüber sogar eine leichte Verbeugung und sagte: »Ich freue mich, Sie wiederzusehen.« Dann wandte sie sich mit einem Lächeln an die anderen Anwesenden, die sie alle zu kennen schien, mit Ausnahme der Kinderschwester. Hortense bat sie, sich zu setzen, und begann dann: »Miss Rodriguez, mein Mann hat vor seinem Tod Notizen über sein Testament aufgesetzt, doch er war nicht mehr in der Lage, sie zu unterschreiben oder ein offizielles Testament ausfertigen zu lassen. Aber natürlich fühle ich mich verpflichtet, seine Wünsche zu erfüllen, egal, ob er sie auf gesetzliche Weise geregelt hat oder nicht — und dies ist der Grund, weshalb ich Sie hierhergebeten habe. Es war seine Absicht, Miss Rodriguez, Ihnen eine Summe von einer Million Dollar zu hinterlassen.«

»He! Er hat anscheinend nur in großen Zahlen gedacht, wie?«

»Allerdings meine ich, daß daran eine Bedingung geknüpft sein sollte.«

»Was denn für eine Bedingung?«

»An dem Tag der Pressekonferenz habe ich bedauerlicherweise die Vorstellung versäumt, die Sie dabei gaben, Miss Rodriguez; daher frage ich mich, ob Sie, bevor ich Ihnen diesen Scheck überreiche, der auf Ihren Namen ausgestellt ist« — sie nahm einen Umschlag aus ihrer Handtasche und hielt ihn in der Hand, »— so nett sein könnten, diese Vorstellung heute und hier für mich zu wiederholen.«

Teddy stand da, schluckte ein paar Mal und atmete schließlich tief ein. »Mrs. Garrett«, flüsterte sie fast, »Sie brauchen nur noch zu sagen, *wie* Sie zur Hölle fahren möchten.«

»Teddy!« rief ich dazwischen. »Was war das mit Ihrem Versprechen?«

»Ja sicher — aber ich schlage vor, daß Sie den Scheck vergessen.«

Hortense ließ ihn wieder in ihre Handtasche segeln.

»Verdammt noch mal«, raunte ich Teddy zu, »nehmen Sie es zurück, entschuldigen Sie sich. Sie hat versucht, auf Sie zu pissen. Na schön. Sie wußten ja, was sie vorhatte, aber für eine Million Dollar können Sie genug Sagrotan kaufen, um die Pisse damit abzuwaschen und zu desodorieren, und wenn Sie auch nur einen Funken Verstand haben, entschuldigen Sie sich jetzt auf der Stelle.«

»Also gut, Mrs. Garrett — ich nehme es zurück. Entschuldigen Sie, es tut mir leid.«

»Sehr gut. Dann kann also die Zurschaustellung beginnen.«

»Es begann damals mit einer besonderen Art von Verbeugung.«

»Ein guter Anfang, würde ich sagen.«

Teddy nahm ihren Mantel ab und warf ihn über einen Sessel. Daraufhin legte sie die Hände auf den Boden, hob ein Bein hoch, winkelte es dann ab, so daß es über ihrem Kopf hing, hob das andere Bein, senke das erste Bein ganz nach unten, auf ihrer Vorderseite, und drückte sich, während sie mit dem anderen Bein wippte, hoch, so daß sie wieder zum Stehen kam. »Sehr nett gemacht«, sagte Hortense. »Mein Applaus.«

Sie legte die Fingerspitzen zusammen, und Teddy fuhr fort: »Als nächstes machte ich für die Reporter einen Handstand mit dem Gesicht zu ihnen, auf die Anregung einer Reporterin hin, die meinte, daß es bis jetzt noch nicht die Möglichkeit gebe, mein Gesicht und die Flicken auf meinem Hinterteil gleichzeitig auf einem Foto abzubilden. Das ging so —«

Sie wiederholte den Handstand, den sie damals gezeigt hatte, und Hortense erklärte steif und geziert: »Wiederum wunderhübsch gemacht. Ich sehe mich veranlaßt, noch einmal zu applaudieren.«

»Danke, Mrs. Garrett.«

Sie stand einen Augenblick da, ehe sie fortfuhr: »Dann waren da natürlich noch die anderen Handstände, die ich für Ihren Mann gemacht habe.«

»Wie meinen Sie?«

»Ich kannte ihn recht gut — vergessen Sie das nicht, Mrs. Garrett.«

»Ich habe nicht gewußt, daß Sie für ihn privat auch Handstände gemacht haben.«

»Immer, wenn wir uns trafen. Er hoffte, daß er dann inspiriert würde, das mit mir zu tun, was er sich immer erhofft hatte. Aber es klappte nicht, auch nicht mit den Handständen, denn er befand sich im Bann einer Hörigkeit, wie er es nannte. Ich weiß bis heute nicht genau, was er damit gemeint hat. Wahrscheinlich eine Art Hexenzauber, den eine Frau auf ihn ausübte. Ich nahm damals an, daß es sich dabei um diese Schwedin handelte, die ihn ja dann auch abgeknallt hat. Anscheinend hatte ich recht mit meiner Vermutung. Ich hoffe, daß ich Sie damit nicht aufgeregt habe, Mrs. Garrett.«

»Es ist schon gut. Machen Sie weiter.«

»Wenn ich etwas Falsches gesagt habe, tut es mir leid —«

»Sie hat gesagt, Sie sollen weitermachen«, erklärte ich ihr.

»Ja, also, ich habe oft Handstände für ihn gemacht, und dann bin ich auf den Händen vor ihm auf und ab gegangen — immer nackt, ohne einen Faden anzuhaben. Und während ich an ihm vorbeiging, streckte ich das eine Bein nach vorn und das andere nach hinten, ganz waagrecht. Das hat ihm gut gefallen. Es geht so — aber ich glaube, ich muß mich dazu erst ausziehen.«

Sie begann ihre Bluse aufzuknöpfen, doch Hortense kam ihr zuvor. »Nein!« rief sie mit hysterischer Stimme. »Ich verstehe schon — Sie brauchen es nicht im Detail vorzuführen.«

»Es macht mir nichts aus, Mrs. Garrett.«

»Aber mir.«

Ich baute mich vor Hortense auf. »Also schön«, sagte ich. »Du hast gedacht, es würde dir Spaß machen, Teddy Rodriguez anzupissen; statt dessen hat sie dich angepißt —«

»Was fällt dir ein, in solch einer Sprache mit mir zu reden!«

»Wenn meine Sprache dich beleidigt, entschuldige ich mich gern. Aber die Tatsache bleibt bestehen. Vornehmer ausgedrückt: Sie hat auf dich uriniert. Damit wäre diese Sache erledigt. Nur *ich* bin noch nicht ganz fertig. Ich habe auch ein paar Dinge dazu zu bemerken —«

»Du hast gar nichts zu sagen. Du kannst gehen.«

»Ich gehe schon, keine Sorge. Es bereitet mir nicht mehr Vergnügen als dir. Aber hier ist jemand, um den ich mich kümmern muß — ein hübscher kleiner Junge, der ebenso mein Kind ist wie das deine. Ich werde diesen Jungen zu mir nehmen, und wenn du nicht damit einverstanden bist, werde ich es durch einen Gerichtsbeschluß erreichen. Ich werde dich als Mutter kennzeichnen, die nicht in der Lage ist, ihr Kind anständig zu —«

»Doktor Palmer, haben Sie den Verstand verloren?«

»Nicht, daß ich wüßte. Du willst dieses Kind doch gar nicht, es ist dir unerwünscht. Du hast es jetzt einen ganzen Monat und hast dich noch nicht einmal darum bemüht, ihm einen Namen zu geben. Ich garantiere dir, daß dich das vor Gericht diskriminiert. Um richtig für das Kind sorgen zu können, brauche ich eine Frau, die ihm eine Mutter sein kann. Und daher habe ich die Absicht, Teddy Rodriguez —«

»He, he, nicht so schnell!«

Teddy, die aufgesprungen war und jetzt sagte: »Ich habe da wohl auch noch ein Wörtchen mitzureden. Ich lasse mich doch nicht nur heiraten, um einem fremden Kind eine Mutter sein zu können. Ich muß um meiner selbst willen geliebt und geheiratet werden —«

»Du wirst genug geliebt werden, Teddy — mach dir darüber keine Sorgen.«

»Gut — auf dieser Basis bin ich bereit, den Vorschlag zu akzeptieren.«

»Doktor Palmer«, sagte Hortense, einen bösartigen Blick in den Augen. »Ich hoffe nur, daß Sie mich tatsächlich vor Gericht zerren. Wenn Sie nämlich beweisen wollen, daß Sie der Vater dieses Kindes sind, dann müssen Sie auch zugeben, daß Sie eine Frau erpreßt haben, daß Sie ihren Mann für Geld — berührt haben, ja, und daß Sie seine Frau verführt und ihn belogen haben nach Strich und Faden. Glauben Sie, man wird Sie für einen geeigneten Vater halten, der das Kind — mein Kind! — aufziehen kann, und sei es mit Teddys Hilfe? Ich würde das stark bezweifeln. Bitte, Sie können natürlich jederzeit Klage gegen mich einreichen, wie Sie sagten, oder was haben Sie eigentlich gesagt? Aber dann steht mein Wort gegen das Ihre, und wenn ich überhaupt abstreite — was ich beabsichtige —, daß Sie der Vater dieses Kindes sind, zweifle ich um so mehr, daß das Gericht Ihnen Glauben schenken wird. Es kommt oft vor, daß ein Mann denkt, er sei der Vater eines Kindes — aber nur die Frau *weiß*, wer der Vater ist.«

»Wenn jemand bei Gericht etwas beschwört, und dazu kommt es stets, wenn zwei Aussagen einander entgegenstehen, dann kommt es zu einem Meineid, und der wird nicht nur schwer bestraft — ein Meineidiger wird auch niemals das Sorgerecht über ein bereits nach vier Wochen vernachlässigtes Kind bekommen. Wenn ich darauf hinweise, daß dieser Junge dieselben zwei Grübchen am Hals hat wie ich, wird jeder Richter dieser Erde wissen, wer von uns beiden die Wahrheit sagt — und wer einen Meineid geschworen hat.«

»*Raus hier! Macht, daß ihr rauskommt! Alle!*«

Alle standen auf. Aber keiner rührte sich von der Stelle.

Einige Zeitlang herrschte dicke Luft. Alles, was man hören konnte, war Hortenses Schluchzen. Dann setzte sich das Baby in Szene, mit einem einzigen, wütenden Schrei, der einerseits so leise, andererseits so durchdringend war, daß er uns allen in die Ohren stach. Die Kinderschwester nahm eine Flasche vom Tisch, betastete den Sauger mit dem Finger und steckte ihn dann in den Mund des Säuglings. »Er ist hungrig«, sagte Teddy.

»Woher wollen Sie wissen, wann er hungrig ist und wann nicht?« zischte Hortense.

»Ich weiß es. Wissen Sie es auch?«

Sie war eiskalt. Die Schwester drückte immer wieder den Sauger gegen den Mund des Babys, aber er greinte leise weiter, ohne zu saugen. Dann begann die Schwester, die Wiege zu bewegen. Teddy ging hin, nahm sie genauso bei den Handgelenken wie Hortense damals vor der Pressekonferenz und schob sie weg, genau wie sie Hortense weggeschoben hatte. Dann wandte sie sich dem Baby zu, das tief einatmete, noch ein wenig zuckte und sich schließlich entspannte. Sie nahm den Kleinen aus der Wiege, trug ihn zu ihrem Stuhl und setzte sich, wobei sie den Kopf des Babys mit einer Hand stützte und sich zugleich zu ihm hinunterbeugte.

»Kleiner Süßer«, sagte sie gurrend zu ihm, »hast eine Mutter, die vom vielen Geld den Kopf verloren hat, und eine Großmutter, die es durch den Schnaps vergessen hat, und eine Kinderschwester, die dich für ein Butterfaß hält, das man schütteln muß — dabei brauchst du nichts weiter als Liebe!« Sie sagte es ihm in das kleine Gesicht, und plötzlich hörte das Quäken auf. Dann begann der Kleine zu lachen, und ich wußte nichts Schöneres als das plötzliche, unerwartete, gurgelnde Lachen eines Säuglings. Ich saß da, und meine Kehle war wie zugeschnürt, ich schluckte und kam mir vor, als müßte ich ersticken. Ich schaute nicht zu Hortense hinüber, blieb eine Weile so, wie ich war, und erst als ich etwas hörte, blickte ich auf und sah, daß Hortense das tat, was ich zu unterdrücken versucht hatte: Sie schluchzte, das Kinn auf der Brust, und die Tränen rollten ihr über die Wangen. Plötzlich wedelte sie mit ihrer Hand in einer Geste, die nur eines bedeuten konnte: Laßt mich in Ruhe, geht! Mrs. Mendenhall ging auf Zehenspitzen hinaus, gefolgt von Sam, der Schwester und Winifred. Aber als Teddy sich ebenfalls erhob, machte Hortense wieder eine Geste, winkte sie zu sich und streckte die Arme nach ihrem Jungen aus. Teddy, die sich neben Hortense gekniet hatte, reichte ihr den Kleinen und legte mit einer behutsamen Bewegung das Köpfchen an die Schulter von Hortense. Mit ihrer freien Hand griff Hortense nach Teddys Hand, hob sie sich an die Lippen und küßte sie.

»Darf ich den Kleinen Teddy nennen?« flüsterte sie.

»Bitte. Es wäre mir eine Freude, ehrlich.«

»Teddy, Sie haben mir meine Seele zurückgegeben.«

Kapitel 29

Dann ließen wir alle drei unseren Tränen freien Lauf; in den nächsten Minuten versuchte keiner, sie zurückzuhalten. Und wieder setzte sich das Baby in Szene, begann zu greinen, aber auf so komische Weise, daß wir alle lachen mußten. Dann lachten und weinten wir zu gleicher Zeit, und Hortense redete mit leisen, lieben Worten auf den Säugling ein, genau wie das eine Mutter tut. Bald danach wandte sie sich an Teddy, die noch immer neben ihr kniete, und sagte: »Es ist wahr, was Dokter Palmer gesagt hat. Bis jetzt hatte ich mir nicht einmal einen Namen für ihn ausgedacht. Es war mir egal. Er schien nicht wirklich zu sein für mich. Sie sagten zwar, daß er mein Junge sei, aber für mich war er nichts. Jetzt hat sich das geändert, dank Teddy. Sie haben das eine Wort ausgesprochen, Teddy, das Wort Liebe, und das hat alles verändert; es hat mich beschämt und wachgerüttelt. Teddy, wollen Sie die Taufpatin meines Kindes sein? Darf ich den Jungen auf den Namen Theodore taufen?«

»Oh, Mrs. Garrett, so viel Ehre!«

»Teddy, von nun an bin ich Hortense für Sie.«

»Mrs. Garrett — ich fürchte, das bringe ich nicht fertig. Das trau' ich mich nicht.«

»Seit wann bist du so scheu?« fragte ich.

Es sollte komisch klingen, aber es klang ein wenig sarkastisch, so daß Teddy aufsprang und mich musterte, als wollte sie mir eine Ohrfeige verpassen. Dann lachten wir alle. »Kommen wir zurück auf die Hauptsache«, sagte Hortense. »Sobald ich kann, werde ich ihn taufen lassen —«

»Laden Sie mich ein, Mrs. Garrett?«

»Sie müssen den Kleinen ja halten, Teddy. Und wenn Lloyd kommen möchte ...«

Es klang in meinen Ohren wie eine höchst sonderbare Frage, und Teddy schien es nicht anders zu gehen.

»Was haben Sie gesagt, Mrs. Garrett? Warum sollte Dokter Palmer nicht kommen wollen?«

»Nun ja, wenn Sie beide heiraten wollen —«

»Soll das ein Scherz sein, oder was?«

»Er hat doch gesagt, er wollte Sie heiraten, und Sie haben gesagt —«

»Richtig, ich hab' meinen vorlauten Mund wieder mal spazierengehen lassen, aber das war, bevor ich Ihnen Ihre Seele zurückgegeben habe ... Und — Mrs. Garrett, ich glaube, Doktor Palmer liebt Sie.«

»Aber er liebt Sie auch, Teddy.«

»Vielleicht, aber nicht so viel und nicht ganz richtig.«

»Es gibt nur eine Art von Liebe.«

»*Verdammt noch mal, also wollen Sie diesen Kerl hier haben oder nicht*?«

Dann brach Teddy plötzlich in Tränen aus. Noch einmal weinten wir alle drei, und als das Baby diesmal einstimmte in das allgemeine Geheul, klang seine Stimme nicht mehr schwächlich, sondern laut und trompetend. Wir brauchten einige Zeit, um uns wieder zu beherrschen, dann flüsterte Hortense dem Kleinen minutenlang Unverständliches zu. Daraufhin beruhigte er sich wieder, und wir drei saßen da, ohne uns anzuschauen.

Plötzlich wandte sich Hortense an mich, und ihr Ausdruck wirkte wieder ziemlich bösartig. »Also schön«, fuhr sie mich an. »Teddy hat also gesagt, was sie zu sagen hatte, und ich habe das auch getan. Aber du hast bis jetzt praktisch noch gar nichts gesagt. Was hast *du* zu sagen, Lloyd?«

»Meinst du, was die Frage der Heirat betrifft?«

»Darüber sprechen wir doch zur Zeit, oder irre ich mich?«

»Ich sage auch weiterhin nichts dazu, ehe du nicht mehr gesagt hast als bisher. Seit dieser Nacht in College Park, seit der Nacht nämlich, als du verschwunden bist, kommt es mir so vor, als seist du ein völlig anderer Mensch geworden. Meines Wissens habe ich dir nichts angetan. Bevor ich also etwas dazu sage, mußt du den Mund aufmachen. Was habe ich dir angetan? Und was steckt dahinter, was ist der Grund dafür, daß du mich so behandelst?«

»Du hast mir nichts angetan.«

Es dauerte eine Weile, bis sie es herausbrachte, und auch danach entstand wieder eine größere Pause. Ich wartete, und endlich fuhr sie fort: »Das ist richtig — ich habe dich verlassen, dein Bett und deine Wohnung in College Park, und zwar mit einem wunderbaren Plan, den ich mir zurechtgelegt hatte. Ich hatte mir etwas ausgedacht, damit wir heiraten können, damit ich endlich dein und du endlich mein sein könntest. Und mein Plan ist schiefgelaufen. Ich habe vermutlich auch so etwas wie Stolz. Du hast mir nichts angetan, ich wiederhole das noch einmal — aber ich kann dich seitdem nicht mehr anschauen. Ich bringe es einfach nicht fertig, dir in die Augen zu sehen.«

»Und warum, wenn ich fragen darf?«

»Bist du taub? Weil du derjenige bist, den ich heiraten wollte!«

»Und — willst du es noch immer?«

»Was hast du denn gedacht? Was hast du —«

Doch dann brach sie vollends zusammen. Teddy sprang zu ihr hin und nahm ihr das Baby ab, aber es fing nicht wieder zu weinen an. Es schaute zu Teddy hoch und lachte. Ich ging zu den beiden und streichelte Hortense, erst ihren Arm, dann ihre Wange.

»Schau mich an«, befahl ich.

Und endlich sah sie mir ins Gesicht, schaute mir in die

Augen.

»Ich bringe dich jetzt heim.«

Sie schloß die Augen und lächelte, dann ließ sie sich von Teddy den Kleinen wiedergeben. »Kleiner Theodore«, flüsterte sie. »Was für ein hübscher Name.«

Sie lächelte zu ihm hinunter, während Teddy auf der einen Seite ihres Sessels stand und ich auf der anderen. Dann plötzlich begann sie kühl und geschäftsmäßig-nüchtern zu sprechen: »Sobald wir können, ich meine, sobald das schicklich ist, werden wir heiraten. Bis dahin muß er Theodore Garrett bleiben — wenn man ihn jetzt schon auf Lloyds Namen taufte, würde das in diesem Stadium sein Leben beeinträchtigen. Es gibt Bücher darüber, wie sehr die Menschen durch ihre Mitwelt gequält werden, wenn es sich erst einmal herumgesprochen hat, daß sie unehelich sind. Aber sobald wir verheiratet sind, kann Lloyd ihn adoptieren, und dann ist alles in Ordnung. Das dürfte keine Schwierigkeiten machen. Es kommt immer mal vor, wenn jemand eine Frau mit Kind heiratet, daß er es adoptiert, damit das Kind seinen Namen trägt. Und bis dahin —«

»Bis wann?« fragte Teddy.

»Bis wir verheiratet sind, Teddy.«

»Warum heiratet ihr nicht gleich heute?«

»Nun — da gibt es Probleme mit dem Aufgebot — und außerdem scheint mir eine Wartezeit angemessen, angesichts dessen, was geschehen ist . . .«

»Angemessen — für wem?«

»Für *wen*«, korrigierte ich sie.

Aber Teddy achtete nicht darauf. »Für das Auge des Gesetzes gibt es vielleicht eine Wartezeit, aber im Auge Gottes ist das völlig überflüssig. Das hat mir der Pfarrer erklärt, als mein Vater nach dem Tod meiner Mutter wieder geheiratet hat, und bevor meine Schwester kam. Er sagte zu meinem Vater: ›Nicht ich bin derjenige, der diese Ehe vollzieht — ich verkünde nur die Eheschließung und stelle die Urkunde aus.

Ihr beide seid es, die diese Ehe in Wirklichkeit vollziehen.‹ Und dann sagte er die Worte, die er bei der Trauung sprach: ›Mit diesem Ring mache ich dich . . .‹ Und so weiter, ihr wißt ja. Es hat mich wahnsinnig aufgeregt, allein vom Zuhören. Ich habe die Formel damals auswendig gelernt, und ich kann sie euch vorsagen, wenn ihr wollt —«

»Wenn wir einen Ring hätten —«

»Zufällig haben wir einen.«

Ich nahm den Ring aus meiner Brieftasche; er steckte in einer Lederhülle. »Der Ring meiner Mutter«, sagte ich. »Der Leichenbestatter hat ihn ihr vom Finger genommen und mir bei der Beerdigung gegeben. Ich habe ihn seitdem immer bei mir gehabt, und sie hätte sich gewünscht, daß du ihn trägst.«

Ich reichte ihn Hortense, und nachdem sie ihn eine Weile angestarrt hatte, sagte sie: »Das ist wahnsinnig aufregend. Teddy, wenn du das wirklich tun willst —«

»Ich muß zuerst beten.«

Und sie verschwand im Eßzimmer.

»Da ist nur noch eine Sache, Lloyd«, sagte Hortense. »Du hast mir noch nicht geantwortet, in Sachen ARMALCO —«

»Du meinst, daß ich Präsident werde?«

»Ja — damit ich endlich Ruhe habe.«

»Also schön, wenn du es willst —«

»Und noch etwas: Ich möchte, daß du es auf Band diktierst, wie ein Protokoll — unsere Geschichte, meine ich, damit ich sie danach abtippen kann. Ich möchte, daß du alles erwähnst, jeden Kuß, jede verrückte Bewegung. Dann können wir es an unseren Hochzeitstagen lesen und unsere wundervoll romantische Geschichte noch einmal erleben. Und *er*, wenn er alt genug ist, kann sie auch lesen und verstehen, *warum* er adoptiert wurde und *warum* er unseren Namen führen muß.«

»Schön — es ist so gut wie erledigt.«

In diesem Augenblick wußte ich, daß sie wieder und noch immer meine Hortense war, die aus einer Hundert-Millionen-Affäre hineinsprang in einfache und reine Liebe. Und dann kam Teddy zurück. Sie nahm unsere Hände, legte sie ineinander, biß sich auf die Lippen und sagte dann: »Gott hat mir den Frieden geschenkt. Bitte sprich mir jetzt nach, Lloyd. Jetzt kann ich es wagen, euch zu duzen. ›Ich, Lloyd, nehme dich, Hortense‹ — und zu dir kann ich jetzt Hortense und du sagen — ›zu meiner Frau . . .‹«

Es dauerte nicht länger als eine Minute, und ich fühlte mich stolz und anständig und irgendwie heilig, als ich Hortense den Ring an den Finger steckte, die noch immer unser Kind im Arm hielt. Danach küßte ich sie. Dann küßte ich Teddy. Dann küßte Teddy Hortense, sagte: »Bye-bye, und viel Glück, Gott segne euch«, und war auf einmal nicht mehr da.

»Ich möchte nach Hause«, sagte Hortense.

»Du meinst nach College Park?«

»Eigentlich solltest du wissen, daß das mein Zuhause ist.«

»Fein — ich höre es gern. Aber ich weiß nicht, wo wir *ihn* hinbringen sollen. Das heißt, wenn wir ihn behalten.«

»Natürlich behalten wir ihn. Und wo er hinkommt? Natürlich in seine Wiege. Die lassen wir nachkommen; der Portier wird sie hinunterbringen zu deinem Wagen.«

»Ich selbst trage sie hinunter zum Wagen.«

»Kannst du ihn dann so lange halten, während ich ihn loshake?«

Sie drückte ihn mir in die Arme, blies ihm sachte in den Nacken und flüsterte: »Kleiner Theodore.« Dann hielt ich dieses winzige, dieses unglaublich winzige Wesen in meinen Armen. Es öffnete die Augen und lächelte. »Oh!« rief Hortense. »Er schaut dich an!«

»Warum denn nicht? Bin ich so abstoßend, oder was?«

»Aber bis jetzt hat er noch nichts richtig angeschaut.«

»Jetzt hat er etwas, das sich anzuschauen lohnt.«

»Verrückter Kerl!«

Ich nehme an, das war alles.

Hier endet das Tonband-Protokoll.

Meisterwerke der Kriminalliteratur

Agatha Christie
Alibi
6202

Agatha Christie
Dreizehn bei Tisch
6234

Christie, Agatha
Das Haus an der Düne
6220
Der rote Kimono
6227
Crispin, Edmund
Der Mond bricht durch die Wolken
6201
Durbridge, Francis
Das Halstuch
6216
Freeling, Nicholas
Die Formel
6221
Peters, Ellis
Der Tod und die lachende Jungfrau
6237
Sayers, Dorothy 1.
Mord braucht Reklame
6207
Wainwright, John
Gehirnwäsche
6224

Ngaio Marsh
Ein Schuß im Theater
6214

Ngaio Marsh
Overtüre zum Tod
6205

GOLDMANN